지구별 여행자

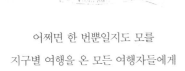

어쩌면 한 번뿐일지도 모를
지구별 여행을 온 모든 여행자들에게

*

당신이 어느 곳에 가든
당신은 '그곳'에 있을 것이다.
— 인도의 격언

나는 여행이 좋았다.

삶이 좋았다.

여행 도중에 만나는 기차와 별과 모래사막이 좋았다.

생은 어디에나 있었다. 사람들이 켜 놓은 불빛이 보기 좋았다.

내 정신은 여행길 위에서 망고 열매처럼 익어 갔다.

그것이 내 생의 황금빛 시절이었다.

여행은 내게 진정한 행복의 척도를 가르쳐 주었다.

그것은 철학이나 종교적인 신념 같은 것이 아니었다.

신발을 신고 나서면 언제나 그 순간에, 그리고 그 장소에 존재할 수가 있었다.

과거와 미래, 그것들은 존재하지 않았다.

지금 여기 살아 숨 쉬는 것을 가슴 아프도록 받아들여야만 했다.

매 순간을 춤추라.

그것이 여행이 내게 가르쳐 준 생의 방식이었다.

바람을 춤추라, 온 존재로 매 순간을 느끼며 생을 춤추라.

지구별 여행자

류
시
화

연금술사

자신이 내딛는 발걸음마다 춤을 추며 신에게로 가라.

학교는 내게 너무 작은 것들을 가르쳤다.

내가 다녀야 할 학교는 세상의 다른 곳에 있었다.

교실은 다른 장소에 있었다.

보리수나무 밑이 그곳이고, 기차역이 그곳이고, 북적대는 신전과 사원이 그곳이었다.

사기꾼과 성자와 걸인, 동료 여행자들이 나의 스승이었다.

그들이 나는 좋았다.

때로 삶으로부터 벗어나 또 다른 세상을 경험하는 것, 그것이 내게는 명상이고 수행이었다.

여행을 떠날 때는 따로 책을 들고 갈 필요가 없었다.

세상이 곧 책이었다.

기차 안이 소설책이고, 버스 지붕과 들판과 외딴 마을들은 시집이었다.

그 책을 나는 읽었다.

책장을 넘기면 언제나 새로운 길이 나타났다.

그 길들은 반짝이는 눈을 가진 아이들과, 열여덟 살에 아기 어머니 된 여인들과, 진리를 깨우친 성자들의 동굴로 나를 인도했다.

책은 어디에나 있었다.

그것은 시간과 풍경으로 인쇄되고, 아름다움과 기쁨과 슬픔 같은 것들로 제본된 책이었다.

그 책을 읽는 것이 좋았다.

그 책에 얼굴을 묻고 잠드는 것이 좋았다.

등장인물들 중에는 아무것도 가진 게 없는 자도 있었고, 학식을 자랑하며 근엄한 체하는 학자도 있었고, 자기를 학대하는 고행승 사두도 있었다.

사리를 날리며 들판 끝으로 점점이 사라지는 여인들도 있었다.

내 여행의 시간은 길고 또 그 길은 멀었다.

여행 중에 진정한 홀로 있음을 알았고, 그 홀로 있음을 통해 세상과 연결되는 법을 배웠다.

내가 언제나 부러워 마지않는 사람은 이제 처음으로 배낭을 메고 새벽의 인도 공항에 도착하는 사람이다.

그의 눈이 곧 맞닥뜨리게 될 삶의 파노라마들, 꽃과 태양, 갠지스 강과 시체들, 머리에 흰 터번을 두른 만년설의 산들과 신의 문양들, 그런 것들을 나는 미리 알고 가슴 두근거린다.

그는 버스 지붕에 올라앉아 대륙을 가로지르기도 할 것이고, 기차의 차창 밖으로 물동이를 이고 멀어져 가는 인도 여인들의 자태에 매혹당하기도 할 것이다.

또한 길 위에 떨어진 자신의 그림자를 내려다보며, 매 순간 어디로 갈 것인가 망설여야만 하리라.

그리고 어느 싸구려 여인숙에선가 자기 자신과 만나 뜨겁게 해후하리라.

여행은 언제나 좋았다.

여행의 길마다에서 나 자신을 사랑하는 법을 배웠으니, 그것은 하찮은 자기 연민과는 또 다른 것이었다.

나는 늘 나 자신을 향해 쓰러졌지만, 또한 나 자신으로부터 일어나곤 했다.

내 생의 증거는 언제나 여행에 있었다.

살아 있음을 가장 잘 증명해 줄 수 있는 것은 여행이었다.

여행 중일 때 그 어느 때보다 나 자신일 수가 있었다.

나는 여행이 좋았다.

삶이 좋았다.

여행 도중에 만나는 버스 지붕과 길과 소금 사막이 좋았다.

생은 어디에나 있었다.

나는 인도에 갔다, 머릿속에 불이 났기에

류시화

차례

신은 어디에 있는가

동인도 비하르주에 있는 요가 학교에 다녀오는 길이었다. 기차가 역을 출발하고 반 시간도 안 돼 배불뚝이 검표원이 나타났다. 그는 좌중을 제압하려는 듯 복도에서 거치적거리는 가짜 시계 파는 청년을 떠다민 뒤, 기세등등하게 소리쳤다.

"다들 표를 보여 주시오!"

어수선하던 승객들은 보따리 속에 감춰 둔 표를 찾느라 더욱 부산해지고, 표 없이 탄 아줌마는 그 틈을 타 분홍색 사리로 얼굴을 가리고 나는 듯이 뒤 칸으로 피신했다. 축제 시즌이 코앞에 다가오자 한 푼 얻어 볼까 하고 탔던 걸인들도 긴장했다.

검은색 카이저수염을 하고, 코와 볼 사이에 콩알만 한 사마귀가 있는 검표원은 거만한 태도로 승객들이 내미는 표에 검은 볼펜을 찍찍 그어 댔다. 그러고는 중간쯤에 앉은 늙은 사두(힌두교의 고행 수도승)에게도 어김없이 표를 요구했다.

그제서야 내가 존재를 알아차렸을 만큼 그 사두는 별다른 특징이 없는 평범한 방랑승이었다. 색 바랜 옷에 지저분한 장발 머리를 머리꼭지에 둘둘 말아 올리고서 남의 자리에 엉덩이를 걸치고 앉아 있었다.

영국이 인도 땅에 철도를 건설한 이후, 열 정거장 정도는 그냥 올라타 은근슬쩍 끼어 앉는 것이 인도인들의 전통이자 지나친 미덕이었다. 세 명씩 앉는 좌석에 대여섯 명씩 좁혀 앉는 것은 예사였다. 하지만 이제는 철도 행정이 날로 엄격해져 표 없이 탔다가 걸리면 벌금이 몇 배였다.

무임승차를 한 게 분명한 빈털터리 사두는 검표원의 거듭되는 요구에도 묵묵부답 눈을 감고 명상하는 자세였다. 시바 신이 눈앞에 나타나기 전에는 결코 명상을 방해받지 않겠다는 결연한 모습이었다.

그렇다고 그냥 넘어갈 검표원이 아니었다. 인도인이면서도 수도승에 대한 존경심이 눈곱만큼도 없어 보였다. 오히려 인도는 사두들의 나라라고 외치며 문전걸식 돌아다니는 소똥 묻은 방랑승들을 멸시하는 눈초리가 역력했다.

그는 손바닥으로 사두의 어깨를 치며 재차 표를 요구했다.

"어서 표를 보여 주시오!"

마침내 더 이상 외면할 수 없게 된 사두가 눈을 떴다. 그러자 층층이 낀 눈곱과 함께 뜻밖에도 강렬한 눈동자가 나타났다. 그는 검표원을 바라보며 말했다.

"무슨 표를 보여 달라는 말인가? 난 수십 년을 이렇게 자유롭게 돌아다녔는데."

사두의 범상치 않은 눈빛에 약간 움찔한 검표원은 일부러 더 배를 내밀며 말했다.

"기차를 타려면 표를 사야 합니다. 어서 표를 보여 주시오. 표가 없으면 다음 역에서 당장 내려야만 할 것이오."

사두 역시 조금도 물러서지 않았다.

"우리 같은 수행자들은 돈을 몸에 지니고 다닐 수 없게 되어 있다는 걸 모른단 말인가? 진리를 추구하기 때문에 우린 사람들의 적선에 의지해서만 살아간다네."

그런 두 사람을 바라보고 있던 나는 순간 마음이 슬퍼졌다. 영적인 나라 인도에서 고작 기차표 한 장을 두고 수행승과 검표원이 옥신각신 다투고 있었다. 불과 며칠 전 나는 요가 학교에서 이렇게 배웠었다.

'세상 속에서 살라, 하지만 세상에 속하진 말라.'

그러나 말처럼 쉬운 일이 아니었다. 인도라고 해도 어딜 가나 물질이 지배하고 있었다. 이런 나라에 진리를 찾아 떠나온 내가 어리석게 느껴졌다.

검표원은 카이저수염을 실룩거리며 으름장을 놓았다.

"수행자든 시바 신이든, 표 없이 기차를 타는 건 법으로 금지돼 있소. 보아하니 표가 없는 모양인데, 어서 일어나시오."

늙은 사두를 당장 끌고 가 봉변을 줄 태세였다. 사람들은 그의 위압적인 태도에 눌려 아무 말도 못 하고 있었다.

이때쯤 내가 나서야만 하는 게 아닌가 하는 생각이 들었다. 무임승차는 위법이지만, 그렇다고 해서 진리를 추구하기 위해 속세를 떠난 사람을 걸인 취급해선 안 되는 일이었다.

벌떡 일어나 검표원에게 돈을 집어던지며 그 사두를 그냥 내버려 두라고 소리칠까 말까 하려는 찰나, 검표원이 비아냥거리는 투로 사두에게 물었다.

"도대체 당신들은 왜 이렇게 돌아다니는 거요? 진리를 추구한다면 히말라야 동굴 속에 앉아 있으면 될 거 아니오."

사두가 당당하게 말했다.

"우리는 신을 찾아서 돌아다닌다네."

그러자 검표원은 또다시 코 옆의 사마귀를 실룩이며 반박했다.

"당신들은 항상 신은 모든 곳에 있다고 주장하지 않소. 그런데 또 어디로 신을 찾아다닌단 말이오?"

사두가 얼른 맞받아쳤다.

"모든 곳에 신이 존재한다는 걸 확인하기 위해 모든 곳을 돌아다니는 중이지."

달리는 이등칸 열차 안에서 난데없이 사두 대 검표원의 설전이 벌어지고 있었다. 끼어들지 않은 것이 천만다행이라는 생각이 들었다. 결코 만만치 않은 떠돌이 수도승과 검표원이었다. 검표원은 승객들의 표를 검사해야 한다는 본분도 잊은 채 사두와의 논쟁에 열중하고 있었다.

핏발 선 부리부리한 눈을 굴리며 그가 말했다.

"그럼 이 기차 안에서도 신을 발견할 수 있소? 신이 있다면 어디에 있는지 한번 말해 보시오."

허를 찌른 예리한 질문이었다. 그 순간 나뿐만 아니라 승객들 모두 긴장했다. 이 예상치 않은 질문을 사두가 어떻게 받아넘길지 다들 염려하는 표정들이었다.

가난한 사두는 천천히 고개를 들어 자기 앞에 서 있는 배불뚝이 검표원을 바라보았다. 그러고는 시선을 돌려 옆에 앉은 신혼부부와 맞은편의 검은색 터번 두른 시크교 청년, 때마침 지나가는 짜이(우유와 설탕과 향료를 넣고 끓인 인도식 홍차) 파는 소녀, 그 건너편에 앉은 서류 가방 든 신사를 쳐다보았다. 그리고 신사의 맞은편에 있는, 선글라스에 장발 머리를 한 외국인 여행자에게도 잠시 시선이 머물렀다.

그러는 사이 검표원은 더욱 의기양양해져서 손가락으로 자신의 콧수염을 잡아당기며 호통쳤다.

"모든 곳에 신이 있다면 당연히 이 기차 안에서도 신을 발견할 수 있어야 할 것 아니오? 허풍만 떨지 말고 어서 증거를 대 보시오."

그러면서 두 손을 허리에 갖다 대고 사두 앞에 떡하니 버티고 서서 거만한 시선을 내리깔았다. 그런 다음 궁지에 몰린 엉터리 사두를 보라는 듯 승객들을 휘둘러보았다.

이윽고 사두가 입을 열었다.

"그렇소, 난 이 기차 안에서도 신을 발견할 수가 있소."

검표원이 다시금 무시하는 투로 윽박질렀다.

"그 신이 어디에 있다는 거요? 빨리 말해 보시오!"

사두는 천천히 고개를 돌려 불타는 듯한 시선으로 자기 앞에 서 있는 검표원의 얼굴을 바라보았다. 그러고는 이내 평화로운 목소리로 말했다.

"신은 지금 내 앞에 서서 나와 함께 이야기를 하고 있소. 난 내 두 눈으로 똑똑히 보고 있소. 신이 내 앞에 서 있다는 것을. 당신은 지금 내게 표를 요구하고 있지만, 난 당신 안에서 신을 보고 있소. 그것은 조금도 의심할 수 없는 사실이오."

그 순간이었다. 검표원의 태도에 큰 변화가 일었다. 그것은 무엇으로도 설명하기 어려운 일이었다. 사두의 말솜씨가 아니라 자신을 바라보는 강렬한 눈빛이 그를 변화시켰는지도 모른다. 아니면 사두의 목소리에 담긴 평화로움과 진실성이 그의 내면에 어떤 불꽃을 일으켰는지도. 어쨌든 검표원은 갑자기 어떤 것을 느낀 듯했다. 그것은 작은 깨달음이자 큰 변화였다.

공손히 태도가 바뀐 검표원은 조금 전까지의 거친 행동을 버리고, 무릎을 약간 굽혀 사두의 다리에 두 손을 갖다 댔다. 어른이나 영적 스승에게 존경심을 표하는 인도의 오랜 예법이었다. 그러고는 부산하게 나머지 승객들의 표를 검사하며 다음 칸으로 옮겨 갔다.

내게 다가와 표를 요구할 때의 검표원의 눈빛은 조금 전 가짜 시계 장수를 떠다밀 때의 눈빛과는 사뭇 다른 것이었다. 약간 물기에 젖어 있었고, 부드럽고 평화로운 빛이 검은 동자 주위에 감돌고 있었다. 그리고 그 눈을 바라보는 나 역시 그 온화한 빛에 전염이 되는 기분이었다.

무임승차한 사두는 눈을 감고 다시 명상에 잠기고, 승객들도 덩달아 실눈을 뜨고 흔들리는 기차 안에서 자기 속의 신을 찾는 모습들이었다. 눈치 없는 짜이 파는 소녀만이 어서 짜이를 마시라고 고래고래 소리를 질렀다.

인간 존재의 완성을 이룬 자, 깨달음을 얻은 자는 누구인가? 그는 천한 사람이든 귀한 사람이든, 부자든 가난한 자든, 선한 자든 악한 자든 모든 인간 존재에게서 신을 발견하는 자라고 비하르 요가 학교의 창시자 스와미 사티야난다는 말했다.

망고 주스

　우리는 누구나 여행자다. 우리 모두 이 세상에 여행을 온 것이
다. 더 배우고, 더 경험하고, 더 성장하기 위해……. 이 여행을 마
치고 떠날 때, 나는 신 앞에 서서 이것 하나만은 말할 수 있다.
나 자신이 여행자라는 사실을 잊지 않았노라고. 그래서 늘 길 위
에 서 있고자 노력했다고. 내 배움은 학교가 아니라 길에서 얻어
진 것이라고.

　차창 밖으로 오렌지색 햇빛이 쏟아지는 북인도 들판을 지나
기차가 럭나우 부근의 역에 섰을 때, 문득 망고 주스가 마시고
싶어졌다. 하지만 역구내를 둘러봐도 콜라와 환타만 있을 뿐, 내
가 원하는 망고 주스가 없었다. 그래서 기차가 잠시 정차한 틈을

타, 옆 사람에게 배낭을 맡기고 재빨리 역 밖으로 망고 주스를 사러 나갔다.

인도에서는 계속해서 무엇인가를 마셔야만 한다. 그것이 인도 여행에서 지켜야 할 수칙 중 하나이다. 그렇지 않으면 태양열에 몸의 수분을 빼앗겨 탈수증에 걸리거나, 심하면 영혼까지 메말라 버린다. 처음 인도 여행을 할 때 사흘 동안 아무것도 마시지 않고 기차 여행을 한 결과, 나는 나무랄 데 없는 고행 수도승이 되어 있었다.

역 앞 가게로 뛰어갔을 때 진열장에 망고 주스 몇 개가 나란히 포개져 있는 것이 눈에 띄었다. 나는 서둘러 안으로 들어갔다.

가게 안에서는 한 남자가 가게 주인에게 뭐라고 열변을 토하고 있었다. 손목에 금팔찌와 금시계를 차고 있었는데, 목에도 영락없이 금줄 목걸이가 걸려 있었다. 내가 그 금붙이들을 유심히 바라보자, 남자는 씩 웃으며 자기는 시내에서 금은방을 하고 있다고 설명했다. 자기가 좀 차고 다니다가 팔기도 하고 그러는 것 같았다. 웃을 때 보이는 금이빨은 어찌할 것인지 알 길이 없었다.

남자가 대화를 끝내고 나가자, 얼른 가게 주인에게 다가가 힌디어로 말했다.

"무제 푸르티 디지예."

그러자 늙은 가게 주인이 영어로 말했다.

"망고 주스를 달란 말이지?"

내가 다시 힌디어로 말했다.

"잘디 잘디 디지예!"

그가 다시 영어로 대꾸했다.

"빨리 달란 말이지?"

노인은 자리에서 일어나, 허리에 걸친 흰색 도티(인도 남자들이 입는 치마처럼 생긴 옷)를 느릿느릿 고쳐 입었다. 그런 다음 거의 시속 10미터의 속도로 천천히 망고 주스를 향해 다가가기 시작하는 것이었다.

이런 식으로 꾸물대다간 기차를 놓칠 염려가 컸다. 기차뿐만 아니라 기차에 두고 온 배낭까지 몽땅 잃어버릴 판이었다. 그 금붙이 남자 때문에도 몇 분을 지체했었다.

나는 속이 타서 다시금 서툰 힌디어로 노인을 재촉했다.

"바바지, 잘디 잘디! 서머여 나이 헤!"

노인은 속도를 낼 생각은 하지 않고, 뚝딱거리는 인도식 영어로 맞받아쳤다.

"시간이 없으니까, 서두르란 말이지?"

그러고 나서 말했다.

"서둘러서 얻을 건 아무것도 없어. 서두르다간 오히려 잃기 마련이지."

그렇게 훈계를 한 뒤, 노인은 더욱더 느린 동작으로 진열장을 향해 다가갔다. 그렇다고 늙은 사람을 뒤에서 떠다밀 수도 없는 노릇이었다. 나는 연신 기차역을 돌아보며 초조하게 기다렸다.

드디어 진열장 유리문이 힘겹게 열리고, 마치 아잔타 석굴에서 발굴한 것처럼 먼지가 수북이 쌓인 망고 주스 다섯 개가 꺼내어지기까지 한참의 세월이 걸렸다. 그리고 그것이 다시 까만 비닐봉지에 담기기까지는 족히 백 년은 더 걸렸다. 초조한 나머지 소변이 다 마려울 지경이었다.

노인의 손에서 망고 주스 봉지를 거의 빼앗다시피 하고서 서둘러 돈을 건넸다. 잔돈을 준비하지 않은 것이 그날의 가장 큰 실수였다. 노인은 내가 낸 백 루피짜리 지폐를 마치 위조지폐라도 되는 양 한참을 이리 뒤집어 보고 저리 뒤집어 본 뒤, 돈을 이마에 갖다 대고 시바 신께 기도까지 올리는 것이었다.

그런 다음 돈 통을 열어, 잔뜩 뜸을 들이며 때묻은 동전들을 하나씩 카운터 위에 늘어놓기 시작했다. 1루피짜리, 2루피짜리, 심지어 잘 쓰지도 않는 10파이샤와 50파이샤(파이샤는 100분의 1루피) 동전까지 등장했다. 어찌나 주의 깊게 동전들을 선택해 꺼내 놓는지, 그 사이에 인더스강에서 두세 개의 문명이 발생하고도 남을 긴 시간이 흘렀다.

마침내 노인이 거스름돈을 다 꺼내 놓았을 때 기차가 꽈앙 하고 기적을 울렸다. 더 이상 지체할 수 없게 된 나는 재빨리 카운터 위의 동전들을 손바닥에 쓸어 담았다. 그러다가 그만 동전 몇 개가 바닥에 떨어지고 말았다.

내가 얼른 허리를 굽혀 팔랑개비를 도는 동전들을 주워 모으자 노인이 느린 어조로 일침을 가했다.

"서둘러서 되는 건 아무것도 없다고, 내가 방금 전에 말했지. 서두르다간 오히려 잃기 십상이야."

노인이 뭐라고 떠들든 부리나케 동전들을 주워 들고 날쌘돌이처럼 기차를 향해 뛰어갔다. 구름다리를 건너 내가 헐레벌떡 자리에 돌아온 뒤에도 기차는 헛기적만 울려 댈 뿐 도무지 떠날 생각을 하지 않았다. 인도의 기차답게 서두를 게 하나도 없다는 식이었다.

무사히 기차에 올라탔다는 안도감과 함께, 왠지 모를 허무감이 가슴 밑바닥에서 밀려왔다. 때로 예기치 않게 찾아오는 이 허무감은 어디서 오는 걸까?

망고 주스를 사러 뜨거운 태양 아래를 뛰어다녔기 때문에 더욱 목이 말랐다. 갈증도 식히고 까닭 모를 허무감도 달래는 데는 뭐니 뭐니 해도 인도산 망고 주스가 최고 아닌가.

그런데 아무리 찾아도 망고 주스가 보이지 않았다. 동전을 주워 갖고 달려오느라 주스가 든 비닐 봉지를 가게 카운터 위에 그냥 놓고 온 것이다. 나는 더없이 절망스럽고 영혼까지 허무해져서 눈을 감고 자리에 쓰러졌다.

망고 주스가 없다고 생각하니 아까보다 더 목이 탔다. 그러나 금방 떠날 것처럼 울부짖는 기차를 두고 다시 가게까지 갔다 올

순 없는 일이었다.

내가 못내 아쉬워하며 차창 밖으로 고개를 내밀고 가게 쪽 하늘을 쳐다보고 있을 때였다. 흰색 도티를 입은 한 노인이 플랫폼 저쪽에서 느릿느릿 걸어오는 것이 보였다. 손에 검은색 비닐봉지를 들고 있는 것이, 틀림없는 그 가게 주인이었다!

나는 너무나 반가운 나머지 목청을 다해 소리쳤다.

"여기예요, 여기!"

그 순간, 기차가 꽈앙 하고 인정사정없이 기적을 울려 댔다. 기차는 정말로 떠날 것처럼 덜컹하고 움직이기까지 했다. 나는 너무도 안타까워 창밖으로 손을 내저으며 몸부림쳤다. 이러다간 정말로 망고 주스를 영영 놓칠 판이었다.

나는 노인에게 좀 더 속도를 내라고 힌디어로 다그쳤다.

"이다르 잘디 잘디 아이예!"

상황을 알아차린 앞 좌석 인도인들도 덩달아 차창 밖으로 얼굴을 내밀고 응원을 했다.

"바바지, 잘디 세 아이예!"

그러거나 말거나 노인은 여전히 시속 10미터의 속도를 유지한 채, 그 와중에도 영어로 맞받아쳤다.

"나더러 빨리 오란 말이지?"

노인이 거의 다 와 가는 순간, 마침내 기차가 출발했다. 나는 만화영화 속 주인공처럼 팔을 두 배나 길게 늘어뜨려 가까스로 노인의 손에서 망고 주스 봉지를 낚아챘다.

나는 노인이 베풀어 준 수고로움에 감동해 차창 밖으로 손을 흔들며 노인에게 소리쳤다.

"수크리아, 바훗 수크리아!"

그 순간 노인이 손가락으로 허공을 찌르며 영어로 소리쳤지만, 기차가 멀어져 잘 들리지 않았다. 하지만 그가 뭐라고 소리치는 지 충분히 알고도 남았다.

"대단히 감사하단 말이지? 서두르다간 오히려 잃기 마련이라고, 내가 분명히 말했지!"

노인의 말에 화답하듯 기차가 또다시 기적을 울리고, 노인이 멀리 점이 되어 사라질 때까지 나는 손을 흔들고 또 흔들었다.

기차가 여유롭게 북인도 평원을 달리는 동안, 나는 새처럼 쪽 쪽거리며 망고 주스 다섯 개를 앞 좌석 인도인들과 나눠 마셨다. 인도산 과일 주스의 달콤한 맛도 맛이지만, 힌두 노인의 친절함 과 속 깊은 지혜가 내 영혼의 갈증을 식혀 주었다.

친구 여동생의 결혼식

　수닐 차크라바티의 여동생 결혼식에 참석하기로 한 것은 그간의 우정에 따른 것이기도 했지만, 결혼식이 동인도 비하르 지방에서 열린다는 데도 이유가 있었다.

　대학에서 인도 역사를 전공하고 지금은 힌두 대학의 시간강사로 일하는 수닐은 한때 나의 친구이자 통역자로 인도 전역을 함께 여행한 적이 있었다. 또한 그 자신이 바라문(인도의 신분 계급 중 첫 번째 성직자 계급) 사제이자 점성학자여서, 해마다 내가 인도의 어느 지역을 여행하면 좋은가를 점쳐 주곤 했다.

　물론 나는 항상 그 점괘와는 정반대로 돌아다녔지만, 수닐의 여동생이 결혼한다는 소식을 듣는 순간 그 결혼식에는 꼭 참석

해야겠다고 마음먹었다. 더구나 결혼식 장소는 내가 늘 가 보고 싶어 하던 비하르 지방의 시골이었다.

인도의 시골들을 여행하는 것이 나는 좋았다. 지도에도 표시되어 있지 않은 작은 마을들에 가면, 인구 조사에도 포함되지 않은 순박한 사람들이 밥도 주고 잠도 재워 주었다. 그러나 비하르주만은 예외였다. 한때는 인도에서 가장 부유한 곳이었지만 관리들의 부패로 가장 빈곤한 지역으로 전락한 이후, 비하르 지방 어디엘 가나 총을 든 다코이트(강도)들이 활개를 쳤다.

이번 수닐의 여동생 결혼식은 비하르주의 시골을 여행할 수 있는 절호의 기회였다. 여행에는 수닐과 나, 그리고 수닐의 영적 스승인 아산티 구루지('구루'는 영적 스승의 의미)가 동행했다. 우리는 비하르주의 주도 파트나까지 기차로 간 다음, 그곳에서 택시를 타고 도시 외곽으로 가서, 다시 10킬로미터 정도 떨어진 수닐의 고향 마을까지 걸어서 가든지 아니면 차를 얻어 타고 가기로 치밀한 계획을 세웠다.

장장 스무 시간이 넘게 걸린 기차 여행은 구루지가 도중에 갑자기 사라진 것 말고는 별다른 문제가 없었다. 소똥 묻은 긴 머리를 허리까지 늘어뜨린 그 사두는 기차가 도중의 한 역에 정차하자 아무 말도 없이 내려 그냥 연기처럼 사라져 버렸다. 기차 안을 아무리 뒤지고 다녀도 구루지의 모습이 보이지 않았다.

그런데도 수닐은 아무 걱정 없이 두 다리를 뻗고 만사태평이었다. 자기한테 중요한 것은 나지 그 구루지가 아니라는 식이었다. 외국인인 내가 시골의 결혼식에 참석하는 것만으로도 그 결혼식은 충분히 빛이 나고도 남는다고 수닐은 거듭 강조했다.

기차역에서 택시를 잡는 것은 불가능했다. 곧 날이 어두워질 것이기 때문에 강도들을 겁내 어떤 택시도 장거리를 뛰려고 하지 않았다. 결국 배짱 좋은 떠꺼머리 릭샤 운전사를 만나 오토 릭샤를 타고 가기로 했다.

우리가 가격을 흥정하고 있을 때, 갑자기 등 뒤에서 그 소똥 머리 구루지가 나타났다. 내가 반갑기도 하고 놀랍기도 해서 구루지를 쳐다보며 휘둥그레져 있을 때, 수닐은 정상 요금의 두 배를 주기로 하고 릭샤 운전사와 흥정을 끝냈다. 수닐도 구루지도 다시 만난 것이 전혀 아무렇지 않은 표정들이었다. 마치 구루지가 잠시 화장실에 다녀온 정도라는 식이었다. 알다가도 모를 스승과 제자 사이였다.

내 생애에 몇 가지 불가사의한 일들이 일어나긴 했지만, 그 중에서도 도중에 사라졌던 아산티 구루지가 펑하고 등 뒤에 나타난 것은 지금까지도 풀리지 않는 수수께끼로 남아 있다.

어쨌든 우리 세 사람은 어깨를 나란히 맞대고 오토 릭샤에 올라탔다. 운전사는 시동을 걸자마자 미친 듯이 달리기 시작했다. 도로가 전혀 미친 듯이 달릴 상황이 아닌데도 불구하고. 그제서야 나는 운전대 앞에 왜 '시바 신이여, 우리를 보호하소서!'라는 기도문이 적혀 있는지 이해가 갔다. 신의 보호를 받지 못한 트럭 한 대는 개구리처럼 길옆에 뒤집혀져 있었다.

나는 도중에 강도를 만나는 것보다 릭샤가 전복될까 봐 더 겁이 났다. 강도를 만나 죽는 것보다 차가 뒤집혀 죽을 확률이 스무 배는 컸다. 수닐과 아산티 구루지는 여전히 별일 아니라는 식이었지만, 나는 릭샤 밖으로 튕겨 나가지 않으려고 두 다리를 뻗디디며 안간힘을 썼다.

중간쯤 갔을 때였다. 웅덩이를 피하려던 릭샤가 길 위로 튀어나온 돌맹이에 부딪쳐 펄쩍 뛰어올랐다. 릭샤 천장을 가로지른 쇠막대기에 이마를 세게 부딪친 나는 너무 아파서 영혼이 밖으로 튕겨 나가지나 않았나 걱정이 될 정도였다. 부딪친 자리는 금세 혹이 되어 빨갛게 부풀어 올랐다.

외곽 지대에 도착했을 때 운전사는 돈도 제대로 세어 보지 않고 나는 듯이 되돌아갔다. 나는 저런 릭샤를 다시 타느니 차라리 강도를 만나는 게 백 배는 낫겠다고, 이마의 혹을 문지르며 투덜거렸다. 그러자 시바 신은 당장에 강도들을 내려보냈다.

우리가 백여 미터쯤 걸어갔을 때 갑자기 날이 어두워졌다. 마음이 약간 불안해진 사이, 운 좋게도 등 뒤에서 지프차 한 대가 헤드라이트를 켜고 달려왔다. 차를 잡는 것은 아무래도 외국인인 내가 유리하다는 판단이 들어, 나는 영화에서 본 것처럼 도로 한가운데로 뛰어나가 마구 손을 흔들어 댔다.

그러나 굳이 그럴 필요가 없는 일이었다. 차는 우리가 있는 곳까지 오더니 스스로 속도를 멈추었다. 2차 세계대전 때 활약한 것 같은 낡은 지프차 안에는 군인처럼 보이는 사람들이 총을 들고 앉아 있었다. 하지만 흉터 난 얼굴에 총알이 가득 든 탄띠를 어깨와 허리, 심지어 허벅지까지 엑스 자로 두른 것으로 보아 그들이 군인이 아닌 것만은 분명했다.

살짝 대머리인 수닐과 소똥 머리인 구루지, 그리고 지저분한 장발 머리인 나는 앞 좌석에 앉은 강도들의 우두머리가 시키는 대로 순순히 차 뒷좌석에 올라탔다. 나는 몹시 반항하고 싶었지만, 수닐의 여동생 결혼식을 생각해 참기로 했다.

지프차 안은 이미 강도들로 만원이어서, 우리는 뒷좌석의 부하들에게는 완전히 불청객이었다. 행여나 강도들의 발이라도 밟을세라 나는 무척 조심했다. 강도라고 해서 함부로 짓밟혀도 된다는 법은 없지 않은가.

두목은 험상궂은 강도이긴 했지만, 의외로 예의 바른 남자였다. 그는 내 국적과 나이, 직업을 묻고는 내가 시인인 것에 무척 호감을 가졌다. 그는 부하들이 들으라는 듯 자기도 한때는 시인이 꿈이었다고 하면서, 내가 쓴 시집 제목을 묻기까지 했다. 차마 나는 그 상황에서 『그대가 곁에 있어도 나는 그대가 그립다』라는 제목을 말할 수 없어서 그냥 다른 시인이 펴낸 시집의 아무 제목이나 둘러댔다. 그러자 두목은 그 제목의 시를 읊어 달라고 정중하게 부탁하는 것이었다.

누구의 청이라고 거절하겠는가. 결국 강도들의 정서 순화를 위해 떨리는 목소리로, 내 시 〈그대가 곁에 있어도 나는 그대가 그립다〉를 영어로 들려줄 수밖에 없었다. 시를 낭송하는 동안 두목은 줄곧 내 이마에 난 혹을 바라보다가 충고하듯 말했다.

"당신이 방금 읊어 준 그 시에는 아까 말한 제목이 전혀 어울리지 않소. 제목을 바꾸도록 하시오. 차라리 〈그대가 곁에 있어도 나는 그대가 그립다〉로 하는 게 나을 것이오."

알고 보니 시적 감수성이 매우 뛰어난 강도였다. 어쨌거나 한 편의 시를 통해 강도들과 우리는 예상외로 가까워질 수 있었다. 나는 애써 태연을 가장하며 은근슬쩍 한 팔을 옆에 앉은 강도의 어깨에 두르기까지 했다. 하지만 그가 별로 좋아하지 않는 것 같아 얼른 팔을 거두었다.

우리가 수닐의 여동생 결혼식에 참석하러 간다는 사실을 알고 두목은 말했다.

"이런 시간에 걸어 다니는 건 자살행위나 다름없소. 앞으로는 조심하시오. 이 지역의 인도인들은 모두 날강도나 다를 바 없으니, 절대 믿지 마시오."

강도가 다른 날강도들을 조심하라고 진심 어린 충고를 하고 있었다. 그들은 우리를 수닐의 고향 마을 입구까지 태워다 주고는 바람처럼 사라졌다. 매우 친절하고, 또한 몹시 불가사의한 강도들이었다. 신분이 신분인지라 서로 연락처도 주고받지 못하고 헤어진 것이 못내 아쉬웠다.

강도들이 떠나간 뒤, 우리 세 사람은 한꺼번에 긴장이 풀려 제각기 길가 풀밭에 나동그라졌다. 이 기적 같은 일을 두고 수닐은 자신의 여동생의 결혼을 축하하는 시바 신의 축복으로 돌렸고, 아산티 구루지는 성자인 자신의 힘으로 돌렸으며, 나는 외국인이자 시인인 내 덕으로 돌렸다.

훗날 나는 우연히 〈인디아 타임스〉의 기사를 읽게 되었는데, 비하르주에서는 여섯 달 동안에 살인 사건이 무려 2,600건, 납치가 1,200건, 강력 범죄가 무려 6만 건이 넘게 일어나고 있었다. 그것은 하루에 14명이 죽고, 4시간마다 1명씩 납치된다는 것을 뜻했다. 그 사실을 알고 나서야 비로소 다리가 후들거리면서 내가 얼마나 운이 좋았는가를 깨달았다.

어쨌든 우리는 강도를 만난 덕분에 다른 날강도들을 신경 쓰지 않고 무사히 결혼식 장소에 도착할 수 있었다.

수닐의 고향 마을에 들어서는 순간, 나는 한 떼의 열광적인 팬클럽을 갖게 되었다. 마을 사람들은 남녀노소 할 것 없이 모두 일손을 팽개쳐 두고 내게로 몰려왔다. 인도 수상이 방문한다 해도 그만큼 환영받을 순 없는 일이었다. 너무 늙어 거동이 불편해진 한 노인은 손녀의 부축을 받아 가며 나를 따라다녔다.

신부 측 하객들에 둘러싸여 저녁을 먹고 났을 때였다. 내 아랫

배가 공손히 꾸르륵거렸다. 허기졌던 차에 사람들이 건네주는 정체불명의 음식을 너무 많이 집어먹은 탓이기도 했지만, 오다가 강도를 만난 심리적인 영향도 무시할 수 없었다. 음식들은 내 뱃속에서 서로 화합하지 못하고 와글와글 논쟁을 벌였다. 더 이상 예의를 차릴 수 없게 된 나는 재빨리 집 뒤 들판으로 뛰어갔다. 그러자 저 외국인이 어떻게 뒤처리를 하나 보려고 아이들이 죽 몰려와 반원을 그리며 내 앞에 섰다.

들판 겸 화장실인 그곳에는 당연히 모기와 도마뱀들이 가득했다. 어떤 도마뱀은 갑자기 침입한 내가 기분 나쁘다는 듯 노란 눈으로 째려보았지만, 모기들은 대단히 우호적이었다. 내가 바지를 내리자마자 모기들은 별로 먹은 것도 없는 여행자의 엉덩이를 사정없이 물어뜯었다. 어린 모기들은 무는 연습을 하려는지 내 엉덩이에 주둥이를 마구 비벼 댔다.

저리 가라고 아무리 손짓을 해도 아이들은 어린 공작새 같은 눈을 뜨고 한 발자국도 물러나지 않았다. 내가 휴지를 꺼내자, 한 소녀가 작은 물통을 내밀며 말했다.

"그 더러운 종이를 쓰지 말고 이 물을 써요."

소녀의 정성이 고마워서라도 휴지를 도로 집어넣고 물로 뒤처리를 하는 수밖에 없었다.

또 다른 소녀는 자기 눈을 가리키며 "아크, 아크!" 하고 말했다. 눈이 힌디어로 '아크'라는 것을 가르쳐 주려는 것이었다. 내가 왜 그걸 가르쳐 주느냐고 묻자, 소녀는 그것도 모르냐면서 나를 나무랐다. 사람에겐 눈이 가장 중요하다는 것이었다.

결혼식은 자정이 가까워서야 신랑 측 친척과 하객들이 트럼펫을 울리며 마을 입구에 도착하는 것으로 본격적인 막이 올랐다. 숲으로 난 오솔길이 갑자기 환해지면서 머리에 형광등을 인 결혼 행렬이 등장했다. 인도에서는 결혼식 때 배터리까지 동원해 줄줄이 머리에 형광등을 이고 다닌다. 부자들의 결혼식에는 형광등 대신 샹들리에가 등장한다. 신랑 신부의 앞날을 밝혀 주겠다는 지나친 배려에서 생겨난 풍습이리라.

금잔화 꽃목걸이가 등장하고 쟁반 가득 혼례 음식이 오간 뒤, 손바닥에 헤나 물감으로 신비한 그림을 그린 아름다운 신부가 등장했다. 신부는 오빠 수닐과는 달리 대단한 미인이었다. 수닐이 정말로 친오빠일까 의심이 갈 정도였다.

내가 시인이라는 사실을 안 마을 사람들은 이구동성으로 내게 '신부를 위한 시' 한 편을 청했다. 인도인들이 오나가나 이토록 시를 좋아할 줄은 나로서도 미처 몰랐던 일이었다. 계속 거절하다간 사람들의 마음에 상처를 줄 것만 같아, 나는 어느 고대 인도 시집에서 읽었음직한 시 한 편을 즉석에서 암송해 주었다.

태양에 그을린 갈색 피부
밤처럼 검은 머리

공작새처럼 쳐다보는 눈

신은 이 아름다운 여인을 만들고 나서

어떻게 세상에 내보낼 수 있었을까.

그는 눈이 멀었단 말인가.

신랑 신부의 사진 촬영 때는 모든 하객들의 강력한 요구에 따라 내가 신랑 신부의 한가운데 서서 사진을 찍어야 했다. 다들 내가 낭송한 시에 감동을 받은 게 역력했다. 나같이 보잘것없는 떠돌이 여행자가 결혼식에 참석했다는 이유 하나만으로도 신부 측 가족들의 자부심은 하늘을 찔렀다.

에크, 도, 틴(하나, 둘, 셋)! 하고 플래시가 터지고, 수닐의 스승 아산티 구루지와 나를 중심으로 둘러선 모든 사람들이 한 장의 사진에 박혔다. 신혼부부의 첫 순간이, 그리고 신비로운 여행의 한순간이 그렇게 동인도 비하르의 밤하늘을 뒤덮은 수많은 별자리들 속에 영원히 기록되었다.*

* 힌디어로 '눈'이 정확히 '아크'인지 '앙크'인지 확인하기 위해 수닐에게 이메일을 띄우자, 그는 장장 몇 페이지에 달하는 답장을 보내왔다. 논문이나 다를 바 없는 그 글에서 그는 고대 인도 철학에서 눈이 가진 의미, 눈과 관련된 현자들의 발언, 눈과 영혼의 상관관계 등을 낱낱이 열거하고 있었다. 그 글을 다 읽고 나서도 나는 여전히 '눈'이 '아크'인지 '앙크'인지 알 수 없었다.

원숭이가 공을 떨어뜨린 곳에서 다시 시작하라

12년마다 한 번씩 열리는 인도 최대의 축제 마하 쿰브멜라(과거, 현재, 미래의 모든 카르마를 씻는 대축제)에 참석하기 위해 설레는 마음을 안고 뭄바이 공항에 도착한 나는 출발부터 장애물에 부딪쳤다. 델리행 연결편 비행기가 짙은 안개를 이유로 이륙이 취소된 것이다. 하는 수 없이 뭄바이의 호텔에서 하룻밤 묵었으나 북인도 대륙을 장악한 안개는 물러날 기미가 보이지 않았다.

서둘러 기차역으로 달려갔지만 어찌나 사람이 많은지 표를 사기는커녕 표 파는 직원에게 말 한마디 건네기조차 불가능했다. 외국인 전용 창구는 보름치 예약을 마감한 지 오래였다.

그렇게 해서 한 달 전부터 치밀하게 계획한 마하 쿰브멜라행이

여지없이 수포로 돌아가고 말았다. 델리의 호텔 예약도, 아는 사람을 통해 미리 사둔 특급 열차표도, 축제가 열리는 장소의 게스트하우스 예약도 무용지물이 되었다.

축제에 함께 가기 위해 도중에서 만나기로 한 현지 친구들과의 약속도 지킬 수 없게 되었다. 각자 축제 장소로 간다 한들 서로를 찾기란 시바 신의 능력으로도 어림없는 일이었다. 공식 집계 3천만 명, 비공식 집계 5천만 명이 참가하고 하루 실종자 신고 수가 2만 5천 명에 달하는 그야말로 은하계 최대의 축제가 아닌가!

실망이 이만저만이 아니었다. 12년 전에도 이 축제에 참석하기 위해 기차를 탔었다. 그런데 심한 열병에 걸려 도중에 돌아가야만 했다. 그리고 지금 또다시 카르마를 씻을 절호의 기회가 눈앞에서 멀어져 가고 있었다. 기차로도 수십 시간이 걸리는 거리를 택시를 타고 갈 수도 없는 노릇이었다.

그때 내 앞에 나타난 인도인 남자가 미스터 굽타이다. 아라비 아해가 바라다보이는 여행사에서 만난 그는 컴퓨터를 사이에 두고 내 얘기에 귀를 기울였다. 나는 어떻게든 마하 쿰브멜라 축제에 가겠다는 열의로 가득 차 있었고, 동시에 그것이 좌절될 것만 같아 실의에 차 있었다. 오랜 친구들과의 약속을 지키지 못하게 된 것도 마음을 무겁게 했다.

사실 인도 여행 중에 이런 일을 겪은 적이 한두 번이 아니었다. 번번이 비행기가 취소되고 기차가 연착하는 바람에 계획대로 여행을 하기가 힘들었다. 예약은 뒤바뀌고, 약속은 간단히 무시되고, 음식을 주문해도 엉뚱한 요리가 나오기 일쑤였다. 여행을 하는 것이 아니라 장애물 경기를 하고 있는 것 같은 기분이 들 때가 많았다.

콧수염이 잘 어울리는 50대 초반의 미스터 굽타는 내 얘기를 다 듣고 나서 심부름하는 아이를 시켜 짜이 두 잔을 주문했다. 그러는 사이에도 나는 인도의 이 예측 불가능한 상황에 대해 불만이 커져 갔고, 여행의 피로까지 겹쳐 허탈하기 이를 데 없었다. 뿐만 아니라 기차역 앞에서 탄 오토 릭샤가 회교도들의 폭동을 핑계로 멀리 돌아오는 바람에 기분이 더 나빠져 있었다. 천민들이 데모를 한다거나 홍수로 길이 무너졌다고 하는 것이 인도 운전사들의 상투적인 수법인 걸 모를 리 없었다.

수줍은 미소를 가진 인도 소년이 배달해 온 짜이를 권하며 미스터 굽타가 말했다.

"당신의 여행 일정이 헝클어진 건 안된 일이오. 하지만 인도를 여행하는 당신에게 이야기 하나를 들려주고 싶소."

그는 짜이를 한 모금 마시고 나서 말을 이었다.

"인도가 영국의 식민지였을 때의 일이오. 영국인들은 인도에서의 골치 아픈 생활을 잊고 여가도 즐길 겸 콜카타에 골프장을 하나 만들었소. 그런데 골프를 칠 때마다 예상치 못한 방해꾼이 나타났소. 다름 아닌 원숭이들이었소."

그의 설명에 따르면, 원숭이들은 영국인들이 쳐올린 골프공이 필드에 떨어지자마자 얼른 집어가 엉뚱한 곳에다 떨어뜨리곤 했다. 당연히 경기는 지연되고 매번 처음부터 다시 시작할 수밖에 없었다. 화가 난 영국인들은 골프장의 담장을 두 배로 높였다. 하지만 담타기 명수인 원숭이들에게 그까짓 높이가 문제 될 리 없었다. 영국인들이 작은 공에 그토록 집착하는 것을 본 원숭이들은 더욱 신이 나서 골프공을 이리저리 굴리고 다녔다.

미스터 굽타가 말했다.

"결국 영국인들은 새로운 골프 규칙을 만들 수밖에 없었소. 그것은 '원숭이가 골프공을 떨어뜨린 바로 그 자리에서 경기를 진행하라'는 것이었소. 물론 이 새로운 규칙은 예상 밖의 결과를 가져오기 마련이었소. 엉뚱한 곳으로 골프공이 날아갔는데 원숭이들이 그 공을 주워다 홀컵에 떨어뜨리는 행운을 맛본 사람도 있었고……." 혹은 간신히 홀컵 가까이 공을 보냈는데 원숭이가 재빨리 집어가 물속에 빠뜨리는 불운한 경우도 있었다.

다시 짜이 잔을 들며 미스터 굽타가 내게 물었다.

"영국인들이 그 골프 경기에서 배운 것이 무엇인지 아시오?"

나는 묵묵히 고개를 끄덕였다. 그들이 무엇을 배웠는지 알 것 같았다. 아마도 골프 경기만이 아니라 삶 또한 그렇다는 것을 배웠을 것이다. 삶에서 일어나는 일들을 자신의 계획대로 다 조종할 수는 없다는 것을. 매번의 코스마다 긴꼬리원숭이가 튀어나와 골프공을 엉뚱한 곳에 떨어뜨려 놓는 것이 삶이라는 것을.

미소를 지으며 미스터 굽타가 말했다.

"당신에게 내가 해줄 수 있는 조언은 이것이오. 좌절하지 말고 즐거운 마음으로, 원숭이가 골프공을 떨어뜨린 바로 그 자리에서부터 여행을 계속하라는 것이오."

물론 나는 그의 충고를 받아들여 하누만(원숭이 신)이 정해 준 그 자리에서부터 다시 여행을 시작했다. 며칠 늦기는 했지만 인내심을 갖고 기다려 준 친구들과도 감격적으로 재회할 수 있었고, 12년 동안 벼르고 벼르던 마하 쿰브멜라 축제에도 참가해 새벽의 갠지스 강물에 무사히 내 카르마를 씻어 보낼 수 있었다.

멋진 충고가 아닌가.

원숭이가 경기를 방해할 때마다 원숭이가 공을 떨어뜨린 바로 그 자리에서부터 다시 시작하라!

내 영혼의 여인숙

지구라는 여인숙에 온 영혼이 있었다. 그는 학교 졸업 후 몇 군데 직장을 다니다가 그만두고 인도로 여행을 떠났다. 그 나라가 행복이 무엇인가를 깨닫기에 좋은 경험들을 많이 가져다줄 것 같았기 때문이다.

삶 속에서 그는 고통에 대해 생각하곤 했었다. 스스로의 삶이 너무 피곤하다고 여겨질 때도 많았다. 더듬이가 끊어진 여치처럼 생의 방향을 잃고, 눈을 깜박이거나 숨 쉬는 것마저 힘들 때가 있었다.

그가 갑자기 인도로 떠난 것은 어쩌면 행복은 때때로 단순한 깨달음과 함께 찾아온다는 사실을 경험하고 싶었기 때문인지도 모른다.

올드 시타람 여인숙으로 들어서는 순간, 나는 여인숙 이름 앞에 왜 '올드'가 붙었는지 알 수 있었다. 그리고 올드의 진정한 의미까지도 이해할 수 있었다. 그것은 내가 기대했던 '고풍스럽다'는 뜻이 아니라 '오래되고 형편없이 낡았다'는 뜻이었다.

게다가 '몹시 늙었다'는 뜻까지 포함되어 있었다. 여인숙 안에는 매우 나이 많은 노인이 한 명 있었는데, 그가 바로 여인숙 주인 올드 시타람 씨였다. 그는 왠지 행복에 대해 말해 줄 흥미로운 어떤 것들을 지니고 있는 듯했다.

그는 숙박을 결정하기 전에 먼저 방부터 구경하라고 말했다. 노인과 내가 계단을 올라가는데, 커다란 쥐 한 마리가 나보다 먼저 방을 점검하고 나오는 중이었다.

인도의 모든 신은 고유의 동물을 타고 다닌다. 시바 신은 소를 타고 다니고, 코끼리 신 가네샤는 쥐를 타고 다닌다. 코끼리가 어떻게 쥐를 타고 다닐까 의아해하겠지만, 인도의 쥐가 얼마나 큰지 알면 금방 의문이 풀린다.

쥐는 우리를 보더니 앞발을 땅에 짚고서 약간 당황해했다. 그러자 안내하던 올드 시타람 씨가 손을 내저으며 "신경 쓰지 말라!"고 말했다. 나에게 하는 말인지 쥐에게 하는 말인지 잘 분간이 가지 않았다.

그가 왜 그토록 당당하게 방부터 먼저 구경하라고 큰소리를 쳤는지 지금도 이해가 가지 않는다. 누가 봐도 지저분하고 누추하기 짝이 없는 방이었다. 벽의 페인트칠은 벗겨지고, 침대는 그야말로 화장터 장작으로 사용되기 직전이었다. 여러 해 동안 밑바닥 여행을 전전해 온 나로서도 선뜻 발을 들여놓기 힘든 방이었다.

내가 "바핫 건더 헤(너무 더러워요)!" 하고 말하자, 주인은 또다시 "네버 마인드(신경 쓰지 말라)!" 하고 손을 내저었다. 나만 신경 쓰지 않으면 아무 문제가 없다는 식이었다.

날은 저물고, 다른 곳을 찾기에는 지친 몸이었다. 아무래도 방 값을 다 내는 게 억울해 깎아 달라고 요구하자, 올드 시타람 씨는 인도인답게 독특한 주장을 폈다.

"숙박비를 깎는다고 해서 방이 새것이 되는 건 아니잖소. 당신이 지금의 이 방에 만족하지 못한다면 아무리 방 값을 깎는다 해도 완벽하게 만족하진 못할 것이오."

너무나 그럴듯한 논리에 나까지 덩달아 고개를 끄덕일 정도였다. 그는 볼펜을 세우며 자못 훈계하듯 말했다.

"한 가지가 불만족스러우면 모든 것이 불만족스러운 법이오. 당신이 어느 것 한 가지에 만족할 수 있다면, 당신은 모든 것에 만족할 수 있을 것이오."

늙어 앞니가 두 개나 빠졌지만 입심 하나만은 당해 낼 재간이 없는 노인이었다. 문제는 아무리 눈 씻고 둘러봐도 그 여인숙에는 만족할 만한 것이 한 가지도 없다는 것이었다.

무거운 배낭을 멘 채 마냥 입씨름을 하고 있을 수는 없는 일이었다. 그래서 그날은 그냥 그곳에 짐을 풀기로 했다.

그러나 정말로 짐을 푼 것은 아니었다. 방 안이 너무 더럽고 지저분해 도저히 배낭을 풀어 놓을 엄두가 나지 않았다. 씻지도 않고 낡은 침대에 웅크려 새우잠을 잤다. 베개가 시멘트 자루처럼 딱딱해, 날이 밝았을 때는 목이 뻣뻣이 굳어 있었다. 아침에 일어나 목운동을 하자 뿌지직하고 목뼈에서 금 가는 소리가 났다. 인도의 여인숙들은 베개 속에 도대체 무엇을 집어넣길래 그토록 딱딱한지 알다가도 모를 일이었다.

세수를 하려고 배낭을 연 나는 너무 놀란 나머지 입이 다물어지지 않았다. 밤사이에 누군가 배낭을 마구 들쑤셔 놓은 것이었다. 그 누군가는 다름 아닌 어제의 그 쥐였다!

벌린 입을 하고 당장에 여인숙 주인에게로 달려가 따졌다. 쥐는 배낭을 뚫고, 스웨터를 구멍 내고, 비닐봉지에 든 비상식량을 모조리 먹어치웠다. 이상하게도 나는 꿈속에서 밤새 톱질을 하고 있었는데, 알고 보니 그것은 쥐가 배낭을 갉아 대는 소리였던 것이다. 정말 신이 타고 다닐 만큼 강력한 힘을 가진 쥐였다.

하지만 더 강력한 건 올드 시타람 씨의 입심이었다. 내가 볼멘

소리로 항의하자, 그는 나를 돌아보지도 않은 채 자못 경건한 자세로 카운터 위의 코끼리 신상에 대고 연기 자욱한 향을 피워 대며 말했다.

"신이 준 성스러운 아침을 불평으로 시작하지 마시오. 그 대신 기도와 명상으로 하루를 시작하시오. 이미 일어난 일에 대해 불평을 한다고 해서 무얼 얻을 수 있겠소? 당신이 할 일은 그것으로부터 뭔가를 배우는 일이오."

쥐구멍 난 배낭으로부터 무엇을 배우라는 것인지 이해가 가지 않았다. 마치 인도 설화에나 나옴직한 여인숙 주인과 뾰족 입을 가진 새앙쥐였다.

나는 일부러 입을 삐뚤게 하고서 말했다.

"이제 보니, 이 여인숙의 스승은 스리 새앙쥐난다군요. 그걸 미처 몰랐소이다."

올드 시타람 씨는 내가 비꼬는 걸 아는지 모르는지 난데없이 마하트마 간디의 말을 인용하고 나섰다.

"어제 죽은 것처럼 오늘을 살고, 영원히 살 것처럼 배우라는 말이 있지 않소."

배낭에 난 쥐구멍을 간디의 명언으로 때우려는 수작이 역력했다. 이제 보니 얼굴 생김새까지도 간디를 닮아 있었다. 결국 본전도 못 찾고, 아침도 거른 채 바늘귀와 씨름하며 배낭과 스웨터를 꿰매야만 했다. 스웨터는 올이 풀려 꿰맬수록 구멍이 더 커지는 느낌이었다. 바느질을 하면서 아무리 생각해도, 이 일로부터 내가 배울 점이란 이런 말도 안 되는 여인숙을 하루빨리 떠나야 한다는 것이었다.

바느질을 끝낸 뒤, 어지러운 영혼을 위로할 겸 근처 힌두 사원을 찾았다. 눈빛이 매서운 문지기는 내가 힌두교인이 아니라는 이유로 단호하게 입장을 거절했다. 하는 수 없이 10루피짜리 종이돈을 네 겹으로 접어 뇌물로 바치자, 문지기의 눈빛이 사랑으로 넘치고 단호한 빗장도 금방 풀렸다.

그런데 가죽으로 만들었다는 이유로 신발과 함께 허리띠를 문 밖에 벗어 두고 들어가야 한다는 것이었다. 사원 안을 기웃거리는 동안 바지가 자꾸만 흘러내려 신에게 제대로 경배조차 할 수 없었다.

엉거주춤 사원 구경을 마치고 여인숙으로 돌아온 나는, 날이 더워 방 옮기는 일은 엄두도 못 내고 곧바로 공동 세면장으로 향했다. 그런데 세면장의 샤워 꼭지가 어찌 된 영문인지 한 바퀴 비틀어져 천장을 향하고 있었다. 그래서 물을 틀면 일단 물이 천장을 타고 1미터쯤 흐르다 아래로 떨어져내렸다. 결국 샤워 꼭지 밑이 아닌 엉뚱한 곳에 서서 샤워를 해야만 하는 웃지 못할 상황이 벌어졌다.

천장에서 흘러내린 께름칙한 물로 머리도 감고 빨래도 한 뒤, 여인숙 주인에게 투덜거렸다.

"이건 말도 안 되는 일이에요. 인도 감옥이라고 해도 여기보단 낫겠어요."

아니나 다를까, 옥상의 긴꼬리원숭이를 노려보며 올드 시타람 옹께서 한 말씀하셨다.

"당신이 이미 갖고 있는 것에 대해 만족하지 않는다면, 황금으로 만든 샤워 꼭지를 갖는다 해도 결코 만족하지 못할 것이오!"

나는 인도의 소처럼 혀를 내두르며 방 안으로 들어갔다.

문제는 그것으로 끝나지 않았다. 옥상에 빨아 널은 내 티셔츠를 누가 훔쳐 간 것이다. 여인숙 종업원은 원숭이 짓이 틀림없다고 주장했지만, 내가 보기엔 원숭이처럼 생긴 그 종업원 짓이 분명했다. 몇 년 동안 인도 여행 때마다 입고 다닌 소중한 옷이었기에 화가 나서 종업원을 윽박질렀다. 앞가슴에 지혜의 눈이 그려진, 낡았지만 소중한 티셔츠였다.

내가 종업원과 이마를 맞대고 노려보고 있을 때, 카운터에 앉아 있던 올드 시타람 씨가 내게 물었다.

"당신은 행복의 비밀이 무엇인지 아시오?"

내가 말꼬투리를 잡히지 않으려고 입을 다물고 있자, 그가 스스로 묻고 스스로 대답했다.

"행복의 비밀은 당신이 무엇을 잃었는가가 아니라 무엇을 얻었는가를 기억하는 데 있소. 당신이 얻은 것이 잃은 것보다 훨씬 많다는 걸 기억하는 일이오."

그는 지금 내게, 아끼는 티셔츠를 잃긴 했지만 나 자신이 이미 행복하다는 사실을 기억하는 것이야말로 행복의 비결이라고 말하고 있었다.

그러고 보니 그는 단순한 소똥 철학자나 궤변론자가 아니었다. 시종일관 내게 일어난 일을 받아들이라, 그리고 그 일로부터 배우라고 말하고 있었다. 고통이란 삶에서 일어나는 일을 받아들이려고 하지 않기 때문에 생기는 것이라고.

그것은 사실 올드 시타람 씨 개인만의 철학이 아니라, 수천 년 동안 고대 인도에서부터 이어져 온 사상이었다.

기원전 천 년경 베단타 학파의 한 현자는 말하고 있다.

'그대가 바꿀 수 있는 일에 대해서는 걱정할 필요가 없다. 왜냐하면 그것은 바꾸면 되기 때문이다. 또한 그대가 바꿀 수 없는 일에 대해서도 걱정할 필요가 없다. 왜냐하면 걱정한다고 해서 그것이 바뀌진 않을 테니까!'

그렇게 실랑이를 하며 며칠을 올드 시타람 여인숙에 머무는 동안 본의 아니게 주인 남자로부터 자주 설교를 들어야 했다. 하루는 도저히 참지 못하고 주방의 더러운 위생 상태에 대해 불평을 터뜨리자, 그가 말했다.

"나는 지금까지 20년 넘게 이 여인숙을 운영해 왔지만, 늘 두 부류의 사람들이 있었소. 한쪽은 언제나 불평을 해대는 사람들이고, 다른 한쪽은 똑같은 상황에서도 늘 즐겁게 지내는 사람들이오. 당신이 어떤 부류에 속하고 싶은가는 당신 스스로 선택할 일이오."

그러고 나서 덧붙였다.

"당신은 지금 인도에 여행을 온 것이지, 불평을 하러 온 것은 아니잖소."

따지고 보면 그의 말이 옳았다. 다른 외국인 투숙객들은 옥상에서 일광욕까지 즐기며 잘도 지내는데, 단돈 50루피(850원)를 내고 묵으면서도 나만 유독 불평이 많았다. 그것은 단지 여인숙의 문제만이 아니었다. 문제는 내 안에도 있었다.

올드 시타람 씨의 지적은 '세상이 어떠한가보다 그 세상을 어떻게 바라보는가가 더 중요하다'는 가르침과 다름없었다. 그의 지적대로 나는 아직도 이 여행에서 배워야 할 것이 많았다.

어찌 보면 가장 중요하다고도 할 수 있는 그 단순한 진리를 일깨워 준 올드 시타람 씨를 결코 잊을 수 없다.

서너 해 뒤, 내가 다시 올드 시타람 여인숙을 찾았을 때 그곳은 놀랍게도 '뉴 시타람'으로 바뀌어 있었다. 시타람 씨는 앞니를 다 빠뜨린 뒤 구부정한 허리로 갠지스강을 건너 세상을 떠나고, 풍채 좋은 아들 시타람 씽이 그곳을 멋진 여인숙으로 개조해 놓았다. 간판도 새롭고, 이름답게 모든 것이 '새것'이었다. 올드 시타람은 간 곳이 없었다.

나는 뉴 시타람에서 하룻밤을 묵은 뒤, 이튿날 다른 곳으로 떠났다. 왜냐하면 그곳에는 금빛 나는 샤워 꼭지와 푹신한 베개가 있었지만, 올드 시타람 씨가 갖고 있던 어떤 영적인 향기가 사라지고 없었기 때문이다.

올드 시타람 여인숙은 내가 인도 여행에서 묵었던 그 어떤 여인숙보다 명실공히 더없이 독특하고 인상적인 곳이었다. 나는 잠을 자기 위해서가 아니라 배움을 얻기 위해 그곳에 간 것이었다. 그리고 이 지구라는 여인숙 역시, 나는 불평을 하기 위해서가 아니라 배움을 얻기 위해 여행을 온 것이다. 지금은 사라지고 없는 올드 시타람 여인숙에서 배운 것이 바로 그것이다.

새점 치는 남자

태양이 눈부신 날이었다.

콜카타에 있는 구세군회관 게스트하우스 문을 열고 세상 밖으로 나왔다. 싸구려 게스트하우스 안이 너무 어두워, 햇빛 찬란한 바깥세상이 오히려 구세군이었다.

사원 지붕 위에서는 늦잠 잔 원숭이가 합장하며 인사를 하고, 노천에서 배고픈 명상을 끝낸 탁발승이 반갑게 손짓하며 나를 맞았다. 땅콩 파는 남자는 내일을 기약하며 공짜로 한 줌 건네주고, 아침부터 소똥 밟은 서양인 여행자는 성스러운 소똥을 어떻게 처리할지 몰라 망연자실 서 있었다.

나는 장발을 휘날리며 강으로 걸어갔다.

강에 세워진 커다란 다리 위에는 새점 치는 남자가 가부좌로 다리를 꼬고 앉아 있었다. 이마에 흰색 물감을 칠하고, 그 위에 붉은색으로 지혜의 눈을 그려 넣었다.

그는 나를 보자 반갑게 손짓을 했다. 외국인인 내게 갑절의 복채를 챙길 속셈이었다. 갑절이라지만 10루피(170원)에 불과했기 때문에, 오랜만에 복점이나 쳐 볼까 하고 새장 앞으로 가서 쪼그리고 앉았다.

점을 치는 방식은 간단했다. 남자는 내 이름을 묻고, 그다음에는 아주 중요하다는 듯 생년월일과 집의 방향과 아버지의 이름을 물었다. 그런 뒤 새장 문을 열고 손가락으로 새장을 두세 번 툭툭 쳤다. 그러면 새장 안에 있던 초록색 앵무새가 뒤뚱거리며 걸어 나와, 뭉툭한 부리로 앞에 놓인 카드들 중 하나를 뽑도록 되어 있었다. 점괘 카드들은 마치 무굴제국(16세기부터 19세기까지 인도를 통치한 이슬람제국) 때 만든 것처럼 손때가 묻고 몹시 지저분했다.

그런데 이 바라문의 앵무새는 약간 고집이 세었다. 몇 차례나 새장을 두들겨도 좀처럼 밖으로 나오려 하지 않았다. 마침내 바라문이 새장을 90도 각도로 기울이기까지 하자, 앵무새는 마지못해 밖으로 굴러떨어졌다.

새는 잔뜩 못마땅한 얼굴로 점괘 카드들 위에 두 발을 딛고 서서, 고개를 갸우뚱거리며 카드들을 훑어보았다. 그러고는 부리를 꺾어 슬며시 주인 바라문의 눈치를 살피는 것이었다. 바라문과 나는 새가 어서 카드를 뽑기를 기다리고 있었다.

그 순간이었다.

앗! 하는 사이에 앵무새는 휙 하고 날아가 버렸다.

너무 어처구니없는 상황에 나도 놀라고 바라문도 놀랐다. 새는 뒤도 돌아보지 않고 넓디넓은 강을 날아 멀리 사라져 버렸다.

새 주인 바라문이 받은 충격은 이만저만이 아니었다. 공들여 훈련시킨 앵무새가 한순간에 허공으로 날아가 버리자, 그는 한 손으로 얼굴을 감싸며 소리쳤다.

"당신은 정말 운이 나쁜 사람이오!"

그는 고뇌에 찬 얼굴로 세 번이나 그 말을 반복했다.

새가 날아간 것이 유감이긴 했지만, 내가 보기에 운이 나쁜 건 내가 아니라 그였다. 하지만 새점 치는 남자의 해석은 달랐다. 내가 너무 운이 나빠 뽑을 점괘가 없기 때문에, 새가 충격을 받아 날아가 버렸다는 것이었다. 그는 몹시 흥분한 어조로 자기 평생 이런 일은 처음이라고 주장했다.

자신에게 닥친 불행한 사건을 순간적인 재치로 만회할 줄 아는, 기발하기 짝이 없는 인도 점쟁이였다.

결국 앵무새도 충격을 받은 셈이 되었고, 새 주인도 충격을 받았으며, 그 말을 들은 나도 충격을 받았다. 나는 내 나쁜 운을 만회하기 위해서라도 고스란히 앵무새 값을 물어 줘야만 했다. 다

행히 인도는 앵무새 천지라서 그렇게 비싸지는 않았다.

인도에 와서 복점 한번 쳐 보려다가 엉뚱하게 새는 날아가 버리고, 새 값만 물어 준 셈이었다. 나로서는 평생 잊지 못할 경험을 했으니 그다지 운 나쁜 하루는 아니었다. 나는 애써 새점 치는 남자를 위로하고, 그가 나에 대해 더 불길한 말을 늘어놓기 전에 서둘러 그 자리를 떠났다.

그로부터 1년 뒤!

어쩌다 보니 나는 다시 콜카타의 그 다리를 걸어서 건너게 되었다. 놀랍게도 새점 치는 남자가 여전히 그 자리에 있었다. 이마에 희고 붉은 신의 문양을 그린 것도 변함이 없었다. 새장 안에는 지난번 새보다 훨씬 더 고집스럽게 생긴 초록색 앵무새 한 마리가 들어 있었다.

나는 반가운 마음에 얼른 그에게로 달려가 "나마스테!" 하고 인사를 했다. 40대 중반의 이 새점 왈라(새점 쳐 주는 사람)는 처음에는 생소한 눈으로 쳐다보다가, 이내 긴 장발 머리와 핑크색 바지를 보고 나를 알아보았다.

그는 한순간에 모든 기억이 되살아났다는 듯 "아아, 당신이군!" 하며 손바닥으로 자기의 이마를 쳤다. 그러더니 나를 반기기는커녕 두 팔로 얼른 새장을 감싸 안는 것이었다.

나 때문에 또다시 새가 날아갈까 봐 경계하는 표정이 역력했다. 새장 안의 앵무새도 몹시 기분 나쁜 노란색 눈으로 나를 노려보았다.

그가 그토록 강렬하게 그 불운한 기억을 간직하고 있다는 것이 놀라울 따름이었다. 그렇게 우리는 약간은 반갑고 약간은 긴장된 자세로 엉거주춤 앉아 있었다. 내 검은색 선글라스 렌즈에는 새장을 껴안고 있는 남자의 모습이 반사되어 있었고, 그 인도인 남자의 커다란 검은 눈동자 속에는 불길하게 선글라스를 끼고 장발로 어깨를 덮은 히피 여행자의 모습이 비쳐 있었다.

나는 앵무새에게라도 말을 걸어 보려고 "시화! 시화!" 하고 서너 차례 내 이름을 말했지만, 앵무새는 화가 난 듯 꽥꽥거렸다. 점괘 카드에 무엇이 적혀 있나 싶어 그중 하나를 뽑아 들자, 펼쳐보기도 전에 남자가 낚아채 갔다.

그날 그 새점 왈라는 끝내 내 복점 쳐 주는 것을 거부했다. 그것은 도저히 흔들 수 없는 강한 신념 같은 것이었다. 이 장발 머리만 보면 앵무새가 자유를 찾아 날아가 버린다는……. 자유는 강한 전염성이 있다는 것을 그도 어느새 알아차린 것이다.

새점조차 칠 수 없는 가련한 신세였다. 이 모든 것이 다 그때 날아가 버린 앵무새 탓이었다. 하는 수 없이 자리에서 일어나 새점 치는 남자와 작별을 했다. 10여 미터를 가다가 뒤돌아보니, 그때까지도 그는 앵무새 새장을 두 팔로 껴안고 나를 쳐다보고 있었다.

그 후에도 한 차례 더 그 다리를 건넌 적 있지만, 그때는 택시를 타고 지나갔기 때문에 새점 치는 남자를 만날 수 없었다. 차창으로 고개를 빼고 여기저기 살폈으나, 다리가 너무 복잡해 그의 모습을 발견하기 어려웠다. 버스, 기차, 택시, 릭샤, 트럭은 말할 것도 없고 자전거, 행인, 수레, 소, 닭, 사두, 걸인, 원숭이까지 북새통을 이루고 있었다.

마술 나라와도 같은 그 다리 위에 초록색 앵무새를 가진, 눈 흰자위에 까만 점이 있는 매우 의심 많은 새점 왈라가 당신을 기다리고 있다.

* 2018년 1월 콜카타에 갔다가 하우라브리지에 다시 갔었다. 훨씬 더 많아진 차량들과 행인들과 스모그 속을 걸어 다리 이쪽에서 저쪽 끝까지 가 보았으나 바쁜 일상 속에 새점 치는 남자는 어디에도 없었다.

성자와 파파야

누군가 나에게 말했다.

이 삶은 나 스스로 선택한 것이라고. 삶에서 겪게 되는 대강의 줄거리들을 나 자신이 선택해서 태어난 것이라고. 자신에게 필요한 배움을 얻어 더 높은 영혼의 단계로 올라가기 위해…….

하지만 누구에게나 어떤 순간이 찾아오기 마련이다. 내가 나에게 한없이 낯설어지는 순간, 내가 살고 있는 삶이 내 삶이 아닌 것 같은 순간이.

그 무렵의 내가 그랬다. 나는 삶에 대해 고민했고, 청춘이 다 가기 전에 그 해답을 찾고 싶었다.

길은 보이지 않았다. 사랑의 상처를 받아 미래를 내다보는 능력을 상실한 점성술사처럼 여행은 고독했고, 자주 나를 절망케 했으며, 때로는 이 모든 것이 무의미한 시간이 아닌가 하는 회의 감에 빠지기도 했다. 이제 그만 이 여행을 포기하고 싶을 때가 많았다.

그러던 어느 날, 마한트 바가반 구루지의 이름을 듣는 순간 나는 왠지 그를 꼭 만나야만 한다는 생각이 들었다. 멀리 남인도까지 내려온 것도 어쩌면 그를 만나기 위해서인지 모른다는 운명적인 느낌마저 들었다.

남인도 해변에서 만난 프랑스 여행자로부터 한 영적 스승이 아루나찰라산 부근에 살고 있다는 얘기를 들었을 때, 내 마음은 이미 그에게로 향하고 있었다. 더구나 아루나찰라는 내가 좋아하는 영적 스승 라마나 마하리시가 가르침을 펴던 곳이었다. 라마나 마하리시의 사진을 늘 갖고 다닐 정도로 그의 영혼에 이끌렸다.

성스러운 아루나찰라산도 다시 보고, 근처에 산다는 구루지도 만날 겸 나는 작은 배낭 하나만 챙겨 들고 아침 일찍 게스트하우스를 나섰다.

인도의 다른 지역은 한 달 전에 이미 우기에서 탈출하는 데 성공했지만, 남인도 타밀나두 지역은 아직도 장대비 속에 젖고 있었다. 힌두스탄 반도를 때묻은 솜이불로 덮듯이 시커먼 구름이 낮고 폭넓게 드리워지더니 거센 빗방울이 버스 지붕을 때리기 시작했다. 내가 탄 버스는 한 시간이면 충분한 거리를 세 시간이 넘도록 진창길에서 허우적거렸다.

마을에 도착한 나는 우선 파파야 세 개를 사서 배낭 안에 넣었다. 왜 파파야를 사게 되었는지는 잘 기억나지 않는다. 다만 마을 입구에서 파파야를 보는 순간 어떤 충동에 이끌렸고, 구루지에게 그것을 갖다주고 싶어졌다.

그런데 예기치 않은 문제가 생겼다. 길 가는 사람 모두에게 물어도 마한트 바가반 구루지를 아는 이가 아무도 없었다. 그 프랑스 친구가 이름을 잘못 발음했나 싶어 이렇게 저렇게 바꿔 가며 물어도 다들 고개를 저으며, 이미 세상을 떠난 라마나 마하리시의 아쉬람(휴식처라는 뜻. 명상 센터를 일컫는 말)만 손짓해 보일 뿐이었다.

다시 버스를 타고 다음 마을에 가서도 사정은 마찬가지였다. 아루나찰라산 근처라는 말만 믿고 떠난 것이 잘못이었다. 구루지를 만나면 물어보려고 마음속에 적어 두었던 질문들도 모두 허사가 되었다.

그런 파파야 세 개가 든 배낭을 메고서 몇 번을 묻고, 되돌아가고, 또 다른 마을로 가서 한참을 헤맨 다음에야 비로소 나는 어느 지점엔가 이르렀다.

산모퉁이를 돌아 막 올라갈 때였다. 머리를 산발한 한 성자가 둥근 바위 위에 앉아 있었다. 그는 웃통을 벗고 삼각팬티만으로 아래를 가린 채 명상에 잠겨 있었다. 내가 다가가자 그는 눈을 뜨고 나를 바라보더니 고개를 끄덕였다. 그러고는 갑자기 그 끈 달린 주황색 삼각팬티를 확 잡아당겨 옆의 풀숲으로 던져 버리는 것이었다.

그렇게 해서 나는 느닷없이, 완전한 나체의 몸을 한 성자와 아루나찰라 산기슭에서 마주하게 되었다. 벗은 건 그인데도 왠지 내가 홀랑 벗고 있는 것처럼 얼굴이 화끈거렸다.

그는 아무렇지도 않게 내게 옆에 와서 앉으라고 손짓을 했다. 그러고는 말했다.

"아침부터 기다리고 있었다. 그런데 왜 이렇게 늦었는가?"

그는 마치 내가 자신의 오랜 제자나 되는 것처럼 말하고 있었다. 인도를 여행하면서 그런 말을 들은 적이 한두 번이 아니었다. 사두들은 외국인 여행자를 만나면 늘 그런 식으로 기선을 제압하곤 했다.

나는 혹시 그가 마한트 바가반 구루지가 아닌가 싶어 그의 이름을 물었다.

그러자 그는 자기의 이름은 '노 네임(이름 없음)'이라면서 나를 나무라듯 말했다.

"이름이 무엇이 중요한가? 그대는 나를 만나러 왔으면서 아직도 이름 따위에 얽매여 있단 말인가?"

게다가 그는 자기 나이가 백쉰아홉 살이기 때문에 이름 같은 건 오래전에 초월했노라고 주장했다. 내가 나이보다 백 살은 젊어 보인다고 지적하자, 그는 당당하게 말했다.

"바로 그렇기 때문에 사람들이 나를 성자라고 부르는 것 아니겠는가!"

아루나찰라의 새로운 영적 스승 마한트 바가반 구루지를 찾고자 하는 내 노력은 한 벌거벗은 허풍쟁이 사두와 마주 앉아 있는 것으로 끝이 났다. 나는 허무하고 쓸쓸해져서 풀숲에 얹힌 사두의 삼각팬티를 응시했다. 인도의 삼각팬티는 기다란 끈들이 달려 있어서 펼쳐 놓으면 마치 하늘을 나는 연처럼 보인다.

더 늦기 전에 게스트하우스로 돌아가야만 했다. 또다시 장대비가 앞을 가로막을지도 모를 일이었다. 바위 위에 앉아 도마뱀처럼 반짝 햇볕을 즐기고 있는 엉터리 고행승과 마냥 시간을 허비할 수는 없는 일이었다.

내가 배낭을 메고 일어서려는 찰나, 노 네임 구루지가 내 배낭을 가리키며 말했다.

"그 파파야 세 개는 주고 가야지!"

나는 눈이 휘둥그레져서 그를 바라보았다. 내가 파파야를 배낭 속에 넣어 갖고 온 것은 나 말고는 아무도 모르는 일이었다.

구루지가 고개를 끄덕이며 말했다.

"아침부터 파파야를 기다리고 있었네. 오랫동안 파파야를 먹지 못했어."

나는 어떻게 알았느냐고 물을 엄두도 내지 못하고 주섬주섬 파파야를 꺼내 구루지 앞에 늘어놓았다. 파파야 하나가 바위 아래로 구르려는 걸 붙잡아 바위의 오목한 곳에 놓은 뒤, 구루지의 발에 이마를 갖다 대고 절을 했다.

구루지가 내 머리에 손을 얹으며 말했다.

"잘 가게. 하지만 잘 익은 파파야를 가져왔으니 내가 그대에게 한 가지 가르침을 선물해야지. 그대는 우리가 만난 것이 우연이라고 생각하는가? 그대가 우연이라고 말할 때마다 시바 신의 웃는 모습이 보이지 않는가. 이 세상에 우연이란 없어. 우리는 태어나기 전부터 서로 만나기로 약속을 했기 때문에 만나게 되는 것이지."

그러면서 구루지는 말했다.

"이것을 잊지 말게. 삶에서 만나는 중요한 사람들은 모두 영혼끼리 약속을 한 상태에서 만나게 되는 것이야. 서로에게 어떤 역할을 하기로 약속을 하고 태어나는 것이지. 모든 사람은 잠시 또는 오래 그대의 삶에 나타나 그대에게 배움을 주고, 그대를 목적지로 안내하는 안내자들이지."

나는 다시 한 번 구루지의 축복을 받은 뒤, 헐렁해진 배낭을 메고 산을 내려왔다. 구루지는 배낭 속에 든 파파야뿐 아니라, 내 마음속 질문까지 꿰뚫어보고 있었다.

나는 지금도 그가 마한트 바가반 구루지라고 믿는다. 또한 내가 그를 만나러 간 것은 다른 이유에서가 아니라 단지 파파야 세 개를 전하기 위해서였다고.

그것을 위해 나는 몇 번이나 버스를 갈아타고, 여러 사람에게 길을 묻고, 장대비 속을 헤매 다녔다. 어쩌면 태어나기 전부터 그와 한 약속을 지키기 위해서.

해마다 날짜가 바뀌는 축제

힌두 사원의 분주한 푸자(종교 의식) 소리와 함께 봄이 찾아오자 겨우내 피었던 유채꽃들은 노란색이 짙어졌다. 해는 하루가 다르게 열기를 더해 가서 마침내 유채꽃들에게서 싱싱한 영혼을 거두어 가 버렸다.

그러고는 이내 우기가 찾아와 인도 대륙은 마치 거대한 방주처럼 물 위에 떠다녔다. 그 배 안에서 색색의 사리를 입은 5억의 인도 여인들과 도티를 걸친 5억의 인도 남자들이 비에 흠뻑 젖었다. 사원의 종소리도 둔탁해지고, 연필 깎을 때 나는 냄새 같은 백단향(인도의 종교의식에 사용하는 독특한 향의 희귀목) 연기는 장대비 때문에 지붕을 넘지 못했다.

사원 지붕의 원숭이들은 몽키 템플이라는 이름이 무색하게 비를 피해 어디론가 숨어 버렸다. 코코넛 피리 부는 사람의 바구니 속에 담긴 코브라도 습기에 허리가 눅눅해져 당분간은 춤을 출 수가 없었다. 뱃사공들과 농부들이 아침마다 사이좋게 똥 누던 강 건너 모래사장과 노란 유채밭은 흙탕물에 잠겨 흔적을 찾을 길이 없게 되었다.

관광객 손님이 뚝 끊어진 릭샤 왈라도, 다리미보다 뜨거운 태양이 없어 빨래를 할 수 없게 된 도비 왈라(빨래하는 것을 평생 업으로 삼는 계급)도 일손을 놓고 찢어진 우산 밑에서 노닥거렸다.

그러다가는 마침내 비를 몰아내는 바라문 승려들의 주문이 승리를 거둔 양, 다시 눈부신 태양이 나타났다. 그러자 기다렸다는 듯 인도 대륙이 신비의 사라진 대륙처럼 찬란하게 물속에서 떠올라 왔다. 반짝이는 팔찌와 코걸이를 한 5억의 여인들과, 흰색과 오렌지색 터번을 두른 5억의 남자들이 태양을 맞이하기 위해 일제히 집 밖으로 쏟아져 나왔다.

그렇게 우기가 지나고 온갖 핑계로 축제를 벌이는 건기의 계절이 찾아왔다. 나 같은 히피 여행자들이 엉덩이 처진 바지를 입고 슬슬 인도 땅에 나타나기 시작할 무렵이면 갠지스강도 평정을 되찾고 사원과 신전들도 순례자들을 맞이할 채비를 갖추었다.

바로 그 무렵, 나는 우기 동안 돈 한 푼 벌지 못한 목걸이 장수 가네샤에게 거금 3백 달러를 건네주었다. 그에게 집이 필요했기 때문이다.

내가 처음 인도에 갔을 때부터 사귄 가네샤는 겨우 한철 벌어 1년을 근근이 먹고살았다. 백단향 기름을 바른 가짜 염주 목걸이를 진짜 백단향 목걸이라고 속여 몇 곱절에 파는 것이 그의 장사였다.

하지만 장사는 뜻대로 되지 않았다. 염주 목걸이를 사가는 주요 고객은 한국과 일본에서 온 불교 관광단들이었는데, 그들은 바가지를 쓰지 않는 것만이 성공적인 성지순례의 기본이라는 듯, 가격을 깎고 또 깎았다. 그래서 거의 헐값에 가난한 가네샤의 손에서 목걸이들을 낚아채 갔다. 몇 곱절은커녕 다리품에도 못 미치는 5루피(75원)조차 남지 않을 때가 많았다.

나 역시 진짜라고 속아 기다란 염주 목걸이를 하나 사서 성자처럼 목에 걸고 다녔다. 그런데 사흘만 지나면 목걸이에서 향내가 사라지는 것이었다. 그래서 나는 매번 그 목걸이 장수에게 애프터서비스를 받으러 가야만 했다.

다른 관광객들처럼 금방 떠날 줄 알았는데 내가 사흘이 멀다 하고 찾아와 불평을 터뜨리자 가네샤는 할 수 없이 뒷골목으로 나를 데리고 가서 진실을 털어놓았다. 그러면서 아예 백단향 기름이 든 작은 병을 내게 주며, 사흘에 한 번씩 손바닥으로 문질러 목걸이에 바르라고 방법을 일러 주었다.

그렇게 해서 목걸이 장수 가네샤와 나는 사업상의 중요한 비밀을 나눠 가진 사이가 되었다. 우리는 틈만 나면 뒷골목 찻집에 나란히 앉아 백단향 기름을 손바닥에 발라 목걸이에 문지르며 향내를 보존시켰다.

그가 한국인 관광객들에게 접근해 가짜 백단향 목걸이를 팔 때마다 나는 눈썹을 찡긋하며 응원을 보냈다. 그러고는 곁으로 다가가 일부러 한국말로, "이 백단향 목걸이는 진짜라서 향내가 코를 찌르네!" 하며 떠들고 다녔다.

한번은 가네샤의 집에 초대받아 갔었다. 그의 집은 갠지스강 건너편에 있었다. 나룻배를 타고 강을 건너, 꿈속처럼 하얗게 펼쳐진 긴 백사장을 지나고, 이제 막 노란 꽃망울을 터뜨리는 드넓은 유채밭을 지나면, 코브라 뱀이 허리를 쭉 펴고 왔다 갔다 하는 대나무 숲이 있었다.

그 숲 너머에 흙으로 만든 대여섯 채의 집이 있고, 벌거벗은 아이들과 꽁지빠진 닭들이 제멋대로 뛰어놀고 있었다.

가네샤의 집은 난민촌 움막집과 다를 바 없었다. 하늘을 가리는 억새풀 지붕과 네 개의 흙벽, 그것이 전부였다. 그 지붕마저도 구멍이 숭숭 뚫려 있었다.

찌그러진 냄비 두 개와 시바 신을 상징하는 삼지창 하나 외에는 아무것도 없는 내 친구의 집.

그냥 집밖에 없는 집.

가네샤에게는 아내와 늙은 아버지, 그리고 자식들이 수두룩했다. 아무래도 자식 낳는 일 말고는 시바 신이 이 목걸이 장수를 도와주지 않는 게 분명했다.

가네샤의 집에 다녀온 날, 기분이 우울해 잠이 잘 오지 않았다. 그냥 강 건너 그의 토담집 위로 떠오른 감자만 한 별들을 가슴 아프게 바라볼 뿐이었다.

이듬해 우기가 끝나고, 다시 인도에 가서 가네샤를 만났다. 내가 집의 안부를 묻자, 가네샤는 지난번 우기에 한쪽 흙벽이 무너져 지붕이 기우뚱 내려앉았다고 했다. 그래서 나는 진지하게 충고했다. 우기가 긴 인도에서는 흙벽이 오래갈 수 없으니 붉은 벽돌로 집을 지으라고.

그것이 나의 실수였다. 자연히 우리는 머리를 맞대고 방 한 칸짜리 벽돌집을 짓는 데 벽돌이 몇 장 들 것인가를 계산하게 되었고, 붉은 벽돌 한 장이 1루피(17원)라는 사실도 알게 되었으며, 또 아무리 작은 집을 짓는다 해도 벽돌이 만 장은 들 것이라는 데 동의했다.

거기까지 대화를 마치고 우리는 멍하니 강가 계단에 앉아 있었다. 가네샤도 알고, 시바 신도 알고, 나도 알고 있었다. 평생 가짜 백단향 목걸이를 팔아도 결코 집을 지을 수 없으리라는 걸.

가난한 목걸이 장수 가네샤.

하루에 겨우 목걸이 한 개를 야박한 관광객에게 본전을 받고 팔아도 "노 프라블럼!" 하고 웃고 마는 가네샤.

자기에게는 신이 있기 때문에 아무것도 걱정할 게 없다고 하루에도 몇 번씩 큰소리치는 가네샤…….

결국 보다 못한 시바 신은 가네샤를 도와주기로 결정했다. 다름 아닌 나를 통해서.

3백 달러면 우선 벽돌과 기본적인 자재들을 구할 수 있을 것이었다. 모래는 강변 백사장에서 공짜로 퍼다 쓰면 되었다. 생전 처음 만져 보는 백 달러짜리 지폐를 받아드는 순간, 가네샤는 눈물을 글썽거렸다.

또다시 1년이 지나고, 띠웅띠웅 시타르 음악이 울려 퍼지는 축제의 계절이 찾아왔을 때, 나는 아담한 붉은 벽돌집을 상상하며 가네샤와 재회했다. 그해에는 남쪽에서 올라온 사이클론이 인도 대륙에 유난히 많은 비를 퍼부었었다.

저녁 무렵이어서 그런지 가네샤는 더 늙어 보였고 더 지쳐 보였다. 내가 어깨를 껴안으며 언제 한번 성대한 집들이를 하자고 말하자, 가네샤는 말없이 하늘을 올려다볼 뿐이었다.

너무나도 무심한 시바 신!

내가 준 돈으로 벽돌을 살 수는 있었지만, 미처 생각지 못한 또 다른 문제가 있었다. 강 건너까지 그 많은 벽돌을 나르는 데는 만만찮은 비용이 들었던 것이다. 배를 빌리고 트랙터를 구해 자재들을 옮기다가는 배보다 배꼽이 더 클 판이었다.

그래서 가네샤는 자신이 직접 벽돌을 나르기로 작정했다는 것이었다. 낮에는 목걸이를 팔고, 저녁이면 벽돌 공장으로 가서 헝겊 보자기에 벽돌들을 담아 어깨에 울러메었다. 빼빼 마른 가네샤가 한 번에 나를 수 있는 양은 많아야 열 장 정도였다. 게다가 나룻배가 일찍 끊어지는 탓에 하루에 한두 차례밖에는 벽돌을 운반할 수 없었다.

그렇게 가네샤는 저녁마다 벽돌 열 장씩을 어깨에 짊어지고 집으로 향했다. 강을 건너고, 긴 모래사장을 지나고, 노란 유채밭 사이를 걸어 집에 이르렀다. 그러고는 집 앞에 벽돌을 내려놓고 행복하게 잠이 들었다.

하루도 빠짐없이 가네샤는 그 길을 걸어 벽돌을 날랐다.

동지가 지나고 춘분이 찾아올 무렵, 가네샤는 아내와 함께 넉 달 동안 거의 3천 장에 가까운 벽돌을 지고 날랐다.

여름이 찾아와 백사장 모래가 발을 디딜 수 없을 만큼 뜨거워졌을 때도 가네샤는 발바닥에 헝겊 쪼가리를 감고 벽돌을 날랐다. 팔찌를 파는 팔찌 왈라도, 물 항아리 파는 물항아리 왈라도, 비디(싸구려 담배) 파는 비디 왈라도 자기들의 친구 목걸이 왈라가 벽돌을 울러메고 강을 건너가는 모습을 부러운 눈으로 쳐다보았다.

얼마 안 가 우기가 시작되자 남쪽 인도양에서 눈을 뜬 거대한 사이클론이 비구름을 몰고 올라왔다. 그러고는 무려 두 달 동안 쉴 새 없이 비를 퍼부어 댔다. 물론 가네샤는 더 이상 벽돌을 나를 수 없었다.

그러던 어느 날 밤, 천둥 번개와 함께 더 많은 폭우가 쏟아졌다. 순식간에 불어난 강물은 유채밭을 뒤덮고 대나무숲을 집어삼킨 뒤, 가네샤의 집 앞에 쌓아 둔 벽돌들을 흔적도 없이 쓸고 가 버렸다.

다행히 가네샤는 식구들을 데리고 높은 지대로 피신할 수 있었다. 하지만 그의 전 재산은 시바 신의 삼지창과 함께 온데간데없이 사라져 버렸다.

가네샤의 이야기를 들으면서, 나는 수천 개가 넘는 붉은 벽돌을 삼킨 갠지스강을 망연자실 바라보았다. 저녁 어스름 속에서 강 건너 모래사장과 유채밭이 하나의 환영처럼 펼쳐져 있었다. 해마다 이맘때면 인도 하늘에 나타나는 오리온과 시리우스 별자리가 유채밭 위로 떠올랐다. 그리고 그 별자리들 사이로 벽돌을 어깨에 메고 걸어가는 남루한 가네샤의 모습이 어른거렸다.

내가 손을 잡으며 위로하자, 가네샤는 길거리에서 배운 서툰 영어로 말했다.

"걱정하지 말아요. 난 원래 아무것도 없던 사람이에요. 그러니 본전보다 밑지진 않은 거예요. 지금까지도 그랬듯이 앞으로도 신이 모든 걸 보살펴 줄 거예요."

그러면서 오히려 나를 위로하는 것이었다. 그 초연함에 놀란 나는 못생긴 그의 곰보딱지 얼굴을 우러러볼 뿐이었다. 주머니에

돈 한 푼 없는 가짜 백단향 목걸이 장수가, 자기는 본전보다 밑진 게 없다고 큰소리치고 있었다. 그리고 신이 모든 걸 돌봐 줄 것이라고…….

이윽고 본격적인 축제 시즌이 시작되었다. 축제일은 특별한 계산에 따라 정해졌기 때문에 해마다 날짜가 다르게 다가왔다. 마술사의 상자에서 꺼내어지는 물감 들인 천처럼, 갠지스강으로 접어드는 골목마다에선 색색의 사리를 입은 여인들이 끝도 없이 쏟아져 나왔다. 사원의 종소리와 함께 순례객들이 몰려들고, 몽키 템플의 원숭이들은 때를 만난 듯 이리저리 순례자들의 보따리를 뒤지고 다녔다.

때는 1년 중 신들이 가장 많이 인도 대륙을 축복한다는, 천국보다 아름다운 카르틱(10월과 11월)의 계절이었다. 곳곳에서 날마다 축제가 벌어졌다. 축제의 가장 큰 목적은 지상의 가난을 잊고 신에게 조금 더 가까이 다가가기 위한 것이었다.

가네샤는 천천히 주머니에서 백단향 기름병을 꺼내 가짜 염주 목걸이에 향내 물씬한 기름을 발랐다. 그러고는 언제나처럼 순박한 미소를 지으며 관광객들을 향해 다가갔다.

나도 행동을 개시했다. 슬금슬금 한국 관광객들 옆으로 다가가 자못 놀라는 목소리로 외쳤다.

"이 백단향 목걸이는 진짜라서 향내가 코를 찌르네! 부처님 시대부터 전해져 오는 성스러운 목걸이가 아닌가! 값도 거저나 다름없네!"

하지만 평화롭게 웃으며, 또다시 깎아 달라는 대로 다 깎아 주는 가네샤.

자기는 애초부터 아무것도 가진 게 없었기 때문에 본전만 받아도 노 프라블럼이라는 가네샤…….

가짜 백단향 목걸이를 팔긴 하지만 진짜 인간인 가네샤!

그의 돈 한 푼 없는 주머니와 여유로운 마음을 볼 때마다 시바 신은 망설이고 있었다. 저 머리 긴 히피 여행자를 통해 또다시 그를 도와줄 것인가를.

그리고 나 역시 알고 있었다. 결국에는 시바 신이 또 한 번 그를 도와주리라는 걸.

* 내 친구 목걸이 장수 가네샤는 2014년 갠지스강에서 발을 헛디뎌 세상을 떠났다. 그와 나의 관계를 아는 모든 사람이 내가 지나갈 때마다 "가네샤 마르 가야(가네샤가 죽었어)." 하고 두세 해를 말했다. 보트 왈라도, 도비 왈라도, 짜이 왈라도.

하리 옴 카페

"나의 타지마할엔 가보았소? 인도에 여러 번 왔다니까 벌써 가보았겠지!"

하리 옴 카페 천막 아래 앉아 짜이를 마시며 인도 음악을 듣고 있는데 인도인 노신사가 말했다. 나는 그의 질문 속에 있는 '나의'라는 표현에 주목했다.

내가 물었다.

"아그라에 있는 그 유명한 타지마할엔 가봤지만, 당신의 타지마할이란 어딜 말하는 거죠?"

타지마할은 프랑스의 에펠탑과 영국의 타워브리지처럼 인도를 대표하는 건축물이다. 인도를 통치하던 무굴제국의 황제 샤자한은 '보석처럼 탁월한 여성'이란 뜻의 아내 뭄 타즈가 열세 번째 아이를 낳다가 세상을 떠나자 그녀를 위해 이 불멸의 무덤을 세웠다. 350년 전, 백인들이 아메리카 대륙에 첫발을 내딛기도 전에 인도 대륙의 남자들은 그토록 아름다운 건축물을 탄생시킨 것이다.

내 질문과는 상관없이 노신사가 말했다.

"나 자신도 나의 타지마할에 가본 지 1년이 넘었소. 난 내 아내를 무척 사랑했소."

그러면서 그는 회상에 잠기듯 멀리 야무나강을 바라보았다. 입고 있는 옷차림으로 보아 실성한 사람처럼 보이지는 않았다. 그 지역에 사는 다른 인도인들과는 달리 어딘가 기품이 있어 보이고, 얼굴에는 알듯 모를 듯 우수가 어려 있었다.

궁금증이 일어 내가 말했다.

"사랑했다고 과거형으로 말하는 걸 보니, 부인이 먼저 세상을 떠나셨군요."

그러자 그가 내게로 시선을 돌리며 말했다.

"젊은이, 사랑에는 과거형이 없소. 나는 지금도 변함없이 내 아내를 사랑하고 있소. 사랑은 불멸하는 것이오."

그렇게 말할 때의 그의 두 눈은 뿌연 돋보기안경 너머에서 어떤 그리운 대상을 갈망하는 듯했다.

그가 말했다.

"내 아내는 5년 전에 세상을 떠났소. 난 그녀를 이곳 야무나강에서 화장을 했다오. 그녀가 죽자 내 인생은 또다시 끝나 버렸소. 전생에서 그랬던 것처럼."

전생에서?

"그렇소, 젊은이. 믿기지 않겠지만 나는 전생에 샤자한이었소. 그리고 뭄 타즈는 나의 아내였소. 특히 눈이 아름다웠지. 그녀는 나의 두 번째 아내였지만, 나는 지금까지 그녀 말고는 누구도 사랑한 적이 없소. 그리고 앞으로도 그럴 것이오."

인도의 태양 아래서 수많은 종류의 사람을 만났지만, 전생의 샤자한을 만난 것은 이번이 처음이었다. 지글거리는 전축에서 흘러나오는 힌두 노래가 잦아들고, 짜이가 어느 때보다 달게 느껴졌다.

그는 지금 내게, 자신이 그 유명한 타지마할을 세운 장본인이라고 주장하고 있었다. 그것도 350년 전에.

뜨겁게 내리쬐는 오후의 태양 때문이었을까, 아니면 더없이 진지한 그의 표정 때문이었을까, 뭐라 반박을 하기가 어려웠다. 우리에게 한 푼 얻고자 다가왔던 소녀 걸인도 노신사의 진지함에 주눅이 들어 말도 못 꺼내고 가버렸다.

"이것을 알아야만 하오. 타지마할은 단순한 무덤이 아니오. 나는 그녀가 살 천상의 궁전과 정원을 상상하며 그것을 지었소. 내 말을 들어 보시오. 그것은 지상에 세워졌지만 지상에 속한 것이 아니라, 천상에 속한 것이오. 나는 벽마다 경전의 글귀들을 새기게 했고, 신이 머무는 곳과 똑같은 곳에서 그녀가 머물도록 했소."

고조되던 그의 목소리가 갑자기 슬픈 어조를 띠었다.

"하지만 그녀가 먼저 세상을 떠난 뒤 내 인생은 이미 끝난 것이나 마찬가지였소. 그녀가 죽자 나는 하룻밤만에 머리가 하얗게 새어 버렸소. 내 아들 아우랑제브가 나를 왕위에서 몰아내 아그라 성에 가뒀지만, 나는 이미 모든 집착을 버린 상태였소. 성벽 사이로 멀리 내 아내가 잠들어 있는 타지마할을 바라보는 것이 내겐 유일한 기쁨이었소."

일설에 의하면, 22년이나 기다린 뒤에야 샤자한은 마침내 자신의 걸작품이 완성되었다는 보고를 받았다. 하지만 건축을 위해 사방에 설치한 나무 발판들을 철거하는 데만 여러 달이 걸릴 예정이었다. 인내심을 잃은 샤자한은 누구든지 그 발판을 제거하는 사람은 그것들을 가져가도 좋다고 포고령을 내렸다. 그러자 수많은 인도인들이 달려들어 단 하루 만에 한 조각도 남김없이 사라졌다.

건물이 완성된 뒤 샤자한은 중요한 일꾼들의 엄지손가락을 자르게 했다. 타지마할처럼 완벽한 건축물이 다시는 이 세상에 세워질 수 없도록 하기 위해서였다.

"내가 죽자, 내 아들은 타지마할 안에 있는 내 아내 옆에다 나를 묻어 주었소. 그것만으로도 난 내 아들을 용서했소……. 여보시오, 주인 양반. 여기 짜이 한 잔 더 주시오.”

하리 옴 카페의 고물 전축이 또다시 음악을 토해 내기 시작했다. 내가 좋아하는 자그짓 싱과 치트라 싱 부부 가수의 힌두 바잔(신에게 바치는 노래)이었다. 카페라고는 하지만 사원 벽에 비스듬히 낡은 천막을 치고, 의자는 사원 계단으로 대신하는 노천 찻집에 불과했다. 〈하리 옴 카페〉라는 이름도 여행자들이 지어 준 것이었다.

사실 노신사가 한 이야기들은 누구나 알고 있는 내용들이었다. 하지만 그의 목소리에 담긴 진실성만큼은 부인하기 어려웠다. 나는 두 손을 깍지 끼고 몸을 앞으로 굽히며 그에게 물었다.

“그래서 그다음엔 어떻게 됐나요?”

돋보기안경 속에서 그의 눈이 순간 빛을 발했다.

“이 생에서 우리는 또다시 부부가 되었소. 이번엔 우리 둘 다 힌두교인으로 태어났소. 그것은 다시는 타지마할과 같은 무덤을 세울 수 없다는 걸 알았기 때문이오. 그래서 죽어서 화장을 하는 힌두교인을 택해 태어난 것이오. 여보시오, 젊은이. 우리는 첫눈에 서로를 알아보았소. 그녀는 영원 너머에서 다시 내게로 돌아온 것이오. 우리는 함께 전생의 우리 자신이 묻혀 있는 우리의 타지마할을 보러 가기도 했소. 삶이란 얼마나 신비로운 일이오! 우리는 태어나서 죽음을 맞이하지만, 그 죽음은 또 다른 삶의 시작일 뿐이잖소. 내 아내 비베크는 전생에서처럼 많은 아이를 낳진 않았지만, 이생에서도 나를 두고 먼저 세상을 떠났소. 마치 꿈인 것처럼 내 옆으로 돌아왔다가 한순간에 떠나가 버린 것이오."

그는 다시 멀리 야무나강 너머를 바라보았다. 타지마할이 있는 아그라는 그곳에서도 기차로 두세 시간이나 가야 있었지만, 그의 눈길을 따라 강 너머 희뿌연 대기 속을 바라보고 있자니 그 어딘가에 타지마할의 둥근 지붕이 어른거리는 듯했다.

"아내가 죽은 뒤 그녀가 보고 싶을 때마다 나는 아그라에 있는 타지마할을 찾아갔소. 전에는 그 근처에 살았기 때문에 날마다 간 적도 있었소. 입장료가 오른 다음부터는 무료로 들어갈 수 있는 금요일에만 갔지만 말이오. 하지만 이제는 가고 싶어도 갈 수 없게 되었소. 아들을 따라 이곳으로 이사 온 뒤엔 나의 타지마할에 단 한 번 가 보았을 뿐이오. 이제 내게는 그곳까지 여행할 기운도 돈도 없소. 죽어서나 영혼이 되어 타지마할과 내 아내를 볼 수 있을 것이오."

그가 입장료에 대해 언급하는 순간, 나는 혹시나 그가 내게서 몇 푼의 돈을 얻기 위해 자신의 전생 이야기를 지어낸 것이 아닌가 의심이 들었다.

하지만 그것이 아니었다. 말을 마친 노신사는 짜이 값을 내가 내겠다는 청도 뿌리치고, 오히려 자신의 이야기를 끝까지 들어주어 고맙다는 인사와 함께 하리 옴 카페를 떠났다. 기품이 있고,

눈동자 너머에 알 수 없는 영혼의 신비를 지닌 사람이었다.

아득한 전생의 일을 마치 지난 몇 해 전 일처럼 들려준 그 남자는 그렇게 영원한 사랑의 기억을 안은 채 천천히 또 다른 시간 속으로 떠나갔다. 어서 육신을 떠나 다음 생으로 이어질 사랑의 재회를 간절히 바라고 있음을 그의 구부정한 뒷모습에서 느낄 수 있었다. 우기가 시작되려는지 오렌지색 석양이 야무나강 저편으로 인도 여인의 사리 자락처럼 빙 둘러쳐져 있었다.

언제부턴가 나는 나 자신이 두 개의 세계 속에서 살고 있음을 느끼곤 했다. 눈앞에서 펼쳐지는 현실 세계와, 오래전에 살았던 것 같은 또 다른 세계가 내 기억 속에서 교차하곤 했다.

가까이 있으나 손을 뻗으면 이미 그 순간에 아득히 멀어져 가는 세계.

하지만 그것들은 늘 내 곁에 있다.

어떤 것들은 사라지지만 어떤 것들은 영원히 이어진다는 것을 나는 무의식중에 알게 된 것인지도 모른다.

짜이 끓이는 실력으로 반경 1킬로미터를 장악한 하리 옴 카페의 주인 남자도, 때마침 차를 마시러 왔다가 우리의 이야기를 엿듣게 된 한 남자도 덩달아 눈을 감고 늘어지듯 빨라지듯 싸구려 전축이 재생하는 음악 소리에 귀를 기울였다.

'자이 마다브 마단 무라리

자이 케샤브 칼리만 하리

피리 부는 이여, 춤을 추는 이여

검은 머리카락을 가진 이여

내 마음을 훔쳐 간 이여

내 모든 슬픔을 가져가는 이여

마음의 평화를 가져다주고

아픔을 치료해 주는 이여

아름다운 귀걸이와 커다란 예쁜 눈

꽃목걸이를 목에 건 이여

때로 내 앞에서 춤을 추기도 하고

황홀한 음악을 연주하는 이여

당신의 아름다운 사리를 펼쳐

울고 있는 나를 감싸 주소서.'

버스 지붕 위의 이야기꾼

　노인은 대뜸 자신이 고매한 학자이며 역사, 종교, 천문, 지리 등에 해박한 지식을 가졌다고 주장했다. 그리고 자신은 태어날 때부터 비상한 기억력을 갖고 있었기 때문에, 이 생의 일들뿐 아니라 전생에서도 한 번 들은 이야기는 절대로 잊어버리지 않는다고 말했다.

　형형색색의 인도인들을 가득 싣고 버스는 신들의 고장 히말라야를 향해 가고 있는 중이었다. 두 명의 운전사가 번갈아 운전하는 장거리 시외버스는 구멍 난 스피커로 쉴 새 없이 삼류 영화음악을 틀어 댔다. 음악 소리가 어찌나 큰지 귀청이 찢어질 정도였다. 태양계 전체를 통틀어 버스 안에서 이토록 크게 음악을 틀어

놓는 나라는 아마 인도밖에 없을 것이다. 결국 나는 귀청이 찢어진 채로 사다리를 타고 버스 지붕으로 대피했다.

그곳에는 나를 기다리고 있었다는 듯, 한 노인이 가부좌를 틀고 앉아 있었다. 흔들리는 버스에도 아랑곳하지 않고 마치 히말라야 동굴에라도 앉아 있는 것처럼 꼿꼿한 자세였다.

노인 말고도 버스 지붕에는 커다란 붉은 터번을 두른 인도인 남자 세 명이 오뚝이처럼 앉아 있었다. 그들이 쓰고 있는 터번이 어찌나 크고 붉은지, 남인도의 식물원에서 본 커다란 꽃송이 같았다.

귀가 뾰족하게 생긴 그 노인은 다시금 자신이 평범한 버스 승객이 아님을 외국인인 내게 강조했다. 신화와 설화, 수학과 점성학에 이르기까지 노인이 모르는 것은 세상에 아무것도 없었다.

직업을 묻자, 노인은 예상 밖의 대답을 했다. 자기는 일정한 금액을 받고 흥미진진한 이야기를 들려주는 전문 이야기꾼이라는 것이었다.

그동안 인도를 여행하면서 온갖 신기한 직업을 봐 왔었다. 길거리에서 귀 후벼 주는 사람, 밤에 손전등을 켜고 도심지의 쥐를 잡는 사람, 둥근 저울로 몸무게를 달아 주고 50파이샤씩 받는 사람, 점심때 집에서 회사까지 도시락을 배달해 주는 사람, 그런가 하면 기차가 역에 들어왔을 때 대신 자리를 잡아 주는 사람도 있었다.

노인이 전문적인 스토리텔러라는 말을 듣고, 세상에 그런 직업이 있다는 것이 더 흥미로웠다. 그래서 자연히 노인에게 무슨 이야기를 들려주고 얼마의 금액을 받느냐고 물을 수밖에 없었다.

그러자 노인은 뜻밖에도 고개를 저으며 단호한 어조로 말했다. 어떤 이야기인가는 돈을 받기 전에는 절대로 말해 줄 수가 없다는 것이었다. 돈을 받고 이야기를 해 주는 게 자신의 직업이기 때문이라는 것이었다.

듣고 보니 대단히 일리 있는 주장이었다.

내가 다시 물었다.

"그럼 당신의 이야기를 들으려면 얼마를 내야만 하죠?"

내가 흥미를 보이는 듯하자, 노인은 지체 없이 가격을 매겼다.

"내 고향인 구자라트 지방의 언어를 사용하면 한 시간에 1루피이고, 힌디어를 사용하면 2루피를 받소. 영어의 경우엔 가격이 더 높아서 시간당 5루피를 내야만 하오."

그러고 나서 노인은 스스로 못 박았다.

"물론 당신은 구자라트어나 힌디어를 잘 알아듣지 못할 테니까, 영어에 해당하는 가격을 내야만 할 것이오."

요금은 그다지 비싼 편이 아니었다. 그래도 한 시간에 5루피라면 당시의 인도 화폐로는 결코 적은 금액이 아니었다. 한자리에 대여섯 명이 둘러앉아 그 이야기를 듣는다고 해보라. 더구나 그가 온종일 이야기를 끌어간다면, 말재간에 능한 노인을 누가 말릴 수 있겠는가.

하지만 내게도 나름대로 속셈이 있었다. 두 시간 정도 타고 가면 도중에 버스를 갈아타야만 했다. 따라서 노인에게 아무리 돈을 많이 털린다 해도 고작 10루피(150원)에 불과했다.

그렇게 해서 버스 지붕에 앉은 두 사람 사이에 난데없는 흥정이 이루어졌다.

그런데 노인은 내가 내미는 10루피를 얼른 받아 넣고서도 고개를 저었다. 기본요금이 20루피라는 것이었다. 인도와 아랍 어디에서든 세상의 모든 이야기꾼은 20루피의 기본요금을 받도록 합의가 이루어져 있다는 것이 그의 주장이었다. 그 합의가 언제 어디서 이루어졌느냐고 내가 볼멘소리로 항의하자, 노인은 그것은 전문 이야기꾼들만의 비밀이기 때문에 세상없어도 공개할 수 없노라고 잡아뗐다.

또다시 내 호주머니에서 날랜 동작으로 10루피를 빼앗아 간 노인은 갑자기 옆에 앉은 붉은 터번 두른 세 남자에게도 돈을 낼 것을 요구하고 나섰다. 귀머거리가 아닌 이상 자기가 하는 이야기를 다 들을 것이니까, 그들도 반드시 돈을 내야만 한다는 것이었다.

아라비안나이트에 나오는 터번 두른 삼 형제처럼 생긴 그 세 남자도 노인 못지않게 호락호락한 사람들이 아니었다. 그들은 자신들이 영어를 알아듣지 못하기 때문에 한 푼도 낼 수 없다고 버텼다. 특히 "노 잉글리시, 노 머니!" 하면서 강력하게 손을 내젓는 오른쪽 남자는 내가 봐도 어느 정도 영어를 이해할 줄 아는 게 분명했다. 3백 년 이상 영국 통치를 받은 나라라서 학교 문턱을 드나든 사람이면 웬만큼은 영어를 할 줄 알았다. 하지만 그들은 자기들이 '잉글리시'를 이해하는 것은 도저히 '임파시블'하다며 한 치도 물러서지 않았다.

그리하여 노인은 버스 지붕 위의 세 남자가 혹시라도 몰래 자신의 이야기를 즐기고 있지 않나 감시의 눈을 째리며, 기대에 찬 첫 번째 이야기를 시작했다.

"옛날 고대 인도의 왕국에 한 왕자가 태어났소. 왕궁의 현자는 이 왕자가 장차 세상을 통치할 자비로운 왕이 되거나, 아니면 출가해서 위대한 성자가 될 것이라고 예언했소. 그리하여 왕은 왕자가 출가하지 못하도록 인생의 모든 슬픔과 고통들로부터 왕자를 차단시키겠노라고 결정을 내리게 되었소……."

이 대목에서 나는 크게 실망하고 말았다. 노인은 지금 온 세상이 다 아는 석가모니 부처의 이야기를 하고 있었다.

오래도록 기억에 남을 신비한 이야기를 기대했던 나는 고르고 고른 끝에 평범한 인도 음식이 나왔을 때처럼 실망이 이만저만이 아니었다.

나는 얼른 손을 내저으며 그의 말을 가로막았다.

"그런 이야기라면 나도 알고 있어요. 전문 이야기꾼이라는 사람이 어떻게 어린애도 다 아는 이야기를 하고서 돈을 받을 수 있죠?"

이야기에 막 불을 지피려는 순간 내가 찬물을 끼얹자, 노인은 당황한 표정이 역력했다. 이 떠돌이 여행자가 어찌 이런 고상한 이야기를 알고 있나 하는 얼굴이었다. 나는 더욱 한심해져서 어서 다른 이야기를 시작하든지, 아니면 당장 돈을 돌려달라고 강력하게 경고했다.

노인은 하는 수 없이, 약간은 긴장된 목소리로 다른 이야기를 시작했다.

"세상이 잘못 돌아가고 있을 때, 창조주 브라흐마 신이 비슈누 신에게 도움을 청했소. 그러자 비슈누 신은 자신이 인간의 모습을 하고 내려가 세상을 구원하겠노라고 말했소. 그렇게 해서 한 소년이 소몰이꾼들 사이에서 태어나게 되었소……."

나도 모르게 또다시 한숨이 터져 나왔다. 나는 고개를 저으며 큰소리로 노인의 이야기를 제지했다.

"그 신의 이름이 크리슈나라는 것쯤은 나도 알고 있어요! 『바가바드기타』도 읽었고요."

나는 더욱더 기세등등해져서 노인에게 소리쳤다.

"당신의 보따리 속엔 뭔가 새롭고 감동적인 이야긴 없나요?"

노인은 아까보다 더 놀라는 얼굴이었다. 무신론자인 게 분명한 이 히피 여행자가 크리슈나 신의 심오한 경전을 읽었다는 게 믿어지지 않는 눈치였다. 나는 사실 『바가바드기타』를 번역까지 할 생각을 갖고 있는 사람이었다.

노인은 긴장한 나머지 귀를 뾰족하게 하고서 몇 가지 다른 이야기를 시도했다. 하지만 여전히 참신성과 흥미와는 거리가 먼 내용들이었다. 그런 진부한 이야기들이 인도를 해마다 여행한 내게 통할 리 없었다.

결국 나는 노인이 어떤 이야기를 하든 1분도 채 안 가 소리를 지르며 가로막을 수밖에 없었다. 그리고 내가 그 내용을 알고 있다는 걸 증명하기 위해 이야기의 뒷부분을 내 입으로 들려주기까지 했다. 나중에는 이야기를 들으려고 돈을 낸 것은 나인데도 오히려 내 쪽에서 더 많이 떠들게 되었다. 터번 쓴 세 남자는 별 희한한 일을 다 보겠다는 듯 노인과 나를 번갈아 쳐다보았다. 역시 우리가 하는 영어를 다 알아듣는 게 분명했다.

마침내 더 이상 물러날 수 없게 된 노인이 '라마 신에 대한 이야기'라며 대서사시의 막을 여는 순간, 난 완전히 노인의 입을 막아 버릴 생각으로 큰소리로 외쳤다.

"그만둬요. 난 『라마야나』와 『마하바라타』를 두 번이나 읽은 사람이에요. 돈은 돌려달라고 하지 않을 테니 이제부터 아무 이야기도 하지 말아요. 조용히 풍경이나 감상하면서 가겠어요."

『라마야나』와 『마하바라타』는 인도의 고대 서사시에 해당하는 신화 이야기다. 한번은 텔레비전에서 이 두 작품을 드라마로 만들어 방영한 적이 있는데, 그때는 말 그대로 인도 전역이 정지했다. 택시와 릭샤와 자전거들이 거리에서 자취를 감추고, 기도 시간과 시체 화장이 미루어졌으며 공무원, 청소부, 죄수, 가정주부, 가게 주인, 도둑, 경찰 할 것 없이 모두 텔레비전 앞에 몰려들어 드라마를 시청했다. 세계 최대의 시청률이었다. 드라마가 막을 내렸을 때는 아쉬움을 참지 못해 북인도에서 폭동이 일어났을 정도였다. 참으로 이야기를 좋아하는 민족임에 틀림없었다.

두 번이나 읽었다는 것은 과장이었지만, 나를 인도에 처음 온 초보 여행자쯤으로 여긴 것은 노인의 큰 실수였다.

어쨌든 이젠 방해받지 않고 한가로이 주변 풍경을 감상할 수 있게 되었다. 허무맹랑한 인도 이야기꾼의 입을 막아 버린 나는 등 뒤에 놓인 옥수수 자루에 몸을 기대고 태양 아래 졸고 있는 마을들을 바라보았다.

그때였다. 노인이 한 가지 새로운 이야기를 시작했다.

"내가 듣기에는, 남태평양의 솔로몬 군도에 가면 원주민들이 어떤 큰 나무를 쓰러뜨릴 때 그들 나름의 독특한 방법을 사용한다고 하는데, 혹시 당신도 그 이야기를 알고 있소?"

노인은 내가 또 아는 내용일까 봐 무척 조심스러워하는 눈치였다. 하지만 그것은 나로서도 처음 듣는 이야기였다.

노인이 말을 이었다.

"원시적인 도끼로 넘어뜨릴 수 없는 큰 나무를 벨 때면 그곳

사람들은 그 나무 밑에 빙 둘러앉아서 나무를 향해 목청껏 소리 지른다고 하오. 그렇게 한 달 정도 계속해서 '쓰러져라! 쓰러져라!' 하고 소릴 지르면 결국엔 나무가 쓰러지고 만다는 것이오. 나무에게도 영혼이 있기 때문에 그 영혼에 대고 힘껏 소리를 지르면 결국 죽고 만다는 것이 그들의 믿음이라는 것이오."

터번 쓴 세 남자와 내가 귀를 세우고 듣고 있는 사이, 노인이 말했다.

"당신은 내 이야기를 듣겠다고 돈 몇 푼을 내고선 내가 하려는 이야기마다 가로막고 소리를 질렀소. 그 이야기들을 통해 내가 어떤 결론에 이르려고 하는지조차 알려고 하지 않았소. 당신이 계속 그렇게 소리를 지르면 나는 이야기를 할 수도 없을뿐더러, 결국 당신이 내지르는 소리에 내 영혼이 놀라 쓰러져 버릴지도 모르는 일이오. 그렇게 되면 당신의 영혼 또한 당신이 내지르는 소리에 결국은 쓰러지고 마는 것이오."

나는 버스 지붕에서 떨어지지 않으려고 옥수수 자루를 끌어안은 채 묵묵부답이었다.

그렇다, 나는 살아오면서 줄곧 소리를 질러 왔다. 아무것도 아닌 일에 주장을 내세우며 나 자신에게, 타인에게 언제나 소리를 질렀다.

해마다 인도 여행을 마치고 돌아오면 나는 자주 문명의 충격에 시달린다. 그것은 인도 문명에 대한 충격이 아니라, 내가 살고 있는 이 나라에서 받는 충격이다.

이곳에서는 눈만 뜨면 모두가 서로에게 소리를 지른다. 거리에서, 신문과 방송에서, 컴퓨터 안에서, 그리고 저마다의 마음속에서 언제나 소리를 지르고 있다. 이렇게 계속해서 소리를 지르다 간 언젠가는 우리 모두의 영혼이 쿵 소리를 내며 쓰러져 버릴 것만 같다.

그럴 때마다 단돈 20루피 때문에 내가 소리를 질러 그의 영혼을 놀라게 한 버스 지붕 위의 이야기꾼이 떠오른다. 짜이를 마시라고 버스가 정차해도 여전히 버스 지붕 위에서 가부좌를 틀고 앉아 있던 그 힌두 노인은 내게 중요한 것을 일깨워 준 한 사람의 스승이었다.

반딧불이의 세상

데칸고원 남쪽에는 반딧불이가 많았다. 어떤 마을은 사람보다 반딧불이 숫자가 더 많았다. 밤의 바다를 운항하는 사수자리, 물병자리 별들처럼 땅 위에서는 또 수많은 반딧불이들이 인도인들의 까만 눈동자를 수놓고 다녔다.

몸이 아팠다.

며칠째 고열과 구토, 오한과 설사가 이어져 몸을 움직일 수조차 없었다. 말라리아에 걸린 게 틀림없었다. 게스트하우스 주인이 불러온 인도인 의사는 다짜고짜 손가락으로 내 혀를 잡아 뽑아 본 뒤, 설사약 몇 알을 처방했다. 그러면서 내가 외국인이라는 이유로 턱없이 비싼 왕진료를 청구했다. 말라리아가 아니냐고 물어도, 그는 "노오오 프라블럼!" 하고 손을 흔들며 가버렸다.

우기가 다가오고 있어서 낮은 견딜 수 없이 덥고, 밤에는 모기 떼가 극성이었다. 다행히 내게는 1인용 모기장이 하나 있었다. 서인도 고아 해변에서 만난 덴마크 여행자가 여행을 마치고 자기 나라로 돌아가면서 선물한 것이었다.

닷새가 지나고 일주일이 지나도록 물 한 모금 마시지 못했다. 모기장 안에 누워 자다 깨다를 반복하다 보니 시간이 어떻게 흐르는지도 알 수 없었다. 간신히 정신을 추스르고 눈을 떠 보면, 게스트하우스 주인의 아내 소마가 걱정스러운 눈으로 나를 들여다보고 있었다.

소마는 힌디어로 '신이 건네주는 술'이란 뜻이다. 케랄라 출신의 얼굴이 까만 그녀는 열다섯 살이나 나이가 많은 게스트하우스 주인 라지브에게 염소 몇 마리와 오토바이 한 대를 지참금으로 주고 이제 막 시집온 열일곱 살의 어린 아내였다. 게스트하우스 안주인이라지만 손과 발에 온갖 장신구를 매달고서 게스트하우스의 허드렛일을 혼자 도맡아 하고 있었다.

고열에 시달리던 나는 소마에게 부탁해 다시 의사를 불렀다. 이번에 온 의사는 대뜸 내 눈을 까뒤집어 보고는 "홈식!" 하고 결론을 내렸다. 집에 가고 싶어 병이 났다는 것이었다. 해마다 인도를 여행하면서 숱한 병에 걸렸었지만 그런 병에 걸리긴 또 처음이었다.

말라리아인지 홈식인지 모를 회복 불가능한 병에 걸려 며칠을 더 열에 들떠 신음했다. 게다가 탈수증까지 겹쳐 몸이 극도로 쇠약해졌다. 자꾸만 나락으로 떨어져 가는 의식을 붙들고, 그렇게 몇 날 며칠을 모기장 안에 누워 있었다.

어느 날 저녁, 인기척과 함께 누군가가 모기장 안으로 얼굴을 들이밀었다. 소마였다. 그녀는 차가운 손으로 내 이마를 만져 보고는, 가져온 물수건으로 내 눈 주위와 얼굴을 닦아 주었다. 며칠 동안 세수조차 못한 얼굴이었다.

소마는 걱정스러운 눈으로 나를 내려다보다가 조용히 밖으로 나갔다.

나는 그새 또다시 잠이 들었던 모양이다.

소마가 흔들어 깨우는 소리에 다시 눈이 떠졌다. 그녀가 흥분해서 내게 소리치고 있었다.

"주그누! 주그누!"

그녀는 손에 작은 유리병 하나를 들고 있었다. 병 속에는 스무 마리가 넘는 주그누(반딧불이)들이 깜박이고 있었다.

내가 놀라서 바라보는 사이에 소마는 그 반딧불이들을 모기장 안에 풀어놓았다. 반딧불이들은 모기장 곳곳에 달라붙어 하나 둘씩 빛을 발하기 시작했다. 그것을 바라보는 열일곱 살 소마의 검은 눈동자 속에서도, 몸이 아파 누워 있는 내 눈동자 속에서도 아름답게 반딧불이들이 반짝였다.

미소를 지으며 소마가 또다시 외쳤다.

"주그누! 순다르 주그누!(반딧불이! 아름다운 반딧불이!)"

그 작은 외침이 내 귓속의 고막을 울리고, 혈관을 타고 내 심장 속으로 들어와서는 몸 전체를 따뜻하게 덥혀 주었다. 그 순간 내 온 존재가 평화로움으로 채워졌다.

그것은 하나의 계시와도 같은 순간이었다.

그 순간, 육신의 고통은 사라지고 순수한 환희 같은 것이 내 안으로 밀려들어왔다.

그날 밤, 나는 모기장에 매달려 명멸하는 반딧불이들의 숫자를 세며 잠이 들었다. 신비한 눈을 가진 인도 여인 소마가 잡아다 준 데칸고원의 반딧불이들은 여행과 고독에 지친 영혼을 위로하듯 그렇게 언제까지나 반짝여 주었다. 그리하여 고독과 두려움 대신 기쁘고 행복한 순간들만이 남게 되었다.

아니, 그것은 잠들면서 나 스스로 한 약속이었는지도 모른다. 이 여행에서 아름다움으로 나를 찾아온 것들, 진실한 것들, 그리고 순수한 기쁨들, 그런 것들만 기억하자고.

그것은 내 스스로의 다짐이었고, 자주 찾아오지 않는 행운의 계시였다. 생애 가장 아름다운 순간이었다.

영혼을 위한 음식

"한 가지가 지루하면 모든 것이 지루한 법!"

점심을 먹으려고 식당 안으로 들어가는데, 카운터에 앉아 있던 주인 남자가 영어로 말했다. 때가 지나선지 식당에는 손님이 별로 없었다.

창가 자리로 가서 앉자 주인 남자가 메뉴판을 들고 다가왔다. 종업원을 무척 부려먹게 생긴, 끝이 둥글게 꼬부라진 콧수염을 한 풍채 좋은 남자였다. 그는 테이블에 앉은 파리 한 마리를 메뉴판으로 후려쳐서 아득한 뇌사 상태에 빠뜨린 뒤, 아무렇지도 않게 내 앞에 펼쳐 놓았다.

식당은 손바닥만 한데 메뉴에는 북인도 음식이든 남인도 음식이든 없는 게 없었다. 몇 년 동안 인도 대륙을 헤매 다닌 끝에 모처럼 제대로 된 싸구려 식당을 발견한 것이다.

뭘 먹을까 입맛을 다시며 메뉴판을 들여다보고 있는데, 옆에서 지켜보던 주인 남자가 또 말했다.

"생각을 너무 많이 하면 식욕을 잃는 법!"

그러고 나서 그는 말했다.

"사람이 메뉴를 먹을 순 없는 일이오. 아무리 메뉴를 들여다본다 해도 배가 부를 리 없소. 세상의 책이 다 그런 것처럼!"

맞는 말이었다. 메뉴가 아무리 다양해도 그것으로 허기를 채울 수는 없는 일이었다. 어쨌든 배가 고파 허리가 꼬부라질 지경이었다. 그래서 우선 버터 난(납작하게 해서 진흙 화덕에 구운 밀가루 빵) 2인분과 그것을 찍어 먹을 달(녹두를 갈아서 만든 일종의 수프) 한 접시, 그리고 알루 본다(감자로 속을 채운 고로케) 네 개를 주문했다. 양이 많을지도 모른다는 생각이 들었지만, 남으면 싸 갖고 가서 저녁때 먹으면 될 일이었다. 또 갈증을 식힐 겸 시원한 망고 라시(시원한 물로 희석시킨 저지방 요구르트에 망고를 갈아 넣은 것) 한 잔을 먼저 부탁했다.

어렵사리 주문을 마쳤는데도 식당 주인은 받아 적을 생각은 하지 않고 콧수염만 잡아당기며 서 있었다. 그러더니 말하는 것이었다.

"세상에 전시되어 있는 것들이 전부 자기 것이 될 수 있다고 생각한다면 큰 오산이오. 어떤 건 그림의 떡이란 걸 알아야만 하오."

영문을 몰라 쳐다보자 그는 설명했다.

"이 메뉴판에 적힌 것들도 마찬가지요. 보다시피 종업원들이 어젯밤에 결혼식에 가서 아직 출근하지 않았기 때문에 식당에는 나밖에 없소. 무슨 수로 그 많은 걸 나 혼자서 다 만들겠소."

실망이 이만저만이 아니었다. 진작에 설명할 일이지, 메뉴판까지 갖다 주고서 그렇게 말하는 이유를 알 수 없었다. 허기가 저 화낼 기운조차 없었다.

나는 힘없이 물었다.

"그럼 어떤 게 그림의 떡이고, 어떤 게 진짜 떡이죠?"

그가 말했다.

"그것을 구분하는 것이 바로 삶의 지혜 아니겠소? 어리석은 사람들은 대개 그림의 떡인 줄 모르고 달려들다가 인생을 망치곤 하거든."

뭘 어떻게 하라는 건지 이해가 가지 않았다. 점심 한 끼 먹으러 왔다가 잘난 체하는 식당 주인의 설교로 허기를 채우는 꼴이 되었다. 그리고 보니 카운터 위의 벽에는 코끼리 신상과 함께 그의 영적 스승으로 보이는 성자들 사진이 나란히 걸려 있었다.

내가 허무한 표정으로 앉아 있자, 남자는 주방으로 들어가 뚝딱거리며 뭔가를 만들기 시작했다. 다른 식당으로 갈까도 생각했지만, 왠지 독특한 곳이라는 느낌이 들어 명상하는 셈 치고 앉아 있었다.

그날 나는 이상한 식당 주인으로부터 희멀건 라시 한 잔을 얻어 마셨고, 그다음에는 전날 만든 게 틀림없는 사모사(기름에 튀겨 만드는 인도식 만두) 몇 개로 허기를 채운 뒤, 별 볼 일 없는 음식을 하나 더 얻어먹었다. 한 가지가 나오면 다음 음식이 나오기까지 너무 오래 걸려 금방 배가 고팠다. 싸 가지고 가서 나중에 먹고 자시고 할 것도 없었다.

말끝마다 명언을 늘어놓기를 좋아하는 그 식당 주인은 내가 음식값 계산을 하고 있자 또 한마디 했다.

"돈 계산을 하기보다는 더 많은 노래를 부를 것!"

그는 마치 머리에 두른 터번 속 어딘가에 두툼한 명언 사전을 숨겨 갖고 있는 사람 같았다. 내가 식당 문을 나서며 "또 봅시다!" 하고 인사를 하자, 그가 얼른 되받아쳤다.

"그렇게 말할 때마다 신이 미소 짓고 있는 게 보이지 않소? 우리가 내일 보게 될지 다음 생에 보게 될지 어떻게 알겠소?"

별로 먹은 것도 없이 명언으로 헛배가 부른 하루였다.

이튿날 아침, 나는 다음 생에 보게 될지도 모른다는 지적이 틀렸음을 증명하기 위해서라도 그 식당으로 다시 갔다.

어제와는 달리 식당이 활기에 차 있었다. 종업원들도 분주히 오가고, 외국인 여행자 몇몇이 둘러앉아 자기들이 여행한 나라에 대해 이야기를 나누고 있었다. 한 여성은 티베트에도 가고, 네팔과 스리랑카도 다녀온 모양이었다. 그녀는 네팔에 일주일밖에 있지 않았는데도 네팔 전문가가 다 되어 있었다.

쉬지 않고 자신들의 경험담을 주고받는 여행자들 사이로, 어제의 식당 주인이 메뉴판을 들고 다가왔다. 나는 아침부터 눈앞에서 잔인한 살생이 벌어지는 것을 막기 위해 얼른 테이블에 앉은 파리들을 쫓아냈다.

그가 메뉴판을 내려놓으며 건너편에 앉은 여행자들더러 들으라는 듯이 말했다.

"인도에서는 인도만 생각하고, 네팔에서는 네팔만 생각할 것!"

그 말에 나도 모르게 웃음이 나왔다. 여행자들은 서로 만나면 자신이 여행한 다른 장소를 이야기하기에 바쁘다. 인도에서는 네팔 이야기를 하고, 네팔에서는 인도 이야기를, 뭄바이에서는 콜카타 이야기를 하는 것이다. 대부분의 삶이 그렇듯이. 우리는 지금 이 순간에 살면서도 언제나 어제와 내일을 이야기한다.

명언을 좋아하는 식당 주인이 그것을 놓칠 리 없었다. 메뉴판을 들여다보고 있는 내게 그가 말했다.

"진리는 단순한 것이오. 마살라 도사(야채를 다져 넣은 인도식 팬케이크)를 먹을 때는 마살라 도사만 생각하고, 탄두리 치킨(닭고기에 향료와 요구르트 등을 발라 진흙 화덕에 구운 요리)을 생각하지 말 것! 그렇게만 할 수 있다면 당신은 어디서 무엇을 하든 행복할 것이오.”

그런 의미에서 나는 아침으로 마살라 도사 한 접시를 주문했고, 마살라 도사를 먹으면서 오로지 마살라 도사만 생각하려고 노력했다.

식당 주인 라자 고팔란 씨와 함께 그날 오전 나는 장을 보러 갔다. 함께 갔다기보다 그가 시장바구니를 들고 나서길래 나도 엉겁결에 따라간 것뿐이었다.

신선한 생강, 검은 후추, 감자, 양파, 온갖 향신료 등을 사 갖고 돌아오는데, 한 신사가 서류 가방으로 우리를 밀치며 바쁘게 지나갔다.

고팔란 씨가 가만히 있을 리 없었다. 그는 허둥대며 걸어가는 신사 양반의 뒤꼭지에 대고 직격탄을 날렸다.

“할 일을 다 마치면 죽을 것이라는 점성술사의 예언 때문에 끝없이 일을 하는 사람이 저기 가고 있군!”

그의 명언은 어느덧 한 편의 우화를 읽는 것이나 다름없었다. 달리기를 멈추면 죽을 것이라는 점쟁이의 예언을 들은 사람들처럼, 우리는 쉬지 않고 어딘가를 향해 달려가고 있지 않은가.

장을 보고 돌아오니 벌써 점심때였다. 나는 또다시 치밀하게 메뉴판을 검색하며 라자 고팔란 씨의 식당에 앉아 있었다. 그런데 메뉴판 한쪽에 베지터블 브리아니와 베지터블 플라오가 나란히 적혀 있었다. 둘 다 밥에 야채를 섞은 음식이라고 영어로 설명이 붙어 있었다.

내가 라자 고팔란 씨에게 물었다.

"베지터블 브리아니는 뭐고, 베지터블 플라오는 뭐죠?"

손바닥을 뒤집으며 라자 고팔란 씨가 말했다.

"약간은 같고, 약간은 다르오."

애매하기 짝이 없는 대답에 내가 재차 물었다.

"그럼 무엇이 같고 무엇이 다르죠?"

그러자 고팔란 씨가 메뉴판을 회수하며 말했다.

"둘 다 먹어 보시오. 그럼 무엇이 같고 무엇이 다른지 알게 될 테니까. 지식은 돈 주고 살 수 있지만 경험은 돈으로 살 수 있는 게 아니오."

그런 다음 그는 내가 말릴 사이도 없이 주방을 향해 외쳤다.

"여기 베지터블 브리아니와 베지터블 플라오 1인분씩!"

결국 나는 본의 아니게 점심을 두 그릇씩이나 먹어야 했다. 직접 먹어 보니 두 음식의 미묘한 차이를 알 수가 있었다. 베지터블 브리아니는 오렌지색으로 물들인 밥에 야채와 말린 야자, 해바라기 씨, 땅콩과 아몬드 등을 넣은 볶음밥 같은 것이었다. 그리고 베지터블 플라오는 그것과 약간은 같고, 약간은 달랐다.

그 맛의 정확한 차이를 알고 싶은 사람은 인도에 가서 직접 먹어 볼 일이다. 라자 고팔란 씨의 예리한 지적대로, 삶의 중요한 것들은 직접 경험해야만 자신의 것이 되는 법이니까.

어제 내가 앉았던 창가 자리에서는 한 서양인 친구가 양고기 요리를 시켜 먹으며 투덜거리고 있었다. 자기가 설명을 들은 것과는 맛이 차이가 있다는 것이었다. 아니나 다를까, 계산대 쪽에서 칠리소스와도 같은 매운 명언이 배달되었다.

"음식과 메뉴판이 서로 다를 때는 메뉴판을 믿지 말고 음식을 믿을 것!"

그다운 지적이었다. 우리는 얼마나 자주 자신이 기대한 것과 실제의 것이 다르다고 불평을 하는가. 하지만 그 서양인은 자신이 주문한 음식이 영 마음에 들지 않는지 계속해서 불만에 찬 얼굴이었다. 자극적인 인도 향료가 쉽게 입맛에 맞을 리 없었다. 짜고 맵고 쓰디쓴 삶의 여러 양념들처럼.

그날 오후, 나는 근처의 티베트 하우스를 방문한 뒤 어김없이 라자 고팔란 씨의 식당에서 저녁을 해결했다. 인도 음식이 가진 매력도 매력이지만, 한 접시에 명언을 대여섯 개쯤 얹어 내오는 독특한 식당 주인이 자꾸만 보고 싶어졌다.

내가 선택한 저녁 메뉴는 소박한 인도 음식 탈리였다. 탈리는 값이 싸고 맛있는 대중적인 음식이다. 스테인리스로 만든 둥근 식판에 제공되는데, 밥과 수프와 반찬 등이 칸칸이 담겨 있다.

라자 고팔란 씨의 주방에서 내오는 '채식주의자를 위한 탈리'는 그의 지혜로운 명언들 못지않게 신선하고 맛이 있었다. 다만 수프에 소금이 너무 들어가 약간 짠 것이 흠이었다.

내가 그 점을 지적하자, 기다렸다는 듯 라자 고팔란 스승께서 말씀하셨다.

"음식에 소금을 집어넣으면 간이 맞아 맛있게 먹을 수 있지만, 소금에 음식을 넣으면 짜서 도저히 먹을 수가 없소. 인간의 욕망도 마찬가지요. 삶 속에 욕망을 넣어야지, 욕망 속에 삶을 집어넣으면 안 되는 법이오!"

그의 명언은 오래 씹을수록 향이 나는 솝과 같다는 생각이 들었다. 솝은 인도 음식을 먹고 나면 접시에 담겨 나오는 풀씨처럼 생긴 작은 열매로, 그것을 씹으면 음식 냄새가 제거되고 입안에 향기가 더해진다. 라자 고팔란 씨의 명언이 바로 그 솝과 같았다.

책이 아니라 삶에서 얻은 지혜를 그는 적절히 영혼의 양식에 버무릴 줄 알았다. 갖은 향신료를 빻아 음식의 향을 내듯, 그는 몇 개의 톡 쏘는 명언으로 영혼을 향기롭게 하는 재주를 지녔다. 인도 음식이 다른 나라 음식보다 향이 강한 것처럼, 라자 고팔란 씨 역시 인도의 식당 주인답게 독특하고 특별한 향을 지닌 사람이었다.

그와의 만남으로 나는 인도의 모든 식당 주인들을 새로운 눈으로 바라볼 수 있게 되었다. 그것이 그가 지닌 마술과도 같은 힘이었다. 인도 대륙에 널려 있는 지저분하고 먹을 것 없는 수많은 식당들이 라자 고팔란 씨 덕분에 마치 우화 책 속 식당들처럼 내 안에 신비롭게 자리 잡았다.

그날 밤 나는 야간열차를 타고 멀리 오리사주로 떠나야 했다. 아쉬운 작별을 하고 식당을 나설 때, 라자 고팔란 씨는 인도 만두 사모사 몇 개와 함께, 마지막으로 고독한 여행자에게 어울리는 명언 하나를 선물했다.

"어디로 가든 당신은 '그곳'에 있을 것이다!"

구루지와 꽃목걸이

람 샤란 구루지는 만날 때마다 내게 신선한 풀 말라(꽃목걸이) 하나씩을 건네주었다. 그리고 언제나 "예스, 시화!" 하고 나를 맞았다.

처음에는 그것이 약간 어색했다. 그는 내가 무엇을 물어도, 심지어 짜이 한 잔을 마시자고 청해도 늘 "예스, 시화!" 하고 대답하는 것이었다.

사실 나는 어려서부터 그다지 긍정적이지 못했다. 나이를 먹으면서부터는 내가 가진 슬픔, 어두운 면, 열등감, 비관적인 것들을 모두 배낭 속에 넣어 두곤 했다. 그것들은 밖으로 내보이면 안 되었기 때문이다. 그리고 그 배낭을 등에 메고 다녔다. 대개 그것들은 나와 상관없는 것처럼 배낭 속에 잘 들어가 있었지만, 때로는 격렬한 감정이 되어 바깥으로 튀어나오곤 했다. 내가 아무리 그 것들을 외면한다 해도 그것들 역시 나의 일부분임을 부정할 수 는 없었다.

나의 한 부분이면서도 내 것으로 받아들이고 싶지 않은 것들, 내가 받은 상처, 타인에게 준 돌이킬 수 없는 아픔들, 그것들 때 문에 자주 고통받았다. 언제나 나를 힘들게 하는 것은 나 자신이 었다.

그런 내게 람 샤란 구루지는 만날 때마다 "예스, 시화!" 하고 말 했다. 마치 나의 전부를 있는 그대로 다 긍정한다는 듯이.

람 샤란 구루지를 만난 것은 인도인들이 성스럽게 여기는 어느 호숫가에서였다. 이른 아침 게스트하우스를 나와 길을 걷는데, 호 숫가 계단에서 눈을 감고 명상에 잠겨 있는 사두 한 명이 눈에 띄었다. 그래서 나도 그 앞으로 가서 신발을 벗고 함께 가부좌를 하고 앉았다.

한 시간쯤 그렇게 눈을 감고 명상을 하고 났을 때, 람 샤란 구 루지가 문득 나의 명상하는 자세가 완벽에 가깝다고 칭찬하는 것이었다. 나는 약간 부끄러운 마음이 들어 말했다.

"자세만 그럴듯할 뿐, 내면은 전혀 그렇지 못해요."

그러자 그가 고개를 저으며 말했다.

"명상을 하는 데는 자세가 더없이 중요하다는 걸 그대는 모르는가? 자세가 올바르지 못하면 명상 역시 제대로 될 리 없다. 그대는 누구보다 완벽한 자세를 가졌으며, 그대의 내면 역시 그 자체로 완전한 것이다."

그는 내가 마다할 틈도 없이 작은 금잔화 꽃목걸이 하나를 내 목에 걸어 주었다. 처음에 나는 그것을 받는 것을 주저했다. 그 지방에서는 여행객들에게 꽃을 주고 호수에 던지게 해놓고는, 그것을 빙자해 헌금을 요구하는 것이 유행이었다.

하지만 람 샤란 구루지는 달랐다. 그는 나를 이용하고자 하는 것이 전혀 아니었고, 게다가 그의 투명한 두 눈을 바라보고 있자니 나는 갑자기 울음을 터뜨릴 것만 같았다. 그는 어쩐지 내가 배낭 속에 꼭꼭 숨겨 둔 나의 어두운 면들까지 다 알고 있는 듯했다.

내가 말했다.

"이다음에도 오늘처럼 당신 앞에 앉아서 함께 명상을 해도 될까요?"

그러자 그가 내 머리에 축복의 손을 얹으며 말했다.

"물론이지!"

그렇게 해서 다음 날도, 그다음 날도 나는 그 고장을 떠나지 못하고 아침마다 람 샤란 구루지와 함께 호숫가에서 명상을 했다. 우주의 창조신이 호수 수면에 반짝이는 햇살을 던지면 내 안에도 밝은 빛이 한 움큼 일렁였다. 오랜만에 맞이하는 평화로운

순간들이었다. 그러다가 내가 눈을 뜨면 구루지가 또 고개를 끄덕이며 말하는 것이었다.

"예스, 시화!"

그러고는 금잔화 꽃목걸이를 건네주며 내 머리에 손을 얹고 찌릿찌릿 축복을 내렸다.

때로 나 자신이 너무 많이 살았다는 생각이 들곤 했다. 그것은 이 생에서 오래 살았다는 것이 아니라, 많은 생을 두고 너무 여러 번 태어났다는 느낌이었다. 탄생과 죽음을 너무 많이 반복한 데서 오는 허무감 같은 것이었다.

이제 그만 그 순환에 종지부를 찍고 싶었다. 미처 끝내지 못한 그 무엇이 남아 있어 이 삶을 살게 되었는지는 모르지만, 다음 생에서는, 아니 이제는 그 어떤 무엇으로도 태어나고 싶지 않았다. 내 영혼은 '류시화'를 끝으로 영원히 잠들고 싶었다. 그냥 바람처럼 무가 되어 사라지고 싶었다.

머리에 박힌 화살처럼 그런 생각이 마음을 떠나지 않았다. 그런 내게 람 샤란 구루지가 아침마다 낭랑한 목소리로 소리쳐 말하는 것이었다.

"예스, 시화!"

그것은 나의 있는 그대로를 전부 인정하는 절대 긍정의 미소 같은 것이었다. 그의 그 한 마디는 어떤 설법보다도 나를 변화시키는 힘을 갖고 있었다. 그는 삶에게도 죽음에게도 단지 '예스!'라고 말하라고 내게 가르치고 있었다. 어떤 것에도 갇히거나 얽매임 없이 다만 자유로운 영혼으로 살아가라고.

결국 나는 완벽한 인간이 아니며, 생은 온갖 시행착오를 거치기 마련이라는 것, 자신의 시행착오를 너그럽게 받아들이지 않는 것이야말로 가장 큰 시행착오라는 것, 따라서 자신을 괴롭힐 일이 아무것도 없다는 것을 구루지는 내게 일깨워 주고 있었다.

그렇게 해서 서서히 내 안에서 어떤 것들이 치유되어 가고 있었다.

나를 온전히 받아들여 주는 그 절대 긍정의 인사를 듣고 싶어서 하루에도 몇 차례씩 구루지를 만나러 가곤 했다. 콧구멍 큰 낙타들과 놋쇠로 된 물동이를 두세 개씩 머리에 인 여인들을 지나치고, 여행자를 위한 카페들과 장신구 파는 가게들을 지나 모퉁이를 휘어 돌면 그곳에 어김없이 람 샤란 구루지가 앉아 있었다. 그러고는 또 금잔화 꽃목걸이를 손에 들고 나를 맞이했다.

"예스, 시화!"

그것은 축복과도 같은 것이었다. 한 고독한 여행자의 마음속에 빛과 밝음을 선사하는.

며칠 뒤, 내가 작별을 하기 위해 배낭을 메고 호숫가로 갔을 때 람 샤란 구루지 역시 그 자리에 없었다. 그는 엉덩이까지 오는 긴 머리를 뒤로 묶어 올리고서 낙타들이 어슬렁거리는 사막 저편으로 걸어가고 있었다.

"구루지! 람 샤란 구루지!"

나는 배낭을 멘 채 그를 소리쳐 불렀다. 그러고는 그의 등 뒤에 대고 외쳤다.

"나를 잊지 말아요! 앞으로 또 만나야 해요!"

"예스, 시화!"

람 샤란 구루지는 한 손을 높이 쳐들어 흔들고는 색 바랜 오렌지색 승복을 휘날리며 그렇게 태양 속으로 멀어져 갔다. 다음 생에도 또 나를 만날 것처럼, 내 가슴에 샛노란 금잔화 꽃목걸이를 새겨 놓고서.

작가 수업

처음으로 인도 여행을 할 때 끈 달린 볼펜을 목에 걸고 다녔다. 눈에 보이는 풍경들과 머릿속에 떠오르는 느낌들을 하나라도 더 적어 두기 위해서였다.

버스 지붕에 앉아 시골 마을을 여행하거나 시장통에서 한 무리의 성자들과 차파티(밀가루로 얇고 둥글게 만든 인도인들의 빵)를 나눠 먹으면서도, 일몰의 황혼 속에서 낙타를 타고 사막을 건너면서도 글감이 될 만한 것들을 열심히 수첩에 기록해 나갔다.

어느 날이었다. 남인도행 카르나타카 특급열차 안에서, 한 힌두 노인이 내게 물었다.

"실례지만 그것이 무엇이오?"

영문을 몰라 쳐다보니, 그의 구부러진 손가락이 내 목에 걸린 볼펜을 가리키고 있었다. 글을 배운 적이 없는 시골 노인임에 분명했다.

나는 친절하게 볼펜 뚜껑을 열어 보이며 설명했다.

"이건 글을 쓰는 볼펜이에요."

그러자 그는 이해가 안 간다는 듯 고개를 갸우뚱거리며 묻는 것이었다.

"왜 사람이 볼펜을 목에 걸고 다니는 거요?"

노인의 순진함에 나도 모르게 미소가 떠올랐다. 노인뿐 아니라 옆에 앉은 다른 승객들도 호기심 어린 눈으로 나를 바라보고 있었다. 그 당시 인도는 물자가 부족해서, 목에 거는 볼펜은 둘째치고 일반적인 필기구들도 구하기가 어려웠다. 나는 그들에게 작가 수업을 시키듯 권위 있는 목소리로 말했다.

"나는 글을 쓰는 작가입니다. 좋은 글을 쓰려면 끊임없이 메모를 해야만 하죠. 그렇지 않으면 아무리 좋은 영감이 떠오른다 해도 금방 잊어버리기 마련이니까요. 특히 이런 여행을 할 때는 훗날의 기록을 위해 많은 것들을 적어 놔야만 합니다."

그리고 내가 한 말을 강조하기 위해 웃옷 주머니에서 스프링 달린 수첩을 꺼내 보였다.

"내가 언제나 볼펜을 목에 걸고 다니는 것도 그 때문입니다. 훌륭한 작가가 되기 위해선 이렇게 늘 메모하는 습관을 가져야만 하죠."

나 스스로 생각해도 군더더기 없는 설명이었다. 기차는 어느덧 북인도 대륙을 지나 현무암 지대인 데칸고원을 통과하고 있었다. 고원 지대에서 흔히 볼 수 있는 메사(봉우리가 평평하고 네모난 산)들이 대형 스크린처럼 차창 밖으로 하나둘 지나가고 있었다. 비탈진 언덕에서는 원색의 사리를 입은 여인이 검은 염소들에게 돌팔매질을 하고, 낡은 시골 버스가 형형색색의 인도인들을 가득 싣고 뒤뚱거리며 달려가고 있었다. 이 모든 풍경들이 다 빠짐없이 수첩에 적어둬야만 할 것이었다.

그때였다. 그 힌두 노인이 고개를 저으며 내게 말했다.

"나는 작가가 아니오만, 방금 당신이 한 말에는 동의할 수 없소."

내가 쳐다보자 노인은 꼬챙이처럼 마른 몸을 세우고 말했다.

"당신이 진정한 작가라면, 자신이 경험한 것만을 글로 써야 할 것이오."

나는 그렇다고 고개를 끄덕였다. 그러자 그가 말했다.

"당신 자신이 진정으로 경험한 것이라면 결코 잊어버리지 않을 것이오. 그것들은 굳이 종이 위에 적어 놓을 필요가 없소. 왜냐하면 그것들은 당신의 가슴속에 새겨지기 때문이오. 그렇지 않소?"

나는 또다시 고개를 끄덕일 수밖에 없었다.

노인이 재차 말했다.

"당신이 만일 진정한 작가라면, 종이 위에 적어 놓은 메모들이 아니라 당신의 가슴에 새겨진 자신의 경험들을 갖고 글을 써야만 할 것이오!"

듣고 보니 너무도 멋진 말이었다. 잊어버리기 전에 얼른 그 말들을 수첩에 적어 놔야겠다고 생각했다. 내가 다시 수첩을 꺼내 들려는 찰나, 노인이 말했다.

"당신의 영혼 깊이 새겨진 진실한 경험이 아니라면 글로 쓸 가치도 없소. 머릿속에 한순간 스쳐 지나가고 마는, 그래서 금방 잊어버릴 수도 있는 것들을 갖고 글을 쓴다면, 그것이 어찌 다른 사람들을 감동시킬 수 있겠소?"

세상의 왕들을 다 싣고 다니는 양, 기적 소리도 요란한 남인도행 카르나타카 특급 열차!

목적지까지는 무려 마흔다섯 시간이나 걸리는 긴 여정이었다. 도중에 연착할 것까지 계산하면 예순 시간이 넘게 걸릴지도 모르는 일이었다. 때마침 인도 달력으로 새해가 나흘 앞으로 다가왔기 때문에 이등칸 열차는 그야말로 인산인해였다.

고전 영화에나 등장함직한 양철 트렁크를 몇 개씩 이고 탄 남자도, 콧수염 기른 아저씨도, 난데없이 코브라 지팡이로 사람들을 찌르며 나타난 누더기 성자도, 와이셔츠 단추가 떨어져 옷핀으로 붙들어 맨 시청의 하급 관리도, 그리고 우리의 대화를 열심히 통역해 주고 있는 앞 좌석 청년도 묵묵히 노인의 말에 귀를 기울이고 있었다.

노인은 결론을 내리듯 커다란 눈으로 나를 바라보며 말했다.

"당신이 쓰는 글을 다른 사람이 읽기 전에 맨 먼저 읽는 사람이 당신 자신이라는 걸 잊지 마시오. 당신이 신의 존재를 믿는다면 당신의 신이 맨 먼저 당신의 글을 읽는다는 것도. 당신이 쓰는 글은 당신의 영혼에 맨 먼저 새겨질 것이고, 신은 언제나 당신의 영혼 속에 새겨진 것들을 읽고 있기 때문이오."

나는 부끄러움에 슬며시 볼펜을 벗어 주머니에 집어넣었다. 내 글을 신이 읽으리라는 것은 그때까지 한 번도 생각해 보지 못한 일이었다. 노인은 지금 내게 말하고 있었다. 내가 쓰는 글들은 종이 위에 써지기 전에 내 영혼에 먼저 기록될 것이라고. 따라서 신이 그 영혼의 기록을 읽을 것이라고.

어려서부터 나는 작가가 되는 것이 꿈이었으며, 작가가 되기 위해서는 많은 책을 읽고 많은 메모를 하라고 배워 왔다. 그런데 지금 이 문맹의 노인이 내게, 그보다는 먼저 가슴에 남는 진정한 경험을 하라고, 그런 다음 그 경험들을 글로 쓰라고 충고하고 있었다.

인도 여행 자체가 내게는 하나의 작가 수업이었다. 누군가가 지적했듯이, 나는 인도로 갔지만 사실은 인도를 향해 떠난 것이 아니라 나의 이상향을 찾아 떠난 것인지도 모른다. 내 혀에 맞는 음식, 내 코에 맞는 냄새, 내 귀에 어울리는 소리, 그리고 무엇보다 영혼을 울리는 대화, 그런 것들을 나는 찾고자 했을 것이다.

10년 전, 카르나타카 특급 열차 안에서의 그 작가 수업은 내 작품의 방향과 글쓰기 자세를 근본적으로 바꿔 놓았다. 그리고 그것은 굳이 수첩에 적어 놓을 필요가 없는 훌륭한 가르침이었다. 내 영혼 깊이 새겨져 아무리 세월이 흘러도 지워지지 않는.

거지 여인

여행에서 나는 자유로웠고, 또 외로웠다. 떠돌이별처럼 많은 길을 흘러 다녔다. 그러나 항상 따뜻한 힘으로 서로를 끌어당기는 별자리들처럼 나를 우주의 끝으로 사라져 버리지 않게 하는 힘이 있었다.

그것은 사랑이었다.

북인도 바라나시에 머물 때, 아침마다 갠지스 강변의 다사스와멧 가트로 나가곤 했다. 그곳에는 한 거지 여인이 앉아 있었다. 40대 중반의 그녀는 늘 더러운 붕대로 두 손을 감고, 새처럼 쪼그리고 앉아 사람들을 구경하고 있었다.

다사스와멧 가트는 힌두교 성지 바라나시의 중심에 해당하는 곳이어서, 인도 각지에서 온 순례자들로 하루 종일 북새통을 이루었다. 온갖 종류의 장사꾼과 호객꾼, 걸인과 성자들 때문에도 발 디딜 틈조차 없었다.

결혼 행렬이 뿜빠 뿜빠 나팔을 불며 지나가면, 그 옆에서는 순례자들이 성스러운 목욕을 하고, 또 그 옆에서는 성자들이 중얼중얼 기도문을 외고, 또 그 옆에서는 뱀 부리는 사람이 필릴리 필릴리 코브라를 약 올렸다.

그런가 하면 그 옆에서는 시체를 태우고, 그 옆에서는 나뭇가지를 분질러 이를 닦고, 또 그 옆에서는 염소 수염을 한 일본인 남자와 온통 벌거벗은 고행 수도승이 아침 햇살 속에 눈을 감고 명상에 잠겨 있었다.

성직자들은 이때를 놓칠세라 어서 자기한테 와서 죄를 씻으라며 목쉰 소리를 내지르고, 성스러운 소들은 사원에 갖다 바칠 금잔화를 훔쳐 먹다가 똥 묻은 엉덩짝을 얻어맞았다.

하지만 이 모든 혼잡에도 불구하고 그곳은 매우 평화로운 곳이었다. 바로 옆에 어머니 강 갠지스가 흐르고 있기 때문이었다. 수면에서 피어오르는 물안개와, 강 건너 숲 위로 붉게 떠오르는 아열대 태양은 아침의 명상적인 분위기를 더해 주었다.

그리고 그곳에 날마다 한 거지 여인이 앉아 있었다.

나는 그녀가 누구와 말하는 것을 한 번도 본 적이 없었다. 아무도 그녀에게 말을 걸지 않았고, 그녀 역시 남에게 구걸을 하거나 하다못해 짜이 한 잔을 청하는 적도 없었다.

그녀는 늘 그렇게 약간은 고독하고, 약간은 무심한 표정으로 인파 속에 앉아 있었다.

한 주일이 지나면서 나는 차츰 그 거지 여인과 정이 들었다. 나는 그녀에게 무언의 인사를 하게 되었고, 그녀 역시 내가 옆에 가서 앉으면 보일 듯 말 듯 미소를 지었다. 그러나 그것이 전부였다. 우리는 이야기를 나눈 적도, 특별히 눈길이 마주친 적도 없었다.

다만 한 사람은 장발 머리를 하고, 또 한 사람은 때묻은 붕대를 두 손에 감은 채로 나란히 벽을 등지고 앉아 갠지스강의 아침 풍경을 구경할 따름이었다.

열흘 뒤, 나는 그곳을 떠나 네팔 카트만두로 가야만 했다. 눈이 더 내리기 전에 히말라야로 올라갈 계획이었다.

떠나기 전날도 나는 다사스와멧 가트로 가서 한 시간쯤 그 거지 여인과 앉아 있었다. 특별한 이유는 없었지만 그녀에게 마지막 작별 인사를 하고 싶었다.

나는 짜이 한 잔을 사다가 발 앞에 놓아 주며 그녀의 붕대 감은 손을 맞잡고 힌디어로 말했다.

"나는 내일 카트만두로 떠나요. 잘 지내요."

그녀는 약간 놀란 듯 나를 바라보았다. 하지만 그것 말고는 별다른 반응을 보이지 않았다.

이튿날 아침, 나는 카트만두행 버스에 오르지 않았다. 홀로 여행하는 사람이 그렇듯, 갑자기 마음이 바뀌어 며칠 더 바라나시에 머물기로 한 것이다. 혼자서 국경 너머의 히말라야로 떠나는 것이 엄두가 나지 않았는지도 모른다. 그래서 나는 아침 일찍 다시 다사스와멧 가트로 나갔다. 그곳에 그 거지 여인이 먼저 나와 앉아 있었다.

나는 그녀가 말을 하는 것을 그때 처음 들었다. 나를 보자 그녀는 사람들을 향해 뭐라고 큰소리로 떠들기 시작했다. 얼굴 표정으로 보아 화를 내는 것은 아니었다. 그녀는 웃고 있었고, 행복해 보이기까지 했다.

그녀의 말을 알아들을 수 없었던 나는 어리둥절한 채로 그녀 옆에 앉았다.

그때 한 남자가 다가와 내게 영어로 물었다.

"이 여인이 지금 뭐라고 말하는지 당신은 이해하시오?"

내가 고개를 젓자, 그가 말했다.

"이 여자는 지금, 당신이 어제 자기 손을 잡았다고 말하고 있소. 그리고 지난 몇 년 동안 자신의 손을 잡은 사람은 당신 한 사람뿐이라고 말하고 있소. 누가 문둥병에 걸린 여자의 손을 잡겠소? 그래서 이 여자는 지금 행복에 넘쳐 사람들에게 그 이야기를 하고 있는 것이오."

그 말을 듣는 순간, 나도 모르게 콧등이 시큰해졌다. 그녀는 계속해서 행복한 얼굴로 어린아이처럼 떠들고 있었다. 손에는 여전히 더러운 붕대를 감은 채로.

다른 나환자들과 마찬가지로 이 여인 역시 가족에게 버림받고서, 어머니 갠지스강이 가져다주는 기적적인 치유를 바라고 멀리 바라나시까지 온 것이었다.

신은 그 거지 여인을 통해 내게 말하고 있었다. 인간은 서로 만져 주어야 한다는 것을. 시인이든 문둥병 여인이든 누구나 만져 주기를 원한다는 것을. 아무도 만져 주지 않는다면 길에 버려진 망고 열매처럼 영혼이 쪼그라들어 버린다는 것을…….

행복에 찬 거지 여인의 얼굴은 한 떠돌이 여행자의 영혼에도 생기를 불러일으켰다. 다음 날 아침 나는 다시 그 거지 여인과 작별하고 히말라야를 향해 출발했다.

지구별 여행자

그곳은 여행자가 내릴 곳이 아니었다.

새처럼 고개를 꺾고 사방 어디를 둘러봐도 끝없는 황무지 연속이었다.

가도 가도 경계가 없을 것 같은 들판이 지평선 너머까지 아득히 이어져 있었다. 바니안나무인지 보리수인지 모를 커다란 나무들만 수백 미터 간격으로 군데군데 한 그루씩 서 있을 뿐이었다.

그것이 전부였다.

마치 어느 화가의 그림 속에 들어와 있는 것처럼, 땅과 하늘과 나무가 있지만 어느 것 하나 미동도 하지 않았다. 먼 허공에서 날갯짓하고 있는 한 마리 검은 새만이 유일하게 그곳이 현실 속 공간임을 말해 주고 있었다. 어쩌면 그 새도 나처럼 길을 잃었는지 모를 일이었다.

어디로 갈 것인가, 망연자실해졌다.

여행자가 가장 힘들 때는 길이 없을 때가 아니라 길이 너무 많을 때다.

넓은 운동장에서 혼자 제식 훈련을 하는 사람처럼 배낭을 멘 채 동서남북으로 방향을 바꿔 보았다. 그래도 마찬가지였다. 이런 곳에서 기차가 정차한 이유를 알 수가 없었다.

누구를 탓할 일이 아니었다. 한순간의 충동에 이끌려 기차를 내린 것이 잘못이었다. 그때 나는 단조롭게 반복되는 차창 밖 풍경을 바라보며 반쯤 졸음에 빠져 있었다. 그런데 기차가 이유 없이 들판 한가운데 멈춰 섰고, 그 틈을 타 충동적으로 배낭을 들고 기차에서 뛰어내린 것이다.

내가 내리자마자 기차는 보란 듯이 달아나 버렸다. 그리고 앗! 하는 사이에 나는 북인도 안드라프라데시주의 한 간이역에 나침반도 없이 홀로 남겨지고 말았다.

아무도 나를 알지 못하는, 시간과 공간마저 지워진 낯선 세계로 떠나고 싶다는 것이 내 오랜 꿈이었다. 그런데 갑자기 그 꿈이 실현된 것이다.

집도 마을도 없고, 태양만이 작열하는 무인 지대!

언제까지나 그곳에 막연히 서 있을 수는 없는 일이었다. 어디로든 가야만 했다. 삶이 그런 것인지도 모른다. 너무 오래 정지해 있을 수 없는 것. 너무 오래 망설이면 오히려 엉뚱한 선택을 하기 마련이다.

　나는 배낭을 추슬러 메고 터벅터벅 지평선을 향해 걷기 시작했다. 태양이 즉각적으로 머리꼭지를 지져 대며 집요하게 뒤쫓아 왔다. 그야말로 나는 볼록렌즈에 태워지는 한 마리 개미나 다를 바 없었다.

　때로는 그런 것이다. 자의든 타의든 어느 순간 우리는 아무도 없는 진공 상태 같은 곳에 던져진다. 길은 가도 가도 끝이 없다. 그곳에서는 내가 누구인지도 모르고, 어딘가를 향해 가는 것조차 무의미하다.

　얼마 안 가 물병의 물도 바닥이 났다.

　샌들 신은 발에는 어느 틈엔가 사막에서 자라는 가시풀들이 잔뜩 박혀 있었다. 태양이 계속해서 나를 따라오고, 반면에 시간은 마냥 정지한 듯했다.

　그때 저만치 앞에서 걸어가고 있는 또 다른 사람 하나를 발견했다. 놀란 나는 그를 소리쳐 불렀다. 그런데 자세히 보니 그것은 배낭을 메고서 걷고 있는 또 다른 나였다. 나는 그 '또 다른 나'를 향해 걸어가고 있었던 것이다. 그 미래의 나를 향해. 그리고 고개를 돌려 뒤돌아보니 뒤쪽에서는 또 과거의 내가 나를 향해 걸어오고 있었다.

그곳은 그야말로 이상한 세계였다.

태양이 작열하고 나무들이 드문드문 서 있는 현실 세계였지만, 동시에 그 세계에는 어렸을 때의 나도 있고, 청년기의 나도 있고, 노년기를 맞이한 나도 있었다. 북인도의 한 들판을 걷고 있는 중이었지만, 사실은 나 자신을 향해 걸어가고 있었던 것이다.

인도의 땅 자체가 특별한 파동을 지니고 있기 때문에 그곳에서는 많은 신비한 일들이 일어난다고 사람들은 말한다. 그런 것 때문이었을까, 아니면 참을 수 없는 태양의 열기 때문이었을까? 북인도 들판을 걷고 있는 수많은 나를 보았다. 그 수많은 나가 한 장소에 공존하고 있었다.

점점 무거워져 가는 배낭을 들판 한가운데 서 있는 커다란 나무에다 걸어 놓았다. 손가락에 끼고 있던 반지도 뽑아서 배낭 속에 집어넣었다.

희망이 보이지 않을 때는 아무리 가벼운 것도 무거운 법이다.

그렇게 반나절이 넘도록 걷고 또 걸었다. 이제는 너무 멀리 와서 처음의 자리로 돌아갈 수조차 없었다.

어쩌면 나는 그런 사람이 되어 버렸는지도 모른다. 이미 너무 멀리 와버렸기 때문에 처음의 자리로 되돌아갈 수가 없게 된 사람…….

아무것도 없는 그 풍경을 견딜 수 없어서, 일부러 두 손을 망원경처럼 오므려 갖고 사방을 둘러보았다. 그때였다. 렌즈 없는 망원경 속으로 멀리 한 무리의 검은 점들이 나타났다. 나는 혼신의 힘을 다해 그곳으로 달려갔다.

들판 한가운데 집시들의 천막 몇 채가 원을 그리며 세워져 있었다. 내가 숨을 헐떡이며 다가가자, 갑자기 커다란 눈을 한 어린 집시 소녀가 나타났다.

소녀는 지평선 끝에서 걸어온 나를 보고 놀라기는커녕, 마치 내가 자기의 오랜 친구나 되는 것처럼 뭐라고 떠들었다. 손짓 발짓으로 봐서, 자기네 식구들이 염소를 데려오려고 저쪽으로 갔는데 혹시 못 봤느냐는 뜻 같았다.

내가 고개를 젓자, 소녀는 그럴 리 없다고 머리를 갸우뚱거리며 내가 온 방향으로 걸어갔다.

집시들의 천막은 지저분하긴 하지만 누더기 천 조각들을 이어 붙인 훌륭한 퀼트 작품이었다. 그 천막들 앞에 서서 사방을 둘러보니, 지구가 둥글다는 걸 새삼 실감할 수가 있었다. 멀리 지평선들이 둥글게 휘어지고, 내가 서 있는 그곳이 세상의 중심인 것처럼 느껴졌다.

천막 앞에 쭈그리고 앉아 발바닥에 박힌 가시들을 뽑고 있는 사이, 어스름이 밀려오고 집시들이 하나둘 염소들을 이끌고 천막으로 돌아왔다. 어떤 염소는 끌려오기 싫은지 고개에 잔뜩 힘을 주고 뒤로 뻗딘은 채로 끌려왔다.

아까 만난 소녀는 어떻게 발견했는지 내가 나무에 걸어 놓은 배낭을 낑낑거리며 들고 돌아왔다. 내가 고맙다고 말하자, 소녀는 괜찮다고 웃으면서 손사래를 쳤다.

난데없는 외국인 여행자의 출현에 집시 처녀들은 까르르 웃어대고, 노인들은 내가 내놓은 접대용 담배를 긴장한 손가락으로 꼬나물었다. 나도 어느새 한낮의 시련을 잊고 아이들과 장난을 쳤다.

해가 뉘엿뉘엿 지고, 집시들은 침묵과 평화로움 속에 한 지친 여행자를 말없이 받아들였다. 가진 것은 없지만 마음은 넉넉한 사람들이었다.

그들은 내게 어디서 왔으며 어디로 가는 중인지조차 묻지 않았다.

그렇다, 지친 여행자에게는 아무것도 묻지 않아야 한다. 그는 이미 많은 여정을 지나왔을 테니까.

힌디어로 '손님'은 약속 없이 찾아오는 사람이란 뜻이다. 나는 그들에게 말 그대로 손님이었던 것이다.

모닥불 주위에 둘러앉아 차파티로 저녁을 먹고 나자, 지평선 저쪽에서 휘영청 달이 떠올랐다. 달은 무대의 막을 올리듯 수많은 반짝이 별들을 데리고 나타났다.

모닥불에 끓인 짜이와 고독, 잠든 염소들과 별들, 그 모든 것들이 넘치도록 많은 밤이었다.

밤이 깊어지자, 집시들은 퀼트 천막 안에는 들어가지 않고 전부 모닥불 옆에 쓰러져 잠이 들었다. 여인들은 옷은 말할 것도 없고 귀걸이와 코걸이와 팔찌를 다 한 채 잠자리에 들었다.

잠시 후, 나는 내 긴 머리카락 속으로 비집고 들어오는 어떤 물체 때문에 언뜻 잠이 깨었다. 놀라서 살펴보니 들쥐들이었다. 밤이면 급격히 떨어지는 기온 때문에 내 머리카락에 둥지를 틀려는 속셈이었다. 결국 나는 자다 깨다를 반복해야만 했다. 그러다가 한 가지 지혜를 터득하게 되었다. 여인들은 모두 사리 자락으로 머리를 덮고 잠들어 있었던 것이다.

나는 얼른 배낭 뚜껑을 열고 그 안에 얼굴을 들이민 채 잠이 들었다.

그리고 꿈을 꾸었다. 대지와 하늘의 구분조차 없는 막막한 공간을 나 혼자 방랑하는 꿈이었다. 시간마저 지워진 하얀 지평선을 향해 무거운 발걸음을 재촉했다. 그곳에는 아무것도 없었다. 소리도 없고, 반향되어 오는 메아리나 그림자도 없는 세계였다. 다만 먼 지평선을 목적지 삼아 끝없이 걸어야만 했다.

그 끝에 이르러 걸음을 멈추고 내가 나를 돌아보았다. 그러자 청년의 모습으로 방랑을 시작한 나는 어느새 머리가 흰 노인의 모습으로 그곳에 서 있었다.

청년기에 추구하던 깨달음의 세계에 늙은 내가 도달했는가를 확인하기 위해 그 노인의 얼굴을 자세히 들여다보았다. 그러자 노인의 모습은 간 곳 없고 모든 풍경이 일순간에 휙 하고 지워져 버리는 것이었다.

그러고는 이내 날이 밝았다.

집시들은 새벽 다섯 시부터 하루를 시작했다. 나는 그것을 다 알고 있었지만 일어나기가 싫어, 아침이 올 때까지도 배낭 속에 얼굴을 집어넣은 채 자는 척하고 누워 있었다. 하지만 태양의 열기 때문에 배낭 속이 후끈거려 더 이상 누워 있을 수 없었다. 마지못해 내가 일어나자 소녀들은 배낭을 뒤집어쓰고 자는 내 모습을 흉내 내며 까르르 웃어 댔다.

이윽고 배낭을 메고 떠날 차비를 하자, 아이들과 처녀들과 노인들 모두 작별 인사를 하기 위해 천막 앞에 줄지어 섰다. 나는 손을 한 번 들어 보이고 나서 어제 왔던 길로 다시 걸어가기 시작했다. 집시들도 일제히 내게 손을 흔들었다.

한참을 가다 뒤돌아보니, 그때까지도 집시들이 천막 앞에 서서 손을 흔들고 있었다. 백 미터를 가서도, 2백 미터를 가서도 마찬가지였다. 뒤를 돌아볼 때마다 집시들은 그곳에 한 줄로 서서 여전히 내게 손을 흔들고 있었다. 들판이 너무 평지라서 헤어지기가 그만큼 어려웠던 것이다.

그렇게 지평선 너머로 점이 되어 사라질 때까지, 집시들과 한 지구별 여행자는 손을 흔들고 또 흔들었다. 다시는 만나지 못할, 가장 긴 이별의 순간이었다.

자유를 찾아 생각의 비좁은 골방을 떠나 세상 속으로 가는 것이나, 또 자유를 위해 스스로 동굴 속으로 들어가 버리는 것이나 둘 다 삶의 여행임에는 다름이 없으리라.

그 여행이 너무도 힘들어 감당하기조차 어려운 순간이 올지라도 여행자에게는 그 여행을 이끌어 주는 소중한 빛이 있다. 내게 끝없이 손을 흔들어 주던 그 집시들처럼.

나는 광막한 무인 지대를 지나, 태양의 볼록렌즈 속을 다시 통과하면서 철길이 있는 간이역으로 돌아왔다. 둥근 지구 저편으로 집시들의 천막도 아득히 멀어져 갔다.

마음에는 평화, 얼굴에는 미소

홀로 명상하기에 좋은 아침이었다. 게스트하우스 방문 앞에 서 있는 키 큰 바나나 나무 위로 남인도 햇살이 부드럽게 쏟아지고 있었다. 들창 밖으로는 온갖 색깔의 사리를 입은 여인들이 차낙 차낙 발찌 소리를 내며 지나갔다. 어디선가는 또 힌두 노래가 흘러나왔다.

'차낙 차낙 모리 바제 파얄…….

내가 걸어갈 때마다 차낙 차낙

내 발목의 발찌가 노래를 부르네.

나는 사랑에 빠졌기에!'

아침 일찍 우체국을 다녀와 방을 정리한 뒤 공작새 깃털이 그려진 향 봉지에서 인도 향을 꺼내 피웠다. 그리고 침대 위에 가부좌를 틀고 앉았다. 오랜만에 맞이하는 명상 시간이었다. 그동안 너무 이곳저곳 돌아다니느라 고요히 머물 시간이 부족했었다.

허리를 곧추세우고 깊은숨을 들이쉬었다. 숨을 들이쉬면서 마음에는 평화, 숨을 내쉬면서 얼굴에는 미소…….

그렇게 막 호흡 명상을 시작했을 때였다. 바나나 나무가 흔들리면서 방해꾼이 나타났다. 게스트하우스 주인의 딸 날리니였다. 머리는 수세미 같고, 콧물이 들락거리는 코에는 싸구려 코걸이가 걸려 있었다.

날리니는 바나나 잎사귀 밑으로 빼꼼히 얼굴을 내밀고서 호기심에 찬 눈으로 나를 바라보았다. 나와 눈이 마주치자 수줍은 듯 미소를 지었다. 눈이 너무 커서, 온통 눈밖에 없는 것 같은 소녀였다.

날리니를 무시하고, 명상에 집중하기 위해 다시금 자세를 가다듬었다. 숨을 들이쉬면서 마음에는 평화……. 그런데 바나나 잎사귀 밑에서 빤히 쳐다보고 있는 아이 때문에 명상에 집중하기 어려웠다. 내가 저리 가라고 손짓을 하자, 날리니는 알겠다는 듯 고개를 끄덕이고는 말없이 사라졌다.

하지만 1분도 채 안 되어 날리니가 다시 등장했다. 이번에는 숨바꼭질을 하듯, 바나나 잎사귀로 얼굴의 반을 가리고서 한쪽 눈만으로 나를 응시하는 것이었다.

내가 불만스러운 얼굴로 쳐다보는 순간, 날리니가 손을 내밀었다. 아이는 몸을 반쯤 가린 채 방 안으로 손을 내밀어 내게 뭔가를 요구하고 있었다.

나는 오히려 잘 됐다 싶어 얼른 5루피짜리 종이돈을 꺼내 아이에게 건네주었다. 돈을 받자마자 아이는 뒤도 돌아보지 않고 사라졌다.

이젠 온전히 명상에 집중할 수가 있었다. 홀로 나 자신과 마주한 소중한 시간. 나는 다시금 허리를 곧추세우고 앉았다. 그리고 서서히 명상 상태로 빠져들었다.

그때였다. 내 가늘게 뜬 시선 속으로 난데없이 개 한 마리가 등장했다. 처음에는 명상 중에 나타난다는 환영인가 했는데, 눈을 뜨고 보니 내가 얼굴을 익히 아는 개였다. 나만 보면 꼬리를 흔드는 주인 없는 개였다.

한번은 내가 1킬로미터나 떨어진 박물관에 갔는데, 그때도 그 개가 나를 따라와 반나절 넘게 박물관 밖에서 기다리고 있었다. 인도에서는 어딜 가나 개가 나를 따라다니는 이유를 알 수 없었다. 아마도 떠돌이 여행자의 냄새를 맡는 모양이었다.

게스트하우스 주인은 그 개를 고빈다라고 불렀다. 고빈다는 신의 이름이다. 내가 주인이라도 되는 양, 고빈다는 어슬렁거리며 방 안으로 걸어들어왔다. 그러고는 나를 빤히 쳐다보며 배고픈 표정을 지었다.

나는 얼른 침대 밑에 벗어 놓은 신발을 들어 개를 내쫓았다. 언젠가 인도 여행 중에 피부병 난 개를 쓰다듬다가 병이 옮아 크게 고생한 적이 있었다. 개는 실망한 표정으로 돌아나가다 말고 문간에 멈춰 서서 물끄러미 나를 쳐다보았다.

안쓰러운 마음이 들어 아침에 먹다 남은 비스킷 봉지를 고빈다 발 앞에 쏟아부어 주었다. 개는 순식간에 비스킷을 먹어 치운 뒤, 내가 점심때 먹으려고 사다 놓은 빵까지 다 해치우고서야 꼬리를 흔들며 미련 없이 떠났다.

아이도 왔다 가고 늙은 개도 왔다 갔으니, 이제는 정말로 명상에 집중할 시간이었다.

마음에는 평화, 얼굴에는 미소!

단전 깊숙이 숨을 들이쉬고 내쉬면서 다섯 번쯤 그 만트라를 외었을 때였다. 절망적이게도 바나나 잎사귀가 흔들리면서 수세미 머리가 다시 나타났다. 이번에는 작은 손바닥에 무엇인가를 움켜쥐고 있었다.

날리니는 수줍어하며 방 안으로 손을 내밀었다. 손바닥에는 다름 아닌 땅콩 몇 알이 놓여 있었다.

점심때도 가까워 오고, 땅콩을 보니까 배가 고팠다. 나는 사양하지 않고 날리니의 귀여운 손에서 땅콩을 받아먹었다. 인도의 땅콩은 언제 먹어도 맛있다. 알은 작지만 그 고소함은 다른 땅콩의 두 배는 될 것이다.

날리니는 자기가 준 땅콩을 내가 맛있게 먹자 행복한 미소를 지었다.

나는 땅콩 껍질과 함께 명상에 대한 집착을 털어 버리고 자리에서 일어섰다. 델리에서 산 허브 샴푸가 아직 많이 남아 있었다.

그날 게스트하우스 세면장에서 세숫대야로 몇 번씩 물을 길어다가 날리니의 수세미 머리를 감겨 주었다. 그리고 엉켜 붙은 머리를 예쁘게 빗어 주었다. 푸석푸석하던 수세미 머리는 금방 윤기가 났다.

그러고 나서 날리니의 손을 잡고 세상 밖으로 걸어나갔다. 늙은 개 고빈다가 우리를 보고 꼬리를 흔들고, 오렌지색 터번을 두른 땅콩 장수가 맛보기로 고소한 땅콩 몇 개를 집어 주었다. 골목을 더 걸어나가자 뿌웅 뿌웅 릭샤들도 달리고, 지구 반대편 동화 나라에서 불어온 바람 하나가 날리니의 머릿결을 흩날리게 했다. 어느덧 내 마음에는 평화가 깃들고 얼굴에는 행복한 미소가 떠올랐다.

날리니 역시 미소를 지었다. '작은 연꽃'이라는 이름답게, 그 미소에서 연꽃 한 송이가 피어났다.

당신, 이거 아시오?

  망고 열매가 망설이며 익어 가는 사이, 파파야는 벌써 시장에 나와 판을 쳤다. 어디를 가나 크고 작은 파파야를 가득 실은 수레들이 눈길을 유혹했다.

  그러나 한 가지, 파파야가 가진 문제가 있었다. 잘 익은 파파야를 고르기가 무척 어렵다는 것이었다. 파파야 장수는 사다 놓고 이틀만 기다리면 맛있게 먹을 수 있다고 장담하지만, 막상 잘라 보면 그게 아니었다. 겉만 보고는 알 수 없는 것이 파파야였다.

  그래서 파파야 고르는 데 일가견이 있다고 허풍 떠는 인도인과 함께 파파야를 사러 시장에 나갔다. 난두라는 이름의 그 남자는 세심하게 파파야를 고르기보다는 파파야 장수를 윽박지르는 데

더 능했다. 그 결과 놀랍게도 정말로 잘 익은 파파야를 살 수가 있었다.

난두는 으스대며 말했다.

"당신, 이거 아시오? 사람 역시 잘 익은 파파야 같아야 하오. 익지 않았으면 신은 이들을 더 기다릴 것이오. 그래도 안 익었으면 결국 소에게 먹이로 던져질 것이오."

인도는 과연 언제 어디서 영적 교사가 등장할지 예측할 수 없는 나라이다. 파파야 하나를 사면서도 큰 깨우침을 얻게 되는 나라 아닌가!

난두를 알게 된 것이 우연인지 어쩐지는 알 수 없지만, 그날 아침 황금 사원을 갔다 오는데 한 남자가 "나마스테!" 하고 반갑게 인사하며 악수를 청했다. 엉겁결에 그와 악수를 하긴 했지만, 그가 누구인지 전혀 알 수 없었다. 그런데 그는 악수 끝에도 내 손을 놓지 않고 두 손으로 내 손바닥을 지압하는 것이었다. 노련하고 재빠른 지압 솜씨였다. 그 남자가 바로 오리 궁둥이를 한 난두였다.

이튿날 아침, 게스트하우스의 다른 여행자들과 함께 파파야를 나눠 먹은 뒤, 강가에 앉아 명상을 하다가 깜박 잠이 들었다. 그때 누가 부드럽게 어깨를 만져 눈을 떠보니 때묻은 쿠르타 파자마(바지와 그 위에 입는 통 넓은 원피스처럼 생긴 긴 윗도리)를 입은 난두가 나를 내려다보고 있었다. 그는 빤(베텔 나무 잎사귀와 열매로

만든 일종의 씹는 담배)을 너무 씹어 혀와 잇몸까지 새빨개진 입을
하고 내게 물었다.

"당신은 누구에게 기도하시오?"

내가 기도하고 있었던 게 아니라 졸고 있었다고 고백할 틈도
없이 그가 말했다.

"모든 신에게 존경을 표시하는 것이 좋소."

그는 영어 실력이 형편없었지만, 대화를 이끌어 나가기에는 충
분한 어휘력을 갖고 있었다. 날렵한 손놀림으로 내 어깻죽지를
주무르며 그가 말했다.

"당신, 이거 아시오? 우주의 신비는 너무 커서 하나의 종교만으
론 다 표현할 수가 없다는 것을. 세상에 수많은 종교가 있는 것
도 그 때문이오."

앉아서 졸고 있었던 터라 어깨 근육이 뭉쳐 살살 주물러도 통
증이 느껴졌다. 하지만 난두는 그런 것에 아랑곳하지 않고 목이
움츠러들 정도로 심하게 주물러 마침내 어깨의 통증을 싹 가시
게 만들었다. 그러고는 오리 궁둥이를 흔들며 사라졌다.

그렇다고 그것이 난두와의 영원한 작별일 리가 없었다. 인도는
단 한 번에 헤어지기가 힘든 나라이다. 일단 한 번 마주친 사람
은 전봇대 뒤에서, 골목에서, 가게 입구에서 끝없이 마주치기 일
쑤다.

난두는 내가 눈을 감고 강가에 앉아 조금이라도 명상에 몰두

할라치면 또 어디선가 새빨개진 혀와 잇몸을 하고 나타나 희한한 목소리로 나를 방해했다.

"오늘은 날씨가 참 좋소. 신이 만든 날이오. 그런데 당신, 이거 아시오? 신은 오늘밖에 창조하지 않았다는 걸?"

눈부신 태양 빛에 실눈을 뜨고 올려다보자, 그는 내 팔뚝을 주무르며 말했다.

"신이 창조한 날은 단지 오늘뿐이란 말이오. 어제와 내일을 만드는 건 바로 우리 자신들이오. 안 그렇소?"

내가 뭐라 말할 사이도 없이, 어느새 그는 내 반대편 팔뚝으로 옮겨 가 여행자의 피곤한 근육을 노곤노곤하게 만들었다. 이제 보니 파파야 고르는 데만 일가견이 있는 것이 아니라 안마에도 상당한 실력자였다.

그는 묻지도 않았는데 자신의 딸 이야기를 했다.

"나는 내 딸의 이름을 기타라고 지었소. 기타는 '노래'라는 뜻이오. 『바가바드기타』라는 힌두 경전을 읽어 보셨소? 그것은 '신의 노래'라는 뜻이오. 당신의 삶을 물질이 아니라 노래로 채우도록 하시오."

그러고는 또다시 뒤도 돌아보지 않고 가버렸다.

그날 오후, 난두는 나를 아예 노천에 자빠뜨려 놓고 내 등 뒤로 올라가 잘근잘근 밟기 시작했다. 그래야만 온몸의 피로가 풀린다는 것이었다. 그러면서 또 말했다.

"당신, 이거 아시오? 이름을 부르면 사라지는 게 무엇인지?"

나는 생각도 나지 않을뿐더러 온몸을 마구 짓밟히는 입장인지라 끙끙거리며 신음 소리만 흘릴 뿐이었다. 그가 내 등을 밟고 서서 말했다.

"이름을 부르면 사라지는 것, 그것은 바로 '침묵'이오."

그러면서 그는 혼자서 박장대소를 하는 것이었다. 나는 그의 뛰어난 재치와 작은 몸집에 대해 신에게 감사드렸다. 그런 식으로 그는 만날 때마다 여행과 태양열에 긴장된 내 근육과 정신에 새로운 활력을 불어넣었다.

난두에 대한 기억은 이처럼 양립할 수 없는 두 가지가 혼합되어 내게 남아 있다. 빤을 너무 씹어 미스터 빤이라는 별명을 갖고 있으며, 앞니가 하나 빠져 그 자리를 가짜 금으로 메꾼 그는 엉성한 의치 때문인지 열대 지방의 새처럼 목소리가 희한했다. 동시에 강인한 손가락 힘과 인도의 구루들에 뒤지지 않는 언변을 갖춘 인물이었다. 뜨거운 태양 아래서 내 두피 구석구석 겨자 기름을 바르며 "당신, 이거 아시오? 당신이 다음 생에 만날 사람들은 바로 지금 만나고 있는 사람들이란 걸." 하고 말하기도 했다. 놀라운 통찰력을 가진 인물이 아닐 수 없었다.

나와 헤어지기 전날, 난두는 마지막으로 나를 다시 한 번 강가노천에 쓰러뜨려 놓고 다리를 엑스 자로 꺾었다. 그러고는 나더러 직업이 뭐냐고 넌지시 물었다. 내가 단지 여행자일 뿐이라고 대답하자, 그가 말했다.

"당신, 이거 아시오? 당신은 여행자이고, 난 안마사요. 신은 우리에게 각기 다른 삶을 주었소. 그러니 우리는 각자의 삶에 충실할 따름이오."

그럼 누구는 왜 삶에서 좋은 역할을 맡고, 누구는 자신의 의지와는 상관없이 불행한 역할을 맡는 걸까? 다음 생에서는 내가 안마사의 역할을 맡고, 난두가 자유로운 여행자의 역할을 맡을 수도 있는 걸까?

난두는 어깨를 으쓱하며 너스레를 떨었다.

"그 이상은 묻지 마시오, 여행자 양반. 나는 다만 평범한 안마사일 뿐이오. 그 이상의 해답을 발견하는 것은 당신처럼 배운 사람들의 몫이지 나같이 손가락 힘만 가진 자가 할 일이 아니잖소. 알다시피 나는 아무것도 아는 게 없소. 내 입에서 나오는 건 죄다 여기저기서 주워들은 것일 뿐. 나는 그저 하루에 빤 한 개면 만족하고, 두 개면 더 만족할 따름이오."

그러면서 그는 한마디 덧붙이는 걸 잊지 않았다.

"그런데 당신, 이거 아시오? 나는 당신에게 며칠에 걸쳐 정성껏 안마를 해 줘서 당신을 행복하게 했소. 그러니 이젠 당신이 섭섭 잖게 사례를 해서 나를 행복하게 해 줄 차례요!"

그렇게 그는 태양 아래 우뚝 서서 나를 내려다보았다. 난두는 그런 식으로 내 육체를 주무르고 정신을 자극해 몇 푼의 사례가 아깝지 않도록 만들었다. 더불어 오래도록 내 기억에 남아, 어깨가 뻐근할 때나 파파야 맛이 그리울 때면 그 마사지 왈라가 그립게 만들었다.

신에게로 가는 문

겨울 안개비가 그치자, 두 달의 완벽하고 아름다운 날들이 찾아왔다. 태양은 마음씨 좋은 힌두 노인처럼 북인도 들판 전역에 골고루 햇빛을 뿌려 주었다. 아이들은 반벌거숭이로 돌아다니다가 갠지스 강물에 첨벙첨벙 뛰어들었고, 어른들은 성스러운 목욕과 속죄를 핑계 삼아 더 자주 강에 몸을 잠갔다. 시체 태우는 불꽃밖에 없던 화장터도 황금빛 나는 금잔화들 덕분에 화사하게 바뀌었다. 야자나무, 백합, 부겐빌레아 등이 잘사는 집들의 테라스를 장식하고, 질서 정연하게 담벼락에 붙여 놓은 소똥들도 금세 말랐다.

그러고는 기다렸다는 듯 결혼 시즌이 시작되었다. 점성술사와 바라문 성직자의 역할이 커지는 계절이었다. 결혼식에 동원된 인도식 브라스 밴드가 매일 밤 거리를 행진하며 새벽 두세 시까지 요란하게 나팔을 불어 댔다.

바산트, 봄의 계절이 찾아온 것이다.

그러다가는 하늘에 해가 떠 있는데도 잠깐씩 비가 뿌리기 시작했다. 그날이 바로 그런 날이었다. 갠지스강을 바라보며 강가 계단에 앉아 있는데, 한 남자가 다가와 말을 걸었다.

"오늘은 자칼이 결혼하는 날이라오."

나는 '자칼'이 어느 인도인 청년인 줄로 착각했다. 그런데 그게 아니었다. 인도에서는 해가 떠 있는데 비가 뿌리면 '자칼이 결혼하는 날'이라고 한다는 것이었다. 우리의 '여우 시집가는 날'과 같은 식의 표현이었다.

허름한 양복 차림에 방금 사원이라도 다녀온 듯 금잔화 목걸이를 한 남자는 한 걸음 더 다가서며 친절하게 물었다.

"당신은 혹시, 지금 당신이 앉아 있는 이 장소의 의미에 대해 알고 있소?"

내가 고개를 끄덕이며 안다고 말하려는 찰나, 그가 얼른 가로채며 말했다.

"이곳 하리드와르는 히말라야에서 흘러내린 갠지스강이 최초로 북인도 평원으로 접어드는 지점이라오. 그래서 인도인들은 이곳을 매우 성스럽게 생각하지요. 이곳에서 목욕을 하면 전생의 모든 죄까지 깨끗이 씻겨 나가기 때문이라오."

남자의 말마따나 인도 전역에서 온 순례자들이 남녀노소 할 것 없이 옷을 입은 채 강물에 뛰어들어 죄를 씻는 의식을 행하고 있었다. 어떤 아주머니는 죄를 씻는 틈틈이 발뒤꿈치의 때도 밀고 있었다.

내가 자신의 얘기에 귀를 기울이는 듯하자, 남자는 금잔화 목걸이를 출렁이며 아예 엉덩이를 붙이고 내 옆으로 다가앉았다.

"당신이 앉아 있는 이 장소는 하르키 파이리, '신의 발자국'이란 뜻이오. 당신은 큰 축복을 받은 겁니다. 신의 발자국 위에 앉아 있으니까요."

그러면서 남자는 명함 한 장을 내밀었다. 그러고는 얼른 덧붙였다.

"나는 달리 무엇을 원하는 게 아니오. 다만 당신의 친구가 되고 싶을 따름이오. 나는 여행을 좋아하고, 보다시피 반쯤은 속세를 떠난 수도승이나 다름없소."

그가 준 명함은 영어로 인쇄되어 있었지만, 그의 이름은 십 년 넘게 인도를 여행한 나도 발음하기 힘들었다. 직업도 없이 스와미 판디트 아무개라고만 적혀 있었다. 판디트는 일정한 위치에 오른 학자를 가리키는 말이다.

그래서 나는 그를 그냥 '빠깔루'(삶은 감자)라고 부르기로 했다. 북인도 지방에는 무슨 이유에선지 빠깔루라는 애칭이 많다. 내가 "삶은 감자!" 하고 부르자, 그 남자는 또 전혀 아무렇지도 않게 "예스!" 하고 대답하는 것이었다. 마치 명함에 적힌 이름은 가짜이고 '삶은 감자'가 본명이라도 되는 듯이.

나는 명함 대신 주머니에 있는 박하사탕을 꺼내 그에게 하나를 내밀었다. 그는 얼른 사탕을 까서 입안에 털어 넣었다. 사탕으로 볼록해진 뺨을 하고서 나의 친구 '삶은 감자'는 신에 대한 이야기를 계속했다.

"신이 어디에 있는지 당신은 아시오? 신은 당신 입안의 박하사탕보다도 더 가까이 당신 곁에 있소."

그는 자신이 생각해 낸 멋진 비유에 스스로 감동해 하면서, 더욱 진지한 어조로 말했다.

"나는 성자 라마나 마하리시의 수제자인 스리 푼자 바바에게서 명상을 배웠소. 당신도 그 이름을 들은 적 있는지 모르겠지만, 위대한 스승 라마나 마하리시는 자신을 찾아오는 모든 사람들에게 '나는 누구인가?' 하고 묻게 했소. 나 자신이 누구인가를 아는 것이야말로 신에게로 가는 지름길이니까 말이오."

남자는 내가 준 사탕을 처음에는 쪽쪽 빨아먹다가 갑자기 따닥! 하고 입안에서 두 동강을 냈다. 단물을 꿀꺽 삼키고 나서 그가 말했다.

"나 역시 수년간 명상 수행을 해 왔소. 과연 나는 누구인가? 내 안의 진정한 나는 누구인가?"

그래서 어떤 결론에 이르렀느냐고 물으려는 순간, 한 사람의 방해꾼이 등장했다. 머리에 빨간 천으로 똬리를 틀고, 그 위에 대나무 바구니를 인 땅콩 장수였다. 젊은 땅콩 장수는 인도 대륙을 넘어 세상에서 가장 맛있는 땅콩임을 연거푸 강조하며 내게 맛보기로 땅콩 하나를 내밀었다.

남자는 처음에는 정중하게 땅콩 장수를 제지했다. 우리는 지금 신과 진리에 대한 영적인 대화를 나누고 있는 중이니까 섣불리 방해하지 말라는 것이었다.

땅콩 장수도 처음에는 정중하게 반박했다. 자기는 지금 이 외국인에게 땅콩 한 봉지를 팔려고 하는 것이니까, 당신이 참견할 일이 아니라고.

그러자 빠깔루는 약간 신경질적으로 언성을 높였다. 신의 발자국 위에 서 있는 우리가 지금 그까짓 땅콩이 문제냐고, 그는 짐짓 나더러 들으라는 듯이 말했다. 땅콩 장수는 바구니를 머리에 인 채로, 외국인에게 신을 들먹이며 사기치려 하지 말라고 정곡을 찔렀다. 그는 차라리 자기처럼 정직하게 땅콩을 파는 것이 훨씬 신에게 가까이 가는 일이라고까지 주장했다. 쭉정이 땅콩을 팔긴 하지만 뜻밖에도 만만치 않은 상대였다.

천민에 불과한 땅콩 장수가 판디트인 자기를 대놓고 비난하자, 남자는 순간적으로 화가 치밀었다. 그는 윽박지르듯 땅콩 장수의 가슴을 떠다밀었다. 그렇게 해서 두 사람 사이에 본격적인 육박전이 붙었다.

마치 나 하나를 사이에 두고 서로 독차지하기 위해 힘겨루기를 하는 식이었다. 헛주먹질이 코앞에서 오가고, 남자의 금잔화 목걸이가 뜯겨져 나갔으며, 알아듣기 힘든 힌디어 욕설이 허공에 난무했다.

육박전에서는 두말할 필요도 없이 바구니를 머리에 인 땅콩 장수가 불리했다. 남자가 땅콩 장수의 배에 일격을 가하자, 땅콩 장수는 얼른 피했지만 하마터면 휘청하고 바구니와 함께 자빠질 뻔했다.

나는 사태가 더 심각해지기 전에 얼른 두 사람을 떼어 놓았다. 그리고 5루피를 꺼내 땅콩 한 봉지를 샀다.

땅콩 장수는 분을 삭이며 자리를 떴다. 남자는 손바닥을 털면서 다시 내 옆에 앉았다. 그러고는 방금 전의 싸우던 기색은 간데 없이, 라마나 마하리시 성자를 닮은 평화로운 목소리로 말하는 것이었다.

"우리는 매 순간 '나는 누구인가?' 하고 물어야만 하오. 그러면 문득 자기 안에 큰 자아가 있음을 발견할 것이오. 그것을 깨닫는 순간 욕망과 질투, 분노는 물거품처럼 사라지는 것이오."

그렇게 말하면서 그는 은근슬쩍 내 앞에 놓인 땅콩을 까먹기 시작했다. 능숙한 손놀림으로 껍질을 까는 걸로 봐서 땅콩을 한두 해 먹어 본 솜씨가 아니었다. 거의 두 손가락만을 이용해 까고

털고 해서 연신 땅콩알을 입안에 던져 넣었다.

그러는 사이에도 한 무리의 순례자들이 허리까지 차오르는 물속에 들어가 태양을 향해 금잔화와 달리아를 바치고 있었다. 겉으로 봐선 죄지은 게 별로 없을 듯할 사람들인데도 비누칠까지 해 가며 열심히 강물에 죄를 헹구고 있었다.

남자가 다시 내게 말했다.

"시바 신이 왜 여러 개의 팔을 갖고 춤을 추는지 아시오? 그것은 모든 존재가 신의 다양한 표현이라는 뜻이오. 나도, 당신도, 빅망가(걸인)도 신이 수천수만 가지의 모습으로 나타난 것이라 말할 수 있소."

그 말이 끝나기가 무섭게, 매우 지저분한 모습을 한 시바 신의 화신 하나가 우리 앞으로 걸어왔다. 갓난아이를 옆구리에 들쳐 안은 여자 걸인이었다. 그녀는 내게 찌그러진 양은그릇을 내밀며 애처롭게 호소했다.

"베이비, 사히브! 베이비, 박시시!"

신사 양반, 불쌍한 아기를 위해 한 푼 적선하라는 것이었다.

그 순간 남자가 또다시 흥분하기 시작했다. 그는 매우 못마땅하다는 듯, 바닥에 떨어진 금잔화 하나를 양은그릇에 던져 주며 여자에게 저리 가라고 소리쳤다. 신에 대해 설명하던 조금 전까지의 어조와는 전혀 딴판이었다. 여자도 질세라, 저 머리 긴 외국인에게 한 푼 얻으려는데 도와주지는 못할망정 웬 훼방이냐고 대들었다.

남자는 저리 가지 못하느냐고 주먹을 들어 위협을 했다. 여자는 재빨리 손에 든 양은그릇으로 되받아쳤다. 나는 울부짖는 아이가 불쌍해 서둘러 동전을 꺼냈다.

그러자 남자가 독수리 같은 눈으로 돈을 노려보며 소리쳤다.

"1루피만 주시오. 절대 그 이상은 주지 마시오! 필요 이상의 적선은 인간을 타락시킬 뿐이오."

여자 걸인이 떠나자, 남자는 언제 그랬냐는 듯 한순간에 매우 경건한 목소리로 되돌아왔다. 그는 말했다.

"산스크리트어 기도문에는 '시보함'이란 것이 있소. 시보함은 '나는 절대자다'라는 뜻이오. '나의 존재는 없고 다만 세상 모든 것의 일부분일 뿐'이란 뜻이오."

그러면서 그는 지그시 눈을 감고 손을 앞으로 휘저으며 "시보함! 시보함!" 하고 기도문을 외기 시작했다. 목소리가 자못 진지하고 눈꺼풀이 가늘게 떨리기까지 했다.

그때였다. 그의 기도문에 화답이라도 하듯 낡은 하모니움(손풍금)을 든 소녀 한 명이 우리들 사이에 끼어들었다. 인도에는 악기한두 개를 들고 노래를 부르며 적선을 청하는 거리의 가수들이 많다. 소녀는 이제 막 그런 경력에 첫발을 내디딘 것이 역력하게 목소리에 수줍음이 가득했다.

남자가 미처 제지할 틈도 없이, 소녀는 내 발치에 앉아 뿌웅 뿌웅 손풍금을 켜며 가녀린 음성으로 노래하기 시작했다.

'이 목걸이는 나에게 상처를 주네.

내가 그것을 벗으려고 할 때마다

그것은 나를 숨 막히게 하네.

그것은 내 노래를 방해하네.

그것을 내게서 벗겨 줘요.

난 그것을 하고 있는 게 부끄러워요.

그 자리에 당신이 만든

꽃목걸이 하나를 걸어 주세요.'

음정이 불안하고 발성이 미숙했지만, 목젖을 가늘게 떨며 노래하는 소녀의 모습은 감동적이었다.

소녀가 노래를 시작했을 때, 남자는 자신의 노래가 중단된 것에 무척 기분이 상한 표정이었다. 나는 그가 화를 내며 손풍금을 발로 걸어차지나 않을까 걱정했었다. 그는 떠돌이 여행자에 불과한 나를 혼자서 독차지하고픈 열망이 너무도 강한 사람이었다.

하지만 내가 소녀의 노래에 귀를 기울이자, 그도 마지못해 관심을 갖는 척했다. 그는 말했다.

"아주 유명한 노래라오. 모든 인도인들이 이 노래를 알고 있소. 타고르의 시에 곡조를 붙인 것이오."

그리고 나서 소녀의 노래 가사를 영어로 통역까지 해 주었다. 소녀의 노래가 끝나자 나는 돈 몇 푼을 건네주었고, 남자는 또다시 샛된 목소리로 외쳤다.

"1루피 이상 주지 마시오. 더 달라고 해도 그 이상은 주지 마시오. 주면 줄수록 자꾸만 찾아오게 되어 있소."

소녀도 떠나고 다시금 혼자서 나를 독점하게 되었을 때, 남자는 또다시 땅콩 하나를 까먹으며 이야기의 결론에 이르렀다.

"최근에 내가 만난 훌륭한 스승이 한 분 계시오. 그분은 진리에 이르는 법을 가르칠 뿐 아니라, 관상과 손금에도 일가견이 있소. 당신이 원한다면 그분을 소개시켜 주겠소. 물론 이 일로부터 내가 얻는 건 아무것도 없소. 나는 다만 당신과 친구가 되고 싶을 뿐이오."

나는 오해의 여지를 주지 않기 위해 분명하게 고개를 저었다. 리시케시의 명상 센터에서 떠나온 지 며칠 되지도 않았기 때문에 나대로 한가로운 시간을 보내고 싶었다.

오락가락하던 여우비도 그치고, 이제 빠깔루와 헤어질 시간이 되었다. 내가 일어서자 그도 엉덩이를 털며 엉거주춤 일어섰다. 그는 나와 헤어지기 전에 자기가 취미삼아 전 세계의 동전을 수집하고 있다고 말하면서, 혹시 한국 동전을 갖고 있지는 않느냐고 물었다.

아쉽게도 나는 인도 동전밖에 갖고 있지 않았다. 남자는 하는 수 없다는 듯, 그렇다면 그 인도 동전이라도 몇 개 얻을 수 없느냐고 정중하게 요구했다.

정말로 라마나 마하리시의 수제자인 스리 푼자 바바의 제자인 지, 혹은 이름이 판디트 아무개인지 삶은 감자인지, 하는 일은 정확히 무엇인지, 모든 것이 그저 수수께끼 같기만 한 남자는 내게서 인도 동전 몇 개와 먹다 남은 땅콩 봉지를 받아들고서 반쯤 잡아뜯긴 금잔화 꽃목걸이를 한 채 '신의 발자국'을 떠나 인파들 속으로 사라졌다.

만년설 히말라야에서 시작된 갠지스강이 마침내 히말라야를 벗어나 인간의 삶 속으로 들어서는 최초의 장소 하리드와르! 그 이름은 산스크리트어로 '신에게로 들어가는 문'이란 뜻이다. 땅콩 장수도, 아기를 안은 여자 걸인도, 다 부서져 가는 손풍금을 켜는 소녀 가수도, 그리고 '나는 누구인가'를 그토록 열심히 설명하던 고독한 남자도 모두가 신에게로 들어가는 문 앞에 서 있었다.

그렇게 완벽하게 아름다운 바산트(봄)의 두 달이 느릿느릿 흘러갔다. 저녁마다 갠지스강에는 수많은 꽃등불이 띄워졌다. 때로는 수백수천 개에 이르는 꽃등불들이 지상의 별들처럼 수를 놓으며 모든 이들의 소망을 담고 먼바다로 흘러갔다. 나는 자유로운 여행에 지치기도 했지만, 때로는 생이 가져다주는 독특한 아름다움에도 지쳐 있었다.

새는 날아가면서 뒤돌아보지 않는다

잔티 초베는 열여덟 살 소녀였다. 나이는 어리지만, 힌두 벽화 속 여인들처럼 얼굴과 눈매가 아름다웠다. 내가 묵고 있는 북인도 바라나시의 한 게스트하우스에서 늙은 할아버지와 함께 살고 있었다.

아름답지만 이마에는 그늘이 있었다. 게스트하우스 생활이 그녀에게는 가난하고 답답한 날들의 연속이었다. 유일한 즐거움은 여행자인 나와 얘기를 나누는 것이었다.

내가 이마를 만져 주며 주름을 짓지 말라고 하자, 그녀는 웃음을 지어 보였다. 그러다가는 또 금세 고독한 얼굴로 돌아오는 것이었다.

잔티는 할아버지와 함께 고향을 떠나와, 게스트하우스 주인의 배려로 모퉁이의 방 한 칸을 차지해 살고 있었다. 가난한 독립유공자인 할아버지는 바라나시에서 죽음을 맞이하기 위해 두 해 전 고향을 떠나 이곳으로 왔다.

인도인들에게는 성지 바라나시에서 죽는 것이 가장 큰 축복이자 신의 곁으로 가는 지름길이다. 그래서 많은 노인들이 가족과 작별을 하고 이곳 바라나시로 와서 화장에 쓸 장작 값을 구걸하며 죽을 날만을 기다리고 있었다. 어떤 노인은 죽는 것이 여의치 않아 10년 넘게 화장터 근처에서 구걸하며 앉아 있기도 했다.

잔티의 가족들은 할아버지의 임종을 지킬 수 있도록 어린 잔티를 딸려 보냈다. 금방 끝날 것 같던 게스트하우스 생활은 반년이 지나고 1년이 지났다. 그리고 또다시 우기와 건기가 지나고, 두 해째 봄이 찾아온 것이다.

잔티의 할아버지는 아침이면 지팡이를 짚고, 한 손에는 앵무새가 든 새장을 들고 베란다로 나와 햇살을 쪼이며 앉아 있곤 했다. 하루는 옆에 앉아 인도 잡지를 뒤적이고 있는 내게 노인이 말했다.

"나 때문에 잔티가 고생이 심하지. 내가 빨리 눈을 감아야 고향의 가족들에게로 돌아갈 텐데."

노인은 진심으로 자신이 어서 죽게 되기만을 바라고 있었다. 저녁에는 죽기를 희망하고 잠이 들지만, 다음 날이면 또 어김없이 살아 있는 자신을 발견하게 된다고 노인은 한탄했다. 하지만 신이 아닌 이상, 사람의 정해진 운명을 누가 어찌할 것인가.

눈부신 봄 햇살에 겨우내 죽었던 베란다의 분홍색 부겐빌레아가 어느새 만발해 있었다.

노인은 영혼을 정화하는 만트라를 중얼거리다 말고 잔티가 할아버지의 희뿌연 눈에 안약을 넣어 주자, 이내 봄 햇살 속에서 입을 벌리고 잠이 들었다.

손을 들어 할아버지의 얼굴에 앉은 파리를 쫓아내며 잔티가 내게 물었다.

"당신은 왜 해마다 인도에 오나요?"

내가 잡지를 덮으며 말했다.

"그만큼 인도를 사랑하기 때문이지."

그러자 뜻밖에도 잔티가 고개를 저으며 말했다.

"아네요, 그렇지 않아요. 당신이 인도를 사랑하는 것이 아니라, 인도가 당신을 사랑하는 거예요. 인도가 언제나 당신을 부르는 거죠. 그렇기 때문에 당신은 자꾸만 인도에 오게 되는 거예요."

웃으며 고개를 끄덕일 수밖에 없었다.

잔티가 또 말했다.

"이곳에 와서 지내면서 어렸을 때의 일들이 많이 생각났어요. 내게도 행복한 순간들이 많았죠. 그것은 세상이 나를 사랑하고 있음을 느끼는 순간들이었어요. 그런데 언제부턴가 그런 느낌을 잃어버렸어요. 다시는 찾아오지 않을 것처럼 말이에요."

내가 말했다.

"그렇지 않아. 세상이 아직도 너를 얼마나 사랑하는데. 나도 너를 좋아하잖아."

하지만 잔티는 더 이상 말이 없었다. 멀리 갠지스강 너머의, 봄 가뭄에 타들어간 마른 입술 같은 흰 모래사장을 오래 응시할 뿐이었다.

어린 잔티의 고독은 어디서 오는 걸까? 그것은 가난과 답답한 게스트하우스 생활만으로는 설명하기 힘든 더 깊은 고독감이었다. 그녀는 마치 삶을 채 살아 보기도 전에 모든 것을 알아 버린 소녀와도 같았다.

그러던 중 인도의 봄맞이 축제인 컬러 축제가 찾아왔다. 사람들은 오전 내내 서로에게 온갖 색깔의 물감을 뿌려 대며 광란의 축제를 즐겼다. 아침에 내가 게스트하우스 방문을 열고 나가자마자 한 바가지의 붉은색 물감을 내 목덜미에 쏟아부은 것은 다름 아닌 잔티 초베였다. 늘 고독한 미소에 잠겨 있던 그녀로서는 뜻밖의 행동이었다.

내가 비명을 지르며 달려들자, 잔티는 도망가다 말고 또다시 노란색 물감 한 통을 내 윗도리에 명중시켰다. 나도 당하고만 있을 수 없었다. 얼른 구멍가게로 가서 풍선에 든 물감을 잔뜩 사 왔다. 그러고는 게스트하우스 카운터 밑에 숨어 있는 잔티에게 복

수전을 펼쳤다.

그렇게 정오를 지나 두 시가 다 될 때까지 우리는 신나게 물감 세례를 주고받으며 난리를 쳤다. 폭죽이 터지듯 허공에서 물감 풍선이 날고, 지붕 옥상의 원숭이들도 난데없이 물감 벼락을 맞아 얼굴이 얼룩덜룩했다.

잔티와 나는 속옷까지 흠뻑 물이 들었다. 잔티는 웃고, 또 웃고, 내 등에까지 올라타 물감을 퍼부어 댔다.

오후가 되자 사람들은 몸에 묻은 물감을 깨끗이 씻고 다들 새 옷으로 갈아입었다. 그러고는 자기보다 나이 많은 사람을 방문해, 물감으로 서로의 이마에 지혜의 눈을 찍어 주며 인사를 나눴다. 묵은 겨울을 보내고 새봄을 맞이하는 그 고장의 아름다운 풍습이었다. 더불어 컬러 축제에는 어떤 색깔도 영원하지 않다는 사실을 일깨우려는 의미가 담겨 있었다.

그날 저녁, 새로 산 인도 옷으로 갈아입은 나는 주위의 인도인 가정에 불려 다니느라 정신이 없었다. 아이들은 앞다퉈 내 이마에 붉은 점을 찍어 주고는 자기 집으로 나를 이끌었다. 밤 열 시가 다 돼서야 게스트하우스로 돌아왔다. 잔티 초베가 기다리고 있었다.

통 넓은 원피스 같은 옷에 역시 통 넓은 바지, 그리고 목뒤로 넘긴 긴 하늘색 스카프를 하고 서 있는 잔티는 아름답다 못해 신비하기까지 했다. 더구나 그날은 마하 푸르니마(대보름날)여서 달

162

빛이 허공에 가득했다.

잔티는 인도의 예법대로 몸을 숙여 내 발에 손을 갖다 댔다. 그러고는 빨갛고 노란 물감 가루로 정성껏 내 이마에 지혜의 눈을 찍어 주었다. 그럴 때의 잔티는 어느새 성숙한 여인으로 변해 있었다.

나도 잔티의 두 눈 사이에 점을 찍어 주었다. 그때 나는 비로소 왜 인도 여인들이 이마 한가운데 점을 찍는지 이해가 갔다. 그 순간 잔티의 검은 눈동자가 전에 없이 아름답게 빛을 발하는 것이었다.

그날 우리는 밤 깊도록 베란다 의자에 앉아 있었다. 갠지스강이 달빛에 반사되어 흐르고, 멀리 화장터 불꽃이 생에서 못다 춘 춤을 추듯 어둠 속에서 너울거렸다. 달은 우리 머리 위에 떠 있다가 등 뒤로 넘어갔다.

그때 우리는 무슨 대화를 나누었던가. 기억이란 참으로 이상한 것이다. 어떤 것은 잊으려고 해도 계속 기억이 나는가 하면, 또 어떤 것은 아무리 애를 써도 아주 오래전 일처럼 잘 기억이 나지 않는다. 하지만 지금도 고개를 돌리면 열여덟 살의 잔티 초베가 바로 내 옆에 앉아 있는 것만 같다. 그날 밤처럼 내게 머리를 기대고 눈을 감은 채.

어디서 왔는지도 모르게 세상으로 여행을 떠나온 한 고독한 영혼!

나조차도 어떻게 도와줄 수 없는 숙명적인 삶에 묶여 버린 한 영혼이 새장 속에서 잠든 새처럼 내 어깨에 기대 있었다.

　잔티 초베의 할아버지는 컬러 축제 이틀 뒤, 자신이 소망하던 대로 아침에 눈을 뜨지 않았다. 71세를 일기로 성지 바라나시에서 생을 마친 것이다.

　장례식 행렬은 간단했다. 잔티의 먼 친척뻘인 게스트하우스 주인이 종업원들과 함께 두 개의 대나무 막대기에 시신을 얹고 화장터로 향했다. 그리고 불과 두어 시간 만에 잔티의 할아버지는 한 줌 재가 되어 갠지스강에 뿌려졌다.

　화장이 끝나고, 잔티는 나와 게스트하우스 주인이 지켜보는 가운데 할아버지가 키우던 앵무새를 게스트하우스 베란다에서 하늘 높이 날려 보냈다. 새는 갠지스강 위에서 한 바퀴 원을 그린 뒤 힘차게 날갯짓을 하며 날아갔다.

　눈부셔하며 새를 바라보고 있자, 게스트하우스 주인이 말했다.

　"인도에서는 사람이 죽으면 새가 새장을 떠났다고 하죠. 영혼이 자유를 얻은 겁니다. 저 새가 잔티 할아버지의 영혼이 여행을 떠나는 데 동행이 되어 줄 거예요."

　잔티가 떠나는 날, 나도 짐을 챙겨 바라나시를 떠났다. 우리는 함께 자전거 릭샤를 타고 기차역까지 동행했다. 도중에 내가 물었다.

　"이제 고향에 가면 뭘 할 거야? 곧 결혼을 하겠지? 시골에서는 아직도 일찍 결혼을 하니까."

잔티는 대답 대신 다른 얘기를 했다.

"이곳 바라나시에서의 생활을 그리워하게 될 거예요. 아무 일도 일어나지 않았고 아무것도 하지 않았지만, 이곳에서 내 삶에 대해 많은 것들을 생각하게 되었거든요."

그것은 나도 마찬가지였다. 세상을 떠나와 하릴없이 여러 날을 보냈지만, 나 역시 그 어느 기간보다 나 자신을 돌아볼 수 있었다. 그 무렵 나는 아픔이 있었고, 그 아픔은 유일하게 시간만이 치유해 줄 수 있는 것이었다. 인간의 삶은 어린 시절에 잃어버린 한두 개의 꿈을 되찾으려는 긴 여행이라는 생각이 든 것도 그 무렵의 일이었다.

우리가 탄 자전거 릭샤가 사리 가게들 앞을 지날 때쯤, 잔티는 지난번 컬러 축제에 대한 얘기를 했다. 온몸에 색색의 물감을 맞으면서 자신을 누르고 있던 어떤 무거운 것들이 사라져 버렸다고 했다. 그녀는 적절한 단어를 찾지 못해 애를 먹었지만, 내게 무엇인가를 말하려 하고 있었다. 그녀의 삶에 비로소 찾아온 봄의 색깔을.

그러면서 잔티는 어렸을 때 자신의 탄생점을 봐 준 어떤 바라문 점성술사 이야기를 했다. 인도인들의 풍습대로 그 점성술사가 그녀 앞에 놓인 운명에 대해 말해 주었다는 것이었다.

그녀는 말했다.

"점성술사는 내가 몇 살에 무엇을 하고 누구를 만나게 될 것인가를 예언하면서 이렇게 말했어요. 내가 어디서 무엇을 하든, 중요한 건 내가 원하는 삶을 찾는 일이라고. 그것이 곧 내 운명을 실현하는 일이라고 말이에요. 그때는 그것이 잘 이해가 안 갔지만, 지금은 그 뜻을 알 것만 같아요."

기차역에서 우리는 헤어져야 했다. 잔티는 동인도 비하르행이고, 나는 남인도 하이데라바드행이었다. 기차표는 내가 둘 다 샀다. 그것은 마지막으로 내가 잔티에게 주는 마음의 선물이었다.

기차가 오고 잔티는 떠났다.

승강구 계단에 올라서서 손을 흔들던 그녀의 모습이 햇빛에 하얗게 반사되다가 이내 기억 저편으로 사라졌다.

그것으로 끝이었다. 두 시간 뒤, 나도 멀고 먼 남인도행 이등 열차에 몸을 실었다.

그 후 나는 해마다 바라나시의 그 게스트하우스에 들렀지만, 잔티 초베의 소식을 들을 수 없었다. 나와 기차역에서 헤어지고 나서 그녀는 고향으로 돌아가지 않았다는 것이다. 할아버지가 세상을 떠난 뒤, 그녀 역시 자신의 삶을 찾아 새장 밖으로 날아간 것이다.

내가 그토록 자주 인도에 오게 되는 이유를 설명해 준 소녀, 세상이 나를 사랑하고 있음을 새삼 일깨워 준 그녀는 언제까지나 열여덟 살 소녀로 내 기억 속에 남아 있다.

잔티 초베는 그 후 어떻게 되었을까. 마침내 자신이 원하는 운명과도 같은 삶을 발견했을까.

그 컬러 축제 때 입었던, 물감으로 얼룩덜룩해진 티셔츠를 꺼내 볼 때면 잔티가 문득 어디선가 미소 지으며 말을 걸어오는 것만 같다. 잘록한 허리에 기다란 손가락들을 펴고서. 그러고는 환영처럼 속삭이며 내게 묻는다.

"당신은 어떤가요? 당신의 삶에는 봄이 왔나요?"

모든 것은 하나의 꿈으로부터 시작되었다

사막을 보았다고, 누구는 말한다.

그는 햇빛 속에 무작정 내던져진 사막의 길을 걸어와 홀연히 우리 앞에 선다.

그에게선 고독한 모래의 시간이, 생의 적막함을 홀로 헤쳐 온 자만이 가질 수 있는 냄새가 난다.

그가 손을 내밀어 악수를 청하면 그의 손가락 사이에선 태양의 열기를 간직한 모래알들이 하나둘 떨어져 내린다.

바람을 보았다고, 누구는 말한다.

저 무한 허공에서 펄럭이는 깃발과도 같은 바람에 자신의 영혼을 내맡겨 버린 그는 생의 순례자다.

그는 새벽에 홀로 깨어나 앉아 자신의 존재를 비껴 지나가는 그 바람 소리를 귀 기울여 듣곤 했다.

그는 이국의 여행길에서 온몸으로 수많은 바람을 맞이했으나, 또한 바람에 흔들리지 않는 법을 배웠다.

진리를 보았다고 말하는 이도 있다.

힌두 사원의 아침 예불 속에서, 그 현란한 종소리와 뼈를 울리는 듯한 만트라 합창에서 실체를 경험했다고 말하는 이도 있다.

그때 그에게 생은 종이꽃처럼 부서져 버리는 환영에 불과한 것이었다.

여행에 도취한 영혼이여. 그 어떤 길도 아직 그려지지 않은 곳으로 그대는 떠나왔으니, 영혼은 가볍지만 또한 무거운 육체 속에 구속되어 있는 것.

임종의 자리에서 꽃의 세례를 받을 수 있는 자는 누구인가. 살아 있는 동안에 세계와 만나고 자기 자신과 뜨겁게 해후한 자는. 어디에도 머물지 않고 끝없이 걸어 자기의 집에 이르는 자는 행복하여라.

그렇게 모든 것은 하나의 꿈으로부터 시작되었다…….

"온통 하얀 것을 보았나? 사방이 전부 흰빛으로 가득한 곳 말이야. 그곳은 무의 세계지. 그곳에는 아무것도 없어. 그냥 하얀 세계일 뿐이야."

사막 저편을 바라보며 존이 말했다.

라자스탄 사막 끄트머리, 자이살메르로 가는 버스를 기다리는 동안 그렇게 내내 작열하듯 태양이 쏟아져 내렸다. 선글라스를 쓰고 있어도 마치 육안으로 보는 것처럼 세상이 온통 하얀빛이었다.

한눈에 히피 여행자임이 분명한, 똥을 싼 것처럼 엉덩이가 축 처진 바지에 잔뜩 헝클어진 노란색 수세미 머리를 한 존은 마치 사막의 야생동물처럼 지친 몸을 이끌고 지평선 저쪽에서부터 걸어왔다.

나 역시 엉덩이 처진 핑크색 바지를 입고 그의 옆에 서서 눈을 가늘게 뜨고 그가 걸어온 방향을 쳐다보았다.

사방이 허허벌판인 버스 정류장에는 존과 나 말고도, 코걸이와 귀걸이를 하고 사리를 뒤집어쓴 채 우리를 쳐다보고 있는 사막 부족 여인이 한 명 서 있었다. 그녀는 내가 지평선 너머를 쳐다보자 공작새 같은 눈으로 그쪽을 흘깃 바라보고 나서 또다시 내게로 시선을 고정시켰다. 그녀가 고개를 돌릴 때 사리 자락이 흘러내리면서 귀에 매단 금속 귀걸이가 출렁거렸다.

존이 다시 말했다.

"란 오브 쿠치에 가보았나? 새도, 나무도 없고, 소금 섞인 사막만이 있는 곳. 그곳에서 무의 세계를 보았어. 온통 하얀빛에 눈이 멀 정도였지."

그는 서인도 구자라트 지방 끝머리에 있는 '란 사막지대'를 말하고 있었다. 동물조차 얼씬거리지 않는 무인 지대로 유명한 곳이었다. 실종의 위험 때문에 여행 가이드조차 가기를 꺼리는 곳이고, 그곳으로 들어가는 모든 여행자는 주 정부의 특별 허가를 받아야만 했다.

그러고 보니 존은 정말로 사막의 흰빛에 눈이 멀어 버린 듯, 시선이 아무것도 바라보고 있지 않았다. 그냥 먼 허공만을 응시할 뿐이었다.

배낭에서 물병을 꺼내 존에게 건네며 내가 물었다.

"란 사막지대에는 왜 갔었지? 낙타의 뼈만 있는 곳이라던데."

그가 물병 마개를 돌리며 말했다.

"불에 닿으면 형태가 드러나는, 오렌지 과즙으로 쓴 글씨처럼 내 안에 있는 모든 것이 적나라하게 드러나길 바랐는지도 모르지. 무차별적인 태양 아래서 말이야."

우리는 그렇게 사막 한가운데 서서 물을 나눠 마셨다. 태양이 너무 뜨거워 물병의 물은 벌써 한참 전에 뜨거운 물로 변해 있었다. 바깥 온도가 어느 정도인지는 모르지만 내 체온보다 높은 게 분명했다.

내가 물었다.

"그래서 지금은 어디로 가는 중이지?"

존이 인도식으로 대답했다.

"나는 지금 신에게로 간다네."

내가 다시 물었다.

"그곳까진 얼마나 남았지?"

그러자 존이 말했다.

"그건 신만이 알지. 얼마나 남았는가 나는 상관하지 않아. 다음 생에도 또 여행을 계속할 테니까."

미국인지 캐나다인지에서 온 이 여행자는 동양인인 나보다 더 인도 사상에 물들어 있었다. 기원전 동방 원정을 온 희랍의 병사들을 지치게 만들었던, 아궁이보다 더 뜨거운 인도의 태양이 그의 머리를 익게 만든 것이라고 나는 짐작했다.

발을 디딜 수 없을 만큼 후끈거리는 모래사막 위에 맨발로 선 채 존이 말했다.

"나는 내가 누구라는 생각을 버렸어. 소금 사막에서 낡은 신발과 함께 '나'라는 관념을 모두 벗어던졌지. 이제 내가 누구인가는 중요하지 않아. 나는 아무 존재도 아니야. 그리고 모든 것이기도 하지."

그때 새 한 마리가, 뼈를 묻으러 가는 것처럼 우리 머리 위를 지나 사막 저편으로 날아갔다. 새는 이미 주위의 모든 것들과 작별한 듯 공기를 헤치며 일직선으로 나아갔다. 새들은 왜 아무것도 없는 사막에 와서 생의 마지막을 맞이하는 걸까.

다시 물 한 모금을 마시며 내가 물었다.

"인도에 오기 전엔 뭘 했었지?"

새가 날아간 허공에 시선을 박은 채 존이 말했다.

"과거에 내가 뭘 했는가는 그다지 중요하지 않아. 나는 지금 이곳 인도에 있고, 그걸로 충분한 거야."

잠시 침묵이 흐른 뒤, 내가 다시 물었다.

"그건 그렇다 치고, 이제 여행을 마치고 집으로 돌아가면 뭘 할 거야?"

존이 나를 돌아보며 말했다.

"모세에게는 십계명이 필요했지만, 우리에게는 한 가지 계명만이 필요할 뿐이지. 지금 이 순간에 살라는 것 말이야."

공작새 여인은 여전히 검은 눈동자를 깜박이지도 않고서 존과 나를 번갈아 쳐다보고 있었다.

'어디에 가든 그곳에 있으라!'

이것은 인도를 여행하는 모든 여행자들의 계명이기도 했다.

이윽고 버스가 오고, 새로 산 물병을 그에게 건네주고 헤어졌다. 존은 받지 않겠다고 떼를 썼지만, 나는 무조건 물병을 안겨주며 말했다.

"날이 덥잖아. 마셔 둬. 그리고 아까 한 그 '온통 하얀 세계' 이야기, 정말 좋았어!"

우리는 손도 흔들지 않고 작별했다. 그의 성이 무엇인지, 집 주소와 이메일이 무엇인지 물을 필요도 없었다. 그에게는 이제 그

175

런 것들이 하나도 중요하지 않았다. 그는 인도 여행 중에 자아를 상실했지만, 동시에 더 큰 자아와 하나가 되어 있었다.

그는 그렇게 엉덩이 처진 바지를 입고서 터덜거리는 버스를 타고 자이살메르인지 신에겐지 모를 온통 하얀 세계 속으로 멀어져 갔다. 똑같이 엉덩이 처진 바지를 입고 온통 하얀 세계 속에 남겨져 있는 나를 뒤로 한 채.

옆을 돌아다보니 사막 부족 여인이 아예 그곳에 눌러 살기로 작정한 것처럼 부동의 자세로 서서 나를 바라보고 있었다. 이제 보니 그녀는 버스를 기다리는 것이 아니었다. 사막 저편으로 간 자기의 염소 떼를 기다리고 있는 중이었다. 손에는 기다란 작대기를 들고서.

존을 만나고 나서부터 그것은 내 말버릇이 되었다. 인도에 가서 무엇을 봤느냐고 사람들이 물을 때마다 가느다란 눈으로 오른쪽 너머의 허공을 찌르며 말하곤 했다.

"온통 하얀 것을 보았나? 새도 날지 않는 곳, 사방이 흰빛으로 가득한 그런 곳 말이야. 그곳은 무의 세계지. 아무것도 없어. 소금처럼 그냥 하얀 세계일 뿐이야."

그리고 그렇게 말하다 보면 그날의 그 아무것도 없는 사막 풍경이 눈앞에 펼쳐지고, 다시 한 번 그곳으로 가고 싶은 충동이 밀려왔다. 엉덩이 처진 바지를 입고 있어서 우스꽝스럽기도 하고, 손톱과 팔꿈치의 때는 인도의 걸인들을 능가했지만, 존은 그만 큰 독특한 매력을 지닌 여행자였다. 정말로 이 덧없는 삶 너머의 소금 사막에서 낙타 뼈와도 같이 자아가 하얗게 녹아 버린 떠돌이 여행자처럼!

빛의 도시

　콜카타를 '기쁨의 도시'(시티 오브 조이)라고 하는 반면에, 갠지스 강변의 바라나시는 수천 년 동안 시티 오브 라이트, 곧 '빛의 도시'라고 불려 왔다. 그것은 오늘날에는 아무래도 과장된 표현이 아닐 수 없다. 왜냐하면 바라나시는 시도 때도 없이 전기가 나가는 정전의 도시로 유명하기 때문이다.

　어느 날 밤, 미로로 소문난 바라나시 뒷골목을 걷고 있는데 갑자기 정전이 되었다. 대낮에도 햇빛이 들지 않아 어두컴컴한 곳이라, 전기가 나가자 어디가 어딘지 통 분간할 수 없었다.

　그야말로 순식간에 암흑의 바다에 빠지고 말았다.

　그날 오후 인도의 시인 까비르에 대해 전문가적인 식견을 자랑하는 인도인 교수를 만나러 근처 힌두 대학에 갔었다. 그런데 그만 그와 의견이 엇갈려, 나 혼자서 열변을 토하다가 밤이 늦어지고 말았다.

인도의 게스트하우스들은 대부분 밤 열 시면 현관문을 잠그기 때문에 서둘러 돌아가야 했다. 자전거 릭샤를 내리자마자 지름길을 택해 좁은 뒷골목으로 뛰어든 것이 잘못이었다. 골목에 접어들자 전기가 나가 버린 것이다.

며칠 전 시장에서 산 작은 손전등은 무용지물이나 다름없었다. 빛의 반사 범위가 너무 작아 겨우 손전등의 위치만 알아볼 수 있을 뿐이었다. 더 밝게 하려고 아래위로 흔들자, 손전등은 유리고 뭐고 완전 분해가 되어 길바닥에 흩어졌다.

거미줄처럼 이어진 미로는 가도 가도 끝이 없었다. 20분 넘게 이리 돌고 저리 돌아도 아는 길이 나타나지 않았다. 목적지를 찾기는커녕 온 길로 돌아가는 것도 불가능했다.

빛의 도시에서 길을 잃고 만 것이다!

늦은 시각이라 지나가는 행인이 한 사람도 없었다. 한참을 더 좌회전, 우회전을 하고 났을 때, 다행히 골목 끝에서 작은 불빛 하나가 어른거렸다.

나는 반가운 마음에 소똥에 미끄러지는 둥 마는 둥하며 그곳으로 달려갔다.

골목 어귀 어느 집 담 밑에 등불 하나가 깜박이고 있었다. 그리고 그 앞에는 검은 물체 하나가 구부정한 자세로 앉아 있었다. 더 가까이 다가가서 보니 늙은 사두였다. 그는 오렌지색 누더기 사두 복장을 하고, 추위를 막을 양 그 위에 또 한 겹의 누더기 천을 두르고 있었다.

나를 보자 사두는 반갑게 손짓을 했다.

"이리 와 앉게."

나는 엉거주춤 등불 앞에 가서 앉았다. 등불에 비친 사두의 모습은 지저분한 탁발승 그 자체였다. 때가 낀 콧등, 노끈처럼 꼬인 머리, 긴 손톱, 골동품에 가까운 서너 개의 염주 목걸이, 그리고 나이를 말해 주듯 얼굴에 깊이 파인 주름살들 속에서 두 눈동자만 형형히 빛나고 있었다.

그가 내게 물었다.

"어디로 가는 중인가?"

게스트하우스로 돌아가는 중이라고 말하고, 길을 잃어 어디가 어딘지 분간할 수가 없노라고 대답했다. 그러면서 이 미로에서 빠져나갈 출구를 알려 달라고 부탁했다.

그러자 사두는 등불 위로 몸을 숙여 내게 얼굴을 가까이 들이대며 속삭이듯 묻는 것이었다.

"신이 어디에 있는지 아는가?"

갑작스러운 질문에 내가 머뭇거리자, 그가 말했다.

"신은 이 골목 안에도 있고, 바라나시 전체에도 있고, 이 누더기 안에도 있어."

그가 갑자기 신에 대해 말하는 의도를 몰라 희미한 불빛 속에서 그를 바라보고만 있었다. 나로서는 신을 발견하는 것보다 지금 곧 골목을 벗어나는 게 우선이었다.

내가 큰길로 가는 방향을 되물으려는 찰나, 사두가 또다시 내게로 얼굴을 기울이며 물었다.

"신이 무엇이라고 생각하는가?"

나는 잠시 입을 다물고 앉아 있었다. 그러자 그가 구부러진 손가락을 들어 자신의 가슴팍과 내 가슴팍, 그리고 몇 군데의 허공을 가리키며 말했다.

"신은 빛이라네. 그 빛은 내 안에도 있고, 그대 안에도 있어. 이 허공중에도 있고. 그 빛은 언제까지나 우리 안에서 빛날 거야. 우리가 죽은 다음에도 말이야."

놀랍게도 그가 그렇게 허공에 손가락을 찍을 때마다 그 손가락 끝에서 작은 빛이 하나씩 터졌다. 나는 믿어지지 않는 눈으로 그것을 바라보았다. 그 순간 어떤 전기 같은 것이 찌릿찌릿하고 내 몸에 흘러들었다.

동화 속에 나오는 늙은 마술사처럼, 잔뜩 주름진 얼굴에 허리마저 구부정한 사두는 다시금 손가락 끝으로 내 가슴팍에 빛 하나를 터뜨리며 말했다.

"이 사실을 잊지 말게나. 그대 가슴속에도 빛이 있다네. 그 빛이 바로 신이라네. 그 빛을 발견하면 결코 길을 잃지 않을 거야."

그것으로 끝이었다.

나는 "단네밧, 바후트 단네밧(대단히 고맙습니다)." 하고 인사를 하고 그 자리를 떠났다.

바라나시가 왜 '빛의 도시'인지 비로소 이해할 수 있었다.

* 정전으로 어두워진 바라나시 뒷골목에서 우연히 만난 수크데브 바바는 이후 20년 가까이 나의 영적 스승으로 나에게 많은 감화와 빛을 주고 2016년 여행 도중 아그라에서 세상을 떠났다.

인도인 운전사

　사람이 끄는 손수레, 소가 끄는 수레, 페달 밟는 자전거 릭샤, 그 앞을 가로막는 오토 릭샤와 너무 낡아 숨을 헐떡이는 중고 택시, 결혼 지참금으로 받은 신식 오토바이, 앞 유리창에 화려한 꽃목걸이를 걸고 헤드라이트 중간에다 제3의 눈을 그린 위풍당당한 트럭, 난폭하기로 소문난 타타 회사의 초록색 버스…….

　이 모든 것들이 한데 엉켜, 누가 이기나 해보자는 듯 한 치 양보도 없이 이마를 맞대고 있었다.

　그것만이 아니었다. 소와 염소와 닭, 이따금 돼지들까지 특별한 볼일도 없이 차량들 사이로 비집고 들었다. 하지만 차에 올라탄 나는 주저 없이 운전사 바부에게 명령했다.

"찰로 찰로(자, 빨리 출발합시다)!"

소음 가득한 지구별 인도의 거리에 또 하나의 경적 소리를 보태며 내가 탄 택시는 거침없이 차량들 속으로 뛰어들었다. 운전사 바부는 이 세상에서 믿을 건 경적 소리밖에 없다는 듯 귀가 따갑도록 클랙슨을 울려 댔다.

그러면서 백미러로 나를 쳐다보며 허풍을 떨었다.

"당신은 좋은 손님, 나는 좋은 운전사!"

바부는 내가 만난 어떤 사람보다도 머리 모양에 신경을 쓰는 남자였다. 앞주머니에 빗을 꽂고 다니면서 틈만 나면 머리를 빗어 올렸다. 심지어 운전을 하다가도 백미러를 보며 머리를 빗기 일쑤였다. 그럼에도 불구하고 내가 만난 어떤 사람보다도 촌스러운 머리 모양을 하고 있었다.

인도 달력에서 가장 행복한 날이라는 디왈리(빛의 축제)를 하루 앞둔 날, 나는 바부가 운전하는 택시를 타고 인도 국경을 넘어 네팔의 수도 카트만두까지 가게 되었다. 비행기로는 반 시간밖에 걸리지 않는 거리를, 택시를 타고 열 시간 넘게 가기로 한 데는 그럴 만한 이유가 있었다. 아랍의 테러리스트들이 인도 항공사 여객기를 납치하는 바람에 네팔행 비행기 운항이 전면 중단된 것이다. 그리고 내게는 동행이 한 사람 있었다.

그해 가을, 인도 여행을 떠나기 위해 배낭을 꾸리고 있을 때,

전부터 알고 지내던 여배우가 내게 전화를 걸었다. 그녀는 문득 죽고 싶다고 말했다. 갑자기 삶이 허무하고 모든 것이 무의미해져서 이제 그만 떠나고 싶다는 것이었다.

나는 죽기에는 인도의 갠지스강 부근이 적합하지 않겠느냐고 제의했고, 그녀도 선뜻 동의해 우리는 함께 인도로 떠났다. 그녀 역시 인도에 대한 글들을 읽은 적이 있었기 때문에 영적인 나라 인도가 죽기에는 아주 적당한 장소라는 것을 알고 있었다.

하지만 그녀가 간과한 사실 중 하나는 인도는 죽음을 맞이하기에도 멋진 장소이지만, 상처 입은 영혼에게는 훌륭한 치유의 장소라는 사실이었다.

한 달 남짓 그녀는 혼자서 평화롭게 갠지스강 부근의 한 도시에 머물렀고, 내가 다시 그녀가 있는 곳을 찾아갔을 때는 어느새 치유되고 인도 소녀처럼 생기를 되찾은 모습이었다. 태양 빛과 손바닥에서 흐르는 아열대 열매들의 과즙이 그녀를 다시 세상과 화해하게 만든 것이다. 그리고 이제 다음번 드라마 촬영에 맞춰 급히 한국으로 돌아가야만 했다.

땅딸막한 벵골인 운전사 바부는 유명한 여배우를 모신다는 사실 하나만으로도 사기가 충천했다. 그래서 이 빠진 빗으로 연신 머리를 빗어 올리고, 주위에 몰려든 구경꾼들을 물리치기에 여념이 없었다. 그는 요금 따위는 하나도 중요하지 않다는 태도였다. 카트만두까지의 요금을 묻자, 신경 쓰지 말라며 내 입을 막았다.

아름다운 여배우 앞에서 어떻게 돈 얘기를 하느냐는 것이었다.

잔뜩 권위를 부리면서도 목에는 수건인지 목도리인지 모를 때 묻은 천 조각을 두르고 있는 촌스러운 운전사 때문에 여배우는 참지 못하고 웃음을 터뜨렸다.

흑백영화에나 나옴직한 1960년형 인도발 네팔행 택시!

북인도 광활한 들판을 지나, 또다시 네팔의 꼬불꼬불한 산악지대를 통과해야만 하는 머나먼 여정이었다.

모든 버스와 트럭의 꽁무니에는 '제발 경적을 울려 주시오'라고 페인트로 큼지막하게 적혀 있었다. 경적을 울리지 않으면 사고가 나도 책임지지 않겠다는 투였다. 어떤 차는 범퍼 뒤에다 '서두르지 말라. 당신과 나 사이에 급할 건 없다'라고 써 붙였으면서도 엄청 급하게 달려갔다.

인도에서는 차량 사고로 사람을 죽이면 두 달 징역형에 2천 루피 벌금이지만, 소를 치어 죽이면 1년 징역형에 1만 루피 벌금이라고 들었다. 운전사들은 동물을 위해서는 속도를 늦췄지만 행인이나 자전거를 위해서는 절대로 그렇게 하지 않았다. 인도의 교통 법규는 매우 단순하다. 작은 차가 큰 차를 피하라는 것이다.

옆 차들이 너무 바짝 달라붙었기 때문에, 마치 그 차에 탄 사람들과 한 차에 타고 있는 듯한 쑥스러운 기분이 들 정도였다. 그럴 때마다 바부는 옆 차 안으로 고개를 들이밀고, 지금 자신의 차에 타고 있는 귀하신 몸에 대해 자랑을 아끼지 않았다. 그러면서 이 여배우가 원한다면 자기가 기꺼이 한국으로 가서 주방장이든 운전기사든 할 각오가 되어 있노라고 너스레를 떨었다.

도중에 우리는 근처 식당에 들어갔는데, 식당 주인은 특별 손님에게 드리는 서비스라며 시키지도 않은 음식을 잇따라 내왔다. 하지만 나중에 보니 그 음식들이 계산서에 전부 올라와 있었다.

우리가 식사를 다 마쳤을 때는 바부가 퍼뜨린 소문을 듣고 사람들이 식당 앞에 장사진을 쳤다. 성화를 대는 그들 모두에게 여배우는 우아한 필체로 사인을 해 주지 않을 수 없었다.

그러자 바부가 또 나섰다. 그는 이 여배우가 얼마나 중요한 인물인가를 설명하고, 세계적으로 알려진 그녀의 영화에 대해 제목만이라도 들어본 적이 있느냐며 사람들을 힐난했다. 또한 그런 주인공을 모시고 다니는 자신의 중요성에 대해서도 빼놓지 않고 강조했다.

바부는 식당 주인과도 어느새 둘도 없는 친구가 되어 있었다. 헤어질 때는 서로 가슴을 껴안고 인사까지 하는 것이었다. 놀라울 만큼 친화력을 지닌 인물이었다.

우리가 도시를 빠져 나와 외곽 지대에 이르렀을 때는 날이 이미 어두워져 있었다. '빛의 축제'는 다음 날부터이지만, 성급한 인도인들은 어느새 집집마다 버터 등불을 밝혀 놓고 있었다.

문제는 그때부터였다. 운전대를 잡은 바부가 걷잡을 수 없이 기침을 해대기 시작한 것이다. 그것도 예사 기침이 아니었다. 출발할 때부터 가끔 콜록거리긴 했지만 그 정도로 심하게 기침을 할 줄은 예상하지 못했었다. 발작적인 기침을 해대면서 바부는 핸들 위로 엎어졌다가 뒤로 자빠지기를 반복했다. 이틀 전에 장거리를 뛰고 돌아오다가 택시 안에서 잠을 잤는데, 그때 그만 감기에 걸렸다는 것이었다.

바부는 아예 핸들을 놓은 채로 발작하듯 기침을 하고 있었고, 그럴 때마다 차는 휘청거리며 갓길로 벗어났다.

차선조차 그어지지 않은 좁은 도로였다. 앞에서는 국경 지대에서 물건을 잔뜩 싣고 오는 대형 트럭들이 제3의 눈을 부릅뜨고서 전속력으로 달려오고 있었다.

바부는 궁여지책으로 내가 건네준 목캔디를 두 개나 빨아먹었다. 그러고는 엄지손가락을 치켜들고 '굿 메디신(좋은 약)!'을 외쳤다. 하지만 한낱 목캔디로 일교차가 심한 인도의 밤공기와 바부의 기침을 달래기는 무리였다. 결국 얼마 못 가 갓길에 멈춰 서야만 했다.

나는 여행을 할 때면 비상시에 대비해 쇠로 된 작은 코냑 병을 갖고 다녔다. 그 술은 무엇보다 기침에 효과가 있었다.

바부는 미처 말릴 사이도 없이, 내가 내민 독한 코냑을 벌컥벌컥 마셔 버렸다. 내 원래 의도는 그런 게 아니었다. 한 모금 정도만 마시게 해서 어떻게든 기침을 가라앉혀 볼 생각이었다. 그런데 바부는 순식간에 반 병을 마시고는 얼굴이 벌게졌다.

그리하여 차는 전보다 더 비틀거렸다.

바부는 나머지 반 병의 코냑까지도 홀랑 다 마셔 버리고 마침내 기침이 멎었다. 하지만 그것은 어디까지나 술에 취해서 멎은 것이었다. 그리고 당연히 차도 멈췄다. 결국 바부를 조수석으로 밀치고 내가 운전대를 잡는 수밖에 없었다.

더 놀라운 것은 이때까지 여배우가 보여 준 일관된 자세였다. 그녀는 모든 것을 초월한 듯 시종일관 뒷좌석에 누워 잠만 잤다. 한 달 동안의 평화로운 인도 여행이 어느새 그녀를 '노 프라블럼'의 경지로 이끈 것이다.

핸들이 오른쪽에 있고 차선도 반대였기 때문에 나는 감히 제 속도를 낼 수가 없었다. 속도계 바늘도 고장난 상태였다. 멀리 앞에서 트럭이 나타나면 지레 겁을 먹고 길가에 멈춰 서서 그 차가 지나갈 때까지 기다려야 했다.

히피 여행자들 사이에는 이런 우스갯소리가 있다. 히말라야 무산소 등반을 하고, 요세미티 계곡에서 뗏목 타기를 하고, 나이아가라 폭포에서 번지 점프까지 해 본 뒤에 마지막으로 할 일이 바로 인도에서 운전하는 일이라는 것이다.

죽기 살기로 덤벼드는 무서운 차들과 곳곳에 잠복한 웅덩이들을 피하느라 내가 핸들을 이리 꺾고 저리 돌리고 있을 때, 운전사 바부는 술병을 껴안고 조수석에서 잠이 들었다. 몸과 영혼이 긴장에서 해방되어 희색이 만면한 얼굴로. 마치 꿈속에서 여배우와 멋진 영화라도 한 편 찍고 있는 표정이었다.

가끔가다 바부는 차의 진동에 잠이 깬 듯 또다시 코냑 병을 입으로 가져갔다. 그러고는 엄지손가락을 치켜올리며 두세 차례 "굿 메디신!"을 외쳤다.

바로 그때였다. 위협적으로 헤드라이트를 켠 버스가 정면에서 달려왔다. 버스는 사나운 욕을 퍼붓듯 나더러 피하라고 경적을 울렸다. 순간 나는 오른쪽으로 핸들을 꺾었는데 그것은 다름 아닌 반대 차선이었다!

버스는 아슬아슬하게 비켜 가고, 차는 급기야 도로 옆 밭으로 반쯤 쑤셔 박히고 말았다. 그런 사태에도 불구하고 놀랍게도 여배우와 바부는 여전히 평화로운 얼굴로 잠들어 있었다.

나는 밭에서 차를 꺼낼 엄두도 못 내고 망연자실 운전석에 앉아 있었다.

얼마쯤 지났을까, 하얗게 달빛이 뿌려지는 가운데 저만치 유채밭 사이로 한 무리의 인도인들이 노래를 부르며 나타났다. '람 남 사트 헤, 람 남 사트 헤(신의 이름이 진리이다. 신의 이름을 부르라).' 그들은 대나무 막대기 두 개에 죽은 사람을 얹고 화장터로 향하고 있었다. 장례 행렬이지만 달빛과 노란 유채꽃들에 어우러져 너무도 그윽하고 아름다운 광경이었다.

"모두가 어떤 목적지를 향해 가고 있어요. 그 점에서는 누구도 예외가 아녜요."

놀라서 돌아보니 여배우가 잠이 깨어 부신 눈으로 그 풍경을 바라보고 있었다.

"이 친구가 이렇게 곯아떨어졌으니, 우리가 과연 목적지에 도착할 수나 있을까요?"

그렇게 말하며 내가 바부를 깨우려고 하자, 여배우가 말렸다.

"그냥 자게 두세요. 잠자는 사람은 깨우지 말아야 해요. 모두가 피곤한 영혼이니까요."

그때 우리의 말소리를 듣고 바부가 부스스 눈을 떴다. 그는 눈이 휘둥그레져서 주변을 둘러보더니 금방 사태를 파악했다. 재빨리 머리를 한 번 빗고는 차에서 내려 사람들에게로 뛰어갔다.

장례 행렬에 참석한 마을 사람들의 도움을 받아 우리는 밭에서 차를 꺼낼 수가 있었다. 그들은 희뿌연 달빛 아래서 '람 남 사트 헤'를 부르며 차를 밀어 도로로 끌어올려 주었다. 죽은 자를 밭둑에 내려놓은 채로. 실로 고마운 사람들이었다.

바부가 다시 운전대를 잡았다. 그는 아직 입에서 술 냄새가 났지만 달빛 속을 잘도 달렸다. 앞에서 트럭이 달려와도 눈 하나 깜박하지 않았다. 역시 노련한 인도 운전사다웠다. 나는 여전히 긴장한 채 조수석에 앉아 있었고, 여배우는 다시 잠이 들었다.

이른 새벽, 국경의 관리는 자욱한 안개 속에서 연신 뜨거운 차를 마셔 대며 내 여권을 조사하기 시작했다. 그는 인도 입국 비자만이 아니라 그동안 내가 다닌 다른 나라들의 입출국 스탬프는 물론, 여권이 제대로 가운데에 철이 되어 있는지까지 검사했다. 하지만 여배우의 여권을 검사할 때는 검사 범위를 주로 여배우의 얼굴에 한정시켰다.

국경이라고 해야 기다란 막대기 하나를 길 한복판에 걸쳐 놓은 것에 불과했다. 그 막대기가 들어올려지고, 마침내 우리는 히말라야 왕국 네팔에 들어섰다.

그런데 네팔 남부의 평야 지대를 한 시간쯤 달렸을 때였다. 엔진에서 갑자기 흰 연기가 치솟기 시작했다. 엔진을 식히는 냉각기가 과열돼 불이 붙은 것이다.

시골 마을에 자동차 정비소가 있을 리 만무했다. 간신히 찾아낸 곳은 코딱지만 한 자전거포였다. 평생 자전거밖에 수리한 적이 없는 네팔인 다이(형뻘인 남자를 일컫는 네팔어)는 자동차 엔진을 처음 구경하는 게 역력했다. 바부는 우르르 몰려든 네팔 시골 사람들의 마음속에 아름다운 여배우와 자신과의 관계에 대해 깊은 인상을 심어 놓느라 고장난 차는 뒷전이었다. 결국 내가 팔을 걷어붙이고 나서는 수밖에 없었다.

두 시간에 걸쳐 납땜을 하고 냉각기 호스를 입으로 불며 씨름한 끝에야 비로소 다시 차에 시동이 걸렸다. 그러는 동안 여배우는 바부가 급조해 만든 바나나 잎사귀 파라솔 아래서 네팔인들과 벗 삼아 즐거운 한때를 보냈다. 바부는 작대기 하나를 꺾어 들고서 네팔인들이 여배우와 일정 거리를 유지하도록 감시를 게

을리하지 않았다.

부릉부릉 차는 출발하고, 히말라야가 성스럽게 둘러쳐진 산길을 꼬불꼬불 돌아, 마침내 우리는 저녁 늦게 카트만두에 도착했다. '지혜의 눈'을 그린 달력들이 우리를 맞이하고, 좁은 골목에는 인도에서 운전을 한 번도 해본 적이 없는 히피들이 자만심에 차서 어슬렁거리고 있었다.

이제 바부와도 헤어질 시간이었다. 바부는 또 밤새 길을 달려 인도로 돌아가야만 했다. 바부는 마지막까지도 자신의 최선을 다했다. 택시에서 짐을 내리는 네팔인 짐꾼들을 엄중히 감독하고, 직접 손가방을 들고 여배우를 호텔 안으로 안내했다.

바부는 행복했다. 아울러 우리에게도 언제나 행복하기를 빈다고 진심 어린 인사를 했다. 여배우가 아쉬운 작별의 포옹을 하자, 바부는 잠시 얼어붙었다가 얼굴이 상기되어 떠나갔다.

한 달 뒤, 내가 여행을 마치고 집에 돌아왔을 때 한 통의 편지가 인도로부터 날아왔다. 바부가 보낸 편지였다. 그는 자신이 어느 때보다 잘 지내고 있음을 알리고, 정중하게 여배우 마담과 나의 안부를 물었다. 누군가가 대필해 준 게 분명한 그 편지에는 또 이렇게 적혀 있었다.

"쇠로 만든 당신의 술병은 내가 잘 간직하고 있습니다. 그날 차에 놓고 내리셨더군요. 그 술은 정말로 '굿 메디신'이었습니다. 그것 덕분에 기침이 완전히 멎었습니다. 당신이 다시 인도에 오면 술병을 돌려줄 것이고, 급히 필요하다면 소포로 부쳐 줄 수도 있습니다.

나는 가는 곳마다 우리의 여행에 대해 이야기합니다. 언젠가 또다시 그런 여행을 할 수 있게 되기를 신에게 기도합니다.

지난번 우리가 하루 전에 떠나느라고 놓쳐 버린 빛의 축제 사진을 여기에 동봉합니다. 당신들의 충실한 친구 바부로부터."

그러고는 신문에 실린 빛의 축제 사진을 오려 편지지 밑에 풀로 붙여 놓았다. 갠지스강이 사람들이 켜 놓은 작은 꽃등불들로 수십 킬로미터나 뒤덮여 있었다.

인도 여행을 하고 난 뒤, 여배우는 까닭 없이 밀려왔던 삶의 허무로부터 벗어날 수 있었다. 완전히는 아니더라도……. 우리가 어떻게 삶의 허무로부터 완전히 벗어날 수 있을 것인가. 육체를 갖고 살아 있는 한.

하지만 나는 알 수 있었다. 그녀의 마음속에는 충실한 운전사 바부와 마음을 열고 다가와 그녀를 치유해 준 수많은 사람들이 언제나 자리 잡고 있음을.

부처 아닌 체하기

지금 나는 깨닫는다. 내가 지나온 모든 길이 하나의 과정이었음을. 내게 필요했기 때문에 그 많은 일들이 일어났음을. 한때 나는 어리석었고, 긴 방황의 시간을 보내야만 했다. 그 모든 것이 하나의 과정이었다. 지금 이 순간, 이 자리로 나를 데려오기 위한 필연적인 단계였다. 그 길 외에 다른 길은 있을 수 없었다.

인도의 푸나.

내 영혼의 스승이 머물던 곳. 이른 새벽이면 강에서 물안개가 피어오르던 곳. 불꽃같은 삶과 바람 같은 죽음, 그리고 명상이 우리 모두의 화두였던 곳.

그날 아침, 스승의 말 한마디가 화살처럼 와서 박혔다.

"그대는 왜 부처가 아닌 체하며 살아가고 있는가? 언제까지 그렇게 부처가 아닌 것처럼 가장하며 살 것인가?"

졸고 있던 나는 화들짝 놀라 스승을 바라보았다. 스승은 불같은 목소리로 내 영혼을 흔들어 놓았다.

"그대는 본래 부처이다. 과거에도 부처였으며, 지금도 부처이고, 앞으로도 부처이다. 그 사실에는 변함이 없다. 다만 그대 자신이 부처가 아닌 체하며 살고 있을 뿐이다."

전 세계에서 온 수많은 구도자들이 가부좌를 틀고 앉아 스승의 말씀에 귀를 기울이고 있었다. 나도 새벽잠을 떨치고 일어나 먼동이 터오는 길을 걸어 스승과의 아침 다르샨(스승과 제자의 만남 의식)에 참석했다.

내가 아쉬람에 온 지도 벌써 한 달이 지났다. 전에도 두 차례 이곳에 머물렀지만, 깨달음의 길은 멀게만 느껴졌다. 진전이 있는 것처럼 여겨지다가도 어느새 보면 아무것도 달라진 게 없었다.

그런데 이 아침, 스승의 그 한마디가 몇 생에 걸친 내 잠을 두들겨 깨운 것이다.

"그대여, 더 이상 부처 아닌 체하며 살지 말라!"

명상홀의 지붕을 덮고 있는 대형 천막 위로 아침 이슬이 뚝뚝 떨어져 내렸다. 고원지대의 서늘한 대기 속에 재스민 향이 묻어나고, 어디선가는 이름 모를 새들이 피우피우 울어 댔다.

"잠든 사람은 깨우기 쉽지만 잠든 척하는 사람은 깨울 수가 없는 법이다. 아무리 흔들어 깨워도 그는 계속해서 잠든 척하고 있기 때문에 깨울 수가 없다. 그대여, 차라리 깊이 잠들라. 아니면 자신이 이미 깨어 있다는 사실을 인정하라. 그대가 부처가 아닌 체 행동한다면, 누구도 그대를 부처이게 할 수 없다."

스승의 불꽃같은 말 한마디 한마디가 영혼으로 파고들었다. 온몸의 세포들이 환희의 감정으로 물결쳤다.

스승은 자기 앞에 앉아 있는 수백 명의 부처들에게 깊이 합장하며 경배한 뒤 명상홀을 떠났다. 그렇게 해서 아침 다르샨이 끝이 났다.

식당으로 가기 위해 다들 서둘러 명상홀을 빠져나갔지만, 나는 자리에서 일어날 줄을 몰랐다. 그렇다, 나는 본래 부처였던 것이다. 그런데 그 사실을 깨닫지 못하고 부처가 아닌 것처럼 그토록 철저하게 연기를 해오다니! 이제 그런 어리석음과도 작별이었다. 이 순간 위대한 진리를 발견한 것이다.

그날 아침, 내가 깨달음의 충격에서 벗어나 아쉬람 안의 식당으로 갔을 때는 아직도 부처가 아닌 체 행동하는 구도자들이 음식을 모조리 먹어 치운 뒤였다. 식어 빠진 차파티 한 장과 변색된 바나나 두세 개가 남아 있을 뿐이었다. 전날 저녁에도 시내 책방에 갔다가 시간이 늦어 아무것도 먹지 못하고 잠들었는데, 아침마저 굶으니 보통 허전한 게 아니었다.

하지만 더 이상 '부처 아닌 체하지 않기'로 결심한 지금, 그까짓

두 끼 굶은 것이 문제 될 수 없었다!

우선 릭샤를 타고 숙소로 가서 샤워를 한 뒤 하루 일과를 시작하기로 했다. 날이 30도를 웃돌기 때문에 아침나절에 샤워를 해 두지 않으면 한낮의 열기를 견디기 힘들었다.

얼굴에 연꽃 미소를 머금고 아쉬람 문을 나서는 순간, 프랑스 친구 니콜이 나를 불러 세웠다. 그는 깨달음을 얻기 위해 인도에 왔다가 B형 간염에 걸린 친구로, 비자가 만료됐는데도 개의치 않고 두 해째 아쉬람에 눌러살고 있었다. 생활비가 떨어졌다며 내게 돈을 빌려 간 게 한두 번이 아니었다. 아니나 다를까 니콜은 또다시 손을 내밀었다. 돈이 다 떨어져 아쉬람 입장권도 구입하지 못하고 이렇게 문밖에 서 있다는 것이었다.

니콜을 보자 약간 기분이 상했다. 돈이 떨어졌으면 세상으로 돌아가서 일을 한 뒤 다시 와야 할 것이 아닌가. 그것이 스승의 거듭된 가르침이기도 했다.

니콜을 외면하고 돌아서려는 순간, 하나의 목소리가 내 안에서 들려왔다.

'그대여, 더 이상 부처 아닌 체 행동하지 말라!'

아, 하마터면 그 사실을 잊을 뻔했다. 오랜 습관대로 또다시 부처가 아닌 것처럼 행동할 뻔한 것이다!

금방 연꽃 미소를 회복한 나는 간염 때문에 얼굴이 창백해진 니콜에게 돈을 건넸다. 니콜은 갑자기 자비로워진 내 비밀을 알지 못하고 어린아이처럼 기뻐하며 아쉬람 안으로 뛰어갔다.

그런데 릭샤를 타고 임시 숙소로 삼고 있는 근처 아파트에 도착하는 순간, 또다시 감정 상하는 일이 일어났다. 엎어지면 코 닿을 거리인데도 릭샤 운전사가 열 배가 넘는 터무니없는 금액을 요구한 것이었다.

내가 조용히 타일러도 그 릭샤꾼은 처음에 요구한 금액에서 한 푼도 내리려고 하지 않았다. 애초에 요금을 결정하고 타지 않았기 때문에 자기가 요구하는 금액대로 다 내야만 한다는 것이었다. 그는 나를 당황하게 만들려는 양 고래고래 소리를 질러 지나가는 행인들을 불러 모으기까지 했다. 어떻게든 바가지요금을 받아 챙기려는 속셈이었다. 도저히 평화롭게 상대해서 될 친구가 아니었다.

태양이 떠올라 후텁지근한 불쾌감마저 밀려왔다. 나는 눈을 부라리며 녀석의 뒤통수를 한 대 후려갈기고는, 동전 몇 개를 던져주고 아파트 안으로 향했다. 그가 뒤에서 뭐라고 떠들었지만, 들은 척도 하지 않았다. 불쾌하기 짝이 없는 릭샤꾼이었다.

이른 아침의 환희에 찬 깨달음은 그렇게 해서 온데간데없이 사라져 버렸다. 샤워 꼭지에서 시원한 물줄기가 쏟아져 나와 얼굴에 와닿는 순간, 퍼뜩 깨달아야만 했다. 내가 또다시 부처가 아닌 체 행동했음을!

열 명이 넘는 가족의 생계를 책임지고 있을 가난한 릭샤 왈라에게 돈 몇 푼을 더 주지 않으려고 뒤통수까지 때려가며 싸움을 벌인 것이다. 후회스러운 감정에 숙소 밖으로 뛰어나갔지만, 릭샤꾼은 벌써 떠나 버린 뒤였다.

고백할 필요도 없이, 그 후로도 나는 매번 졸음에 빠져 나 자신이 부처라는 사실을 잊어버리곤 했다. 어떤 때는 너무 철저히 부처가 아닌 것처럼 행동한 나머지, 정말로 나 자신이 부처가 아니라는 군은 확신이 들기까지 했다.

지금 그 스승은 육체를 벗고 세상을 떠났지만, 그날 아침의 불꽃같던 음성은 아직도 내 안에서 메아리치고 있다.

"그대는 언제까지 그렇게 부처가 아닌 체하며 살아갈 것인가!"

옴마니밧메훔

델리로 가는 야간 버스는 저녁 여섯 시에 있었다. 서둘러 배낭을 메고 게스트하우스 문을 나서는데, 한 티베트 여인이 다가와 말을 걸었다. 보따리를 들고 다니며 티베트 장신구를 파는 여인이었다.

다람살라에는 그런 행상들이 많았다. 중국의 침략으로 나라를 잃고, 자신들의 영적 지도자인 달라이 라마와 함께 인도로 피난 온 난민들이었다.

색동 앞치마처럼 생긴 티베트 전통 의상을 입고 머리를 뒤로 빗어 쪽을 진 여인은 어디서 배웠는지 "안녕하세요!" 하고 한국말로 인사부터 했다. 그러고는 보따리 안에서 물건 몇 개를 꺼내며,

싸게 줄 테니 하나만 팔아 달라고 서툰 영어로 말했다.

여인이 꺼내 보이는 물건들 중에서, 끈이 다 해진 골동품 산호 목걸이가 눈에 띄었다. 히말라야가 옛날에는 바다였기 때문에 티베트에선 지금도 산호가 나온다는 믿을 수 없는 이야기를 하면서, 그녀는 좋은 물건임을 거듭 강조했다.

하지만 나는 고개를 저으며 말했다.

"미안하지만 지금은 시간이 없어요. 버스를 타야 하거든요."

그녀가 나와 보조를 맞추며 물었다.

"지금 떠나는 길이군요? 어디로 가세요?"

"델리로 갑니다. 버스가 곧 출발하거든요. 그런데 그 산호 목걸이는 얼만가요?"

"이것은 다른 것들보다 좀 비싼 거예요. 2백 루피는 받아야 해요. 우리 어머니가 하시던 목걸이이거든요."

저렇게 괜찮은 물건이 6천 원밖에 안 하다니! 그 정도면 골동품 가게에선 부르는 게 값이었다. 하지만 지금은 물건을 흥정할 겨를이 없었다. 꾸물대다간 버스를 놓칠 수가 있었다. 밤을 꼬박 새우며 열두 시간이나 가야 하기 때문에 일찍 가서 좋은 자리를 잡아야 했다.

나는 옆에서 계속 따라오는 그녀에게 다시 말했다.

"지금은 정말 시간이 없거든요. 다음에 오면 살게요."

내가 무심코 한 '다음'이란 말에 그녀는 잠시 걸음을 멈췄다. 그러다가 다시 나를 따라잡으며 말했다.

"당신들은 언제나 다음을 이야기하죠. 하지만 다음이란 없어요. 내 말을 잘 들어요. 우리도 항상 다음으로 미루며 살아왔지만, 어느 날 갑자기 나라를 빼앗기고는 모든 것이 달라졌어요. 집을 잃고, 가족들이 뿔뿔이 흩어지고, 우리가 뒤로 미루기만 하던 일들을 하나도 할 수 없게 되었어요."

그녀는 서툰 영어로, 하지만 분명한 어조로 낯선 여행자에게 말하고 있었다. 자기가 삶에서 배운 것이 한 가지 있는데, 그것은 바로 '다음'이란 결코 존재하지 않는다는 것이라고. 막상 다음 순간이 찾아오면 모든 것이 달라져 있다고. 자기가 원하는 일을 지금 이 순간에 하지 않으면 결국 그것을 놓치고 만다고.

그녀는 자기 자신에게 일깨우듯 고개를 끄덕이며 말했다.

"우리의 삶에 다음이란 없어요. 지금 하거나, 하지 않거나 둘 중 하나일 뿐이에요. 늦기 전에 그걸 깨달아야 해요."

그러면서 그녀는 내게 물었다.

"그런데 다람살라엔 얼마나 있었나요?"

"3일 있었어요."

"3일요?"

여인은 말도 안 된다는 듯 고개를 저었다.

"고작 3일 머물고 여길 떠난단 말인가요?"

"볼 일도 다 봤고, 구경도 웬만큼 했으니까요. 다른 곳도 여행해야 하구요."

사실 다람살라는 기대했던 것과는 달리 볼 것이 많은 곳이 아니었다. 어디서나 마주치는 티베트 승려들과 커다란 곰파(티베트 절), 그리고 달라이 라마를 접견하기 위해 길게 늘어선 관광객 행렬이 전부였다. 길가에 만발한 벚꽃 행렬과 쓰레기 더미에 진을 치고 있는 원숭이들이 묘한 대비를 이루고, 비좁은 거리에는 요가, 명상, 점성술, 티베트 불교, 손금, 마사지 등의 간판들이 곳곳에 나붙어 있었다. 다음에 기회가 있을 때 다시 와서 제대로 경험해야겠다는 생각뿐이었다.

그 여자 행상은 이해가 가지 않는다는 듯 다시 말했다.

"당신들 여행자들은 왜 그렇게 맨날 바쁘게 돌아다니죠? 무거운 배낭을 메고 하루는 여기 하루는 저기. 그렇게 빨리 다녀서 얻는 게 뭔가요? 다람살라를 3일 만에 떠난다면 당신은 아무것도 못 본 거나 마찬가지예요."

그렇게 말한 뒤 여인은 말릴 사이도 없이 내 목에 그 산호 골동 목걸이를 걸어 주었다.

"자, 얼마나 멋져요. 이건 좋은 물건이에요. 가격도 당신에겐 그다지 비싼 편이 아닐 거예요. 이 목걸이를 하면 당신은 앞으로 어떤 일도 '다음'으로 미루지 않게 될 거예요. 이 목걸이를 할 때마다 내가 한 말이 기억날 테니까요."

그녀의 말에 나도 모르게 미소가 지어졌다. 그 목걸이를 하고 있으니까 내가 전생에 티베트인이었을지도 모른다는 기분마저 들었다.

그날 나는 델리로 떠나지 않았다. 목걸이를 사느라 시간이 지체되기도 했지만, 여자 행상이 한 단순한 말이 여행 일정을 바꿔 놓았기 때문이다. 나는 다시 발길을 돌려 게스트하우스로 돌아갔다. 그리고 떼를 써서 내가 묵었던 방을 되차지하고는 열흘을 더 다람살라에 머물렀다. 물론 그녀에게서 산, '옴마니밧메훔'이 새겨진 티베트 골동 목걸이를 목에 걸고서.

열흘이 지나자 다람살라는 1년을 있어도 지루하지 않을, 티베트풍과 인도풍이 혼합된 매력적인 곳으로 다가왔다. 이른 아침마다 중얼중얼 대기 중에 울려 퍼지는 기도문과 티베트 종소리의 파동이 서서히 내 귓속과 영혼을 채워 갔다.

한곳에 오래 머물라. 그래서 그들과 하나가 되고, 똑같은 태양으로 이마를 그을리라. 그것만이 자아의 벽을 허물고 세상과 화해하는 길이다……. '옴마니밧메훔'과 함께 내 목걸이에 새겨 둘 중요한 여행 수칙이었다.

다람살라를 떠난 나는 곧바로 럭나우 지방으로 향했다. 그곳에서는 위대한 깨달음의 성취자인 스리 푼자 바바가 가르침을 펴고 있었다. 오래전부터 그 이름을 듣고 그를 만나고 싶었다. 그의 가르침에 귀를 기울이고 싶었다. 그런데 매년 인도를 여행하면서도 늘 '다음'으로 미루고 그곳에 가지 않았던 것이다. 언제나 그곳에 가지 못하는 이유와 핑계들이 있었다.

그해, 푼자 바바와의 만남은 내 삶에 큰 영향을 미쳤다. 여러 번 그를 만나지는 못했지만, 단 한 번의 만남으로도 그의 불꽃 같은 영혼은 내 안의 무의미한 것들을 불태워 버리고도 남았다. 그를 만난 것과 만나지 않은 것은 내 삶에 있어서 너무도 큰 차이였다.

그렇지 않은가. 우리 생에 다음이란 없는 것이다. 내가 그를 만나고 돌아온 바로 그해, 푼자 바바는 육체를 벗고 세상을 떠났다.

순례자의 집

어떤 일이 저만치 앞에서 나를 기다리고 있었다. 나는 조만간 그 일이 나에게 일어나도록 되어 있다는 것을 알지 못한 채, 한 걸음 한 걸음 그것을 향해 다가갔다. 그것이 저기 저 길모퉁이 사라수 나무 아래서 도둑처럼 눈을 빛내며 내가 다가오기를 기다리고 있었다. 하지만 나는 아무것도 모르고, 온통 다른 일들에만 정신이 팔려 있었다.

누구에게나 그런 순간이 한 번쯤 찾아오고야 마는 것이니, 그 일이 일어난 뒤에야 비로소 그것이 오래전부터 그 시간과 그 장소에서 자신을 기다리고 있었음을 알아차리게 된다. 그것은 하나의 운명과도 같은 것이어서, 그 일을 경험하고 나면 누구도 이전의 자신으로 되돌아갈 수가 없다.

북인도 히말라야 기슭의 쿨루 마날리 지역에서 내게 일어난 일이 그런 것이었다. 그때 나는 시골 버스를 타고 히말라야 발치의 산중 마을들을 이곳저곳 여행하던 중이었다. 뚜렷한 목적지가 있었던 것은 아니었다. 혼자서 배낭을 메고, 아무도 나를 알지 못하는 낯선 세계로 자유롭게 돌아다니고 있었다. 한때 인도의 여름 수도였던 심라에서 시작된 여행은 해발 천 미터 고갯길을 오르내리는 쿨루 마날리 골짜기로 이어졌다.

버스를 타기도 하고 때로는 걷기도 하면서 힌두교 사원들이 늘어선 산골짜기로 점점 더 깊이 여행해 들어갔다. 먼지 자욱한 북인도 평원과는 또 다른 풍경이었다. 마을들 뒤로는 머리에 흰 두건을 쓴 히말라야가 빼꼼히 고개를 내밀고, 골짜기에는 허브 향 머금은 온갖 꽃들이 만발해 있었다. 이름하여 '꽃의 계곡'이었다.

그날도 배낭을 메고 꽃들의 골짜기를 걷다가 그만 날이 저물고 말았다. 순간 당황스러웠다. 게스트하우스가 있는 큰 마을까지 가려면 얼마나 더 가야 할지 알 수 없었다. 주변 풍경에 이끌려 도중에 버스를 내린 것이 화근이었다.

서둘러 배낭에서 손전등을 꺼냈지만, 약이 닳았는지 불이 들어오지 않았다. 더 늦기 전에 하룻밤 머리를 누일 장소를 찾아야만 했다.

그때였다. 꽝! 하고 경적을 울리며 트럭 한 대가 칠 듯이 스치고 지나갔다. 헤드라이트가 눈이 부셔 손을 흔들 겨를도 없었다. 트럭이 지나가자 돌연 칠흑 같은 어둠 속에 남겨졌다. 그나마 남아 있던 미명마저 트럭이 몰고 가 버린 느낌이었다. 다음번에 차가 오면 어떤 방향이든 얻어 타야겠다고 마음먹었지만, 아무리 걸어가도 차는 오지 않았다. 그리고 차가 오기 전에 어느 산중 마을 입구에 이르게 되었다.

마을은 완전한 어둠 속에 잠겨 있었다. 집이 대여섯 채밖에 되지 않는 작은 마을이었다. 다행히 한 집에서 희미한 불빛이 새어 나와 그곳으로 갔더니, 가난한 젊은 부부가 살고 있었다.

내가 잠잘 곳을 묻자, 남자는 희미한 등불 아래서 옥수수를 다듬다 말고, 옥수수로 마을 위쪽을 가리키며 말했다.

"저 위쪽 순례자의 집에 가보시오. 그곳에서 하룻밤 잘 수 있을 거요."

인도에는 먼 길을 온 순례자들이 밥도 해먹고 잠도 잘 수 있도록 힌두교 성지마다 무료 숙소가 있다. 나도 가끔 그런 곳에서 하룻밤 묵은 적이 있었다.

남자가 가르쳐 준 순례자의 집은 산 중턱에 있었다. 대개는 각지에서 온 순례자들로 북적이기 마련인데, 그날은 사람의 그림자 하나 얼씬거리지 않았다. 사방에는 온통 적막감뿐이었다. 잠시 망설였지만 달리 갈 곳이 있는 것도 아니어서, 용기를 내어 순례자의 집 안으로 발을 들여놓았다.

그곳에는 커다란 방이 두 개 있었다. 방이라고 해야 네 개의 벽과 지붕뿐이었다. 다행히 오른쪽 방에 한 남자가 잠을 자고 있었다. 남자는 내가 들어가는 것도 모르고 곤히 잠들어 있었다. 먼 길을 온 순례자임에 틀림없었다.

외딴곳에서 사람과 마주치는 것만큼 무서운 일도 없다. 하지만 또 사람만큼 위안을 주는 존재도 없다. 스무 명도 넘게 잘 수 있는 휑뎅그렁한 공간에 그나마 누군가 옆에 있다는 것이 크게 안심이 되었다.

방 한쪽에 침낭을 깔고 곧바로 자리에 누웠다. 두 팔을 베고 눕자, 벽에 뚫린 네모난 구멍으로 밤하늘이 내다보였다. 별들이 빗금을 그으며 떨어지고, 히말라야에서 불어오는 바람이 골짜기 아래로 휘잉휘잉 불어 갔다. 이런저런 상념에 젖다가 스르르 잠이 들었다.

아마도 외로웠던 모양이다. 아니면 잠든 중에도 히말라야의 적막감이 견디기 힘들었는지 모른다. 나는 자다 말고 침낭을 그 남자 옆으로 옮겨 깔았다. 그러고는 한 인간이 내 옆에 있다는 것에 안도하며 다시 잠이 들었다.

내가 기억할 수 있는 것은, 잠결에 나도 모르게 옆으로 돌아누우며 그 남자의 가슴에 팔을 올려놓은 일이었다. 남자는 숨소리 하나 없이 곤히 잠들어 있었다.

금세 날이 밝았다. 벽의 네모난 구멍으로 쏟아져 들어오는 강렬한 햇살 때문에 저절로 눈이 떠졌다. 남자는 아직도 세상 모른 채 잠들어 있었다. 얼른 일어나 침낭을 개고 배낭에서 물과 비스킷을 꺼냈다. 늦기 전에 지나가는 버스를 잡아타야 했다.

침낭을 깔고 앉아 비스킷을 한 입 먹다 말고, 물병을 든 손으로 남자를 흔들어 깨웠다.

"스와미, 어서 일어나요. 아침이에요."

스와미는 구도의 길에 나선 남자를 부르는 말이다. 하지만 남자는 너무 깊이 잠들었는지, 내가 몇 번 더 "스와미!"를 외치며 흔들어 깨워도 도무지 일어날 기색을 보이지 않았다.

그러다가 어느 순간, 배 위에 포개져 있던 남자의 팔 하나가 툭! 하고 바닥으로 떨어져 내렸다. 이상한 기분이 들어 남자의 얼굴을 들여다보았다. 그는 반쯤 입을 벌린 채 미동도 없이 누워 있었다.

그때 나는 비로소 그가 죽었다는 사실을 알았다.

눈 주위가 거뭇거뭇하고, 영혼이 빠져나간 얼굴에는 아무런 생기가 느껴지지 않았다. 이마 한가운데 찍은 붉은색 점만이 그가 가진 유일한 색이었다.

그 순간, 삶의 모든 흐름이 정지해 버렸다.

머릿속이 하얗게 변하는 것을 느꼈다. 두려움이나 공포 같은 것이 아니었다. 그것은 감정이 아니었다. 그냥 텅 빈 진공과도 같은 하얀 세계가 일순간에 내 머릿속을 차지해 버렸다. 그것은 빛도 아니고 색깔도 아니었다. 그냥 하얀 세계, 그것이었다.

모든 것이 그렇게 일순간에 사라져 버렸다. 그 많던 생각들과 감정들이 그냥 획! 하고 어디론가 빨려 들어가 버리고, 텅 빈 진공의 병 속에 나 혼자 남아 있었다.

얼마나 시간이 지났을까, 다시 정신을 차려 물병과 비스킷을 배낭에 넣고 서둘러 순례자의 집을 나섰다. 그리고 버스를 타기 위해 마을 쪽으로 내려갔다.

도중에 간밤에 나한테 순례자의 집으로 가라고 일러 준 그 젊은 남자와 마주쳤다. 내가 그곳에 한 사람이 죽어 있다고 말하자, 그는 또 아무렇지도 않게 고개를 끄덕이며 이렇게 말하는 것이었다.

"알고 있어요. 어저께 죽은 사람이에요."

뭐라고 대꾸할 사이도 없이 숨 가쁘게 버스가 달려왔다. 나는 얼른 버스 지붕에 올라탔다. 그러고는 다시 배낭에서 물병과 비스킷을 꺼내 한 입씩 깨물어 먹기 시작했다. 멀리 흰 눈을 머리에 인 데오티바 히말라야가 하나의 환영처럼 따라왔다.

버스가 협곡을 넘고 또다시 꽃의 골짜기를 지날 때까지도 내 머릿속을 온통 차지해 버린 그 하얀 세계는 지워지지 않았다. 그때 나는 그것이 영원히 지워지지 않으리라는 것을 알았다.

여행은 회복되어지지 않는 사라짐의 연속이라고 누군가는 말했다. 하지만 결코 사라지지 않는 것이 있다는 것을 그는 미처 몰

212

랐던 걸까.

때로 나는 나 자신이 어떤 경계선 같은 곳에 살고 있다는 느낌이 든다. 이 세계와 저 세계 사이에 어떤 얇은 막이 있어서, 약간만 발을 헛디뎌도 어느새 그 막을 뚫고 경계선 저쪽으로 넘어가 있다. 그러면 이곳에서의 삶이 노출이 너무 많이 된 흑백 사진처럼 하얗게 지워져 버리는 것을 느낀다.

죽은 남자와의 만남은 피할 수 없는 것이었다. 그 일이 오래전부터 그곳에서 나를 기다리고 있었다는 생각이 든다. 때로 딴 길로 우회하기도 하고 왔던 길로 되돌아가기도 했지만 그 순간을 향해 한 걸음씩 다가가고 있었는지도 모른다. 그것은 하나의 숙명과도 같은 것이었다. 그리고 그 숙명은 거부할 길이 없었다.

인도인들은 죽음이란 특정한 장소와 특별한 시간의 만남에서 일어난다고 믿는다. 아마도 삶에서 일어나는 모든 일들이 그렇지 않을까?

아침 태양 아래 환영처럼 빛나는 데오티바 히말라야를 뒤로하고서, 또다시 여행길에 올랐다. 그것은 어디선가 나를 기다리고 있을 또 다른 숙명적인 일을 향해 한 걸음씩 다가가는 것과 다름 아니었다. 누구나의 삶이 그러하듯이.

사막 유목민의 지혜

사막을 횡단하는 장거리 버스 안에서의 일이다. 내 앞에 앉은
〈힌두스탄 타임스〉의 젊은 기자를 제외하고는 승객들 모두 흰 터
번을 두른 남루한 차림의 사막 유목민들이었다. 1년에 한 차례씩
열리는 낙타 축제에 가는 사람들이었다.

그 신문기자 역시 축제를 취재하러 가는 길이었다. 수만 마리
의 낙타와 낙타상들이 운집하고, 더불어 수십만 명의 순례자와
거리의 가수들, 전 세계의 사진작가와 영화 촬영팀까지 몰려드는
지상 최대의 낙타 축제였다.

자연히 신문기자와 이런저런 이야기를 나누게 되었고, 영어가
유창한 그는 자신이 힌디어와 구자라트어(인도 서부의 구자라트주와

마하라슈트라주에서 쓰는 언어), 펀자브어(인도의 펀자브주와 파키스탄의 펀자브주에서 사용되는 공용어), 회교도들이 사용하는 우르두어까지 할 줄 안다고 말했다. 인도는 공식적인 언어만 18가지이고, 방언이 1,600가지에 이르는 나라다. 방언들은 단어와 문법이 판이하게 다른 경우가 많아 그중 몇 가지라도 이해하는 것은 결코 쉬운 일이 아니었다.

인도에서 최초로 문자를 발명한 사람이 있었다. 그는 사람들에게 그 문자를 가르쳐 주고자 했으나 마땅한 종이도 없고 책도 없었기 때문에 누구나 볼 수 있도록 문자를 빨랫줄처럼 생긴 긴 줄에 매달아 놓았다. 그러자 사람들은 그 문자를 배우면서 빨랫줄까지 포함해서 받아 적게 되었다. 이런 우스갯소리가 사실이기라도 하듯, 오늘날 인도의 문자들은 모두 빨랫줄에 걸린 것 같은 모양을 하고 있다.

그 신문기자는 뭄바이의 공용어인 마라티어뿐 아니라 프랑스어와 포르투갈어도 기본적인 대화가 가능하다고 자랑을 늘어놓았다. 자신의 할머니가 포르투갈 식민지였던 서인도 고아 지방 출신이라는 것이었다. 그러면서 거만한 투로 내게 물었다.

"당신은 몇 개의 언어를 할 줄 알죠? 여러 나라를 여행하려면 당연히 두세 개의 언어는 필수적일 텐데. 지금 이 버스에 탄 사람들이 사용하는 토착어를 웬만큼은 이해하나요?"

물론 나는 힌디어와는 많은 차이가 있는 그 고장의 언어를 기본적인 단어 몇 개 말고는 알지 못했다. 그렇다고 그 고도근시 신문기자에게 무시당할 기분이 전혀 아니었다. 다른 인종을 업신여기기 좋아하는 아리안족의 후손인 그를 물리치기 위해 일본어와 네팔어는 물론 '인도印度'를 한자로 써 보이기까지 하며 도전장을 내밀었다.

우리의 대화에는 어느덧 봉주르, 그라치아스가 난무하고, 마침내는 고대 산스크리트어와 한국어의 상관관계까지 등장했다. "프라트 칼리 샴 브라흐마……" 하고 내가 거의 유일하게 알고 있는 산스크리트어 기도문을 외자 우리의 대화는 절정에 이르렀다.

그렇게 우리가 서로 자신의 외국어 실력을 과장하고 있을 때, 내 옆자리에는 색 바랜 터번을 두른 노인이 말없이 앉아 있었다. 다른 승객들과 마찬가지로 낙타를 키우는 전통적인 사막의 농부였다. 평생을 사막에서 보낸 그가 과연 어떤 언어들을 구사할 줄 아는지 궁금했다. 그래서 내가 노인을 돌아보며 물었다.

"실례이지만, 당신은 몇 개의 언어를 할 줄 아십니까?"

물론 농부는 이 간단한 영어조차도 알아듣지 못했다. 신문기자가 옆에서 잘난 체하며 그 말을 마르와리어(펀자브주나 라자스탄주 일부 지역에서 사용되는 언어)로 통역했다. 그러면서 그는 노인에게 우리 두 사람이 얼마나 많은 외국어를 할 줄 아는지 자랑하듯 설명했다.

귀밑 수염과 콧수염까지 은회색으로 변한 노인은 신문기자의 말을 귀 기울여 듣고 난 뒤, 잠시 생각에 잠겼다가 한마디로 말했다.

"나는 내 고장어인 마르와리어와 내가 기르는 낙타들의 언어, 그리고 신과 대화를 나누는 영혼의 언어를 이해할 줄 안다오. 뒤의 두 가지는 아마도 당신들에게는 이해할 수 없는 외국어일지도 모르겠소."

신문기자와 내가 침을 꼴깍 삼키는 사이, 노인이 덧붙였다.

"당신들이 아무리 외국어 실력이 유창하다 해도, 신과 대화를 나눌 줄 모른다면 그 모든 것은 쓸모없는 일일 것이오."

나는 노인의 이 말조차도 알아들을 수 없어서 신문기자의 통역을 거쳐야만 했다. 신과의 대화에는 통역이 필요 없어야 한다는 것을 그 사막 유목민이 내게 일깨워 준 것이다.

실제로 그러했다. 아무리 유창하게 외국어를 구사한다고 해도 영혼의 언어를 이해하지 못한다면 그것이 무슨 소용이겠는가.

내 부끄러운 마음을 알기라도 하듯, 운전사가 갑자기 힌두 영화 음악을 틀었다. 그 리듬에 맞춰 낙타들이 사막 저편으로 휘돌아가고, 버스는 낙타들의 언어와 대지의 언어, 그리고 영혼의 언어를 이해하는 사막 유목민들과, 코가 납작해진 신문기자와, 외국어 실력이 형편없는 여행자 한 명을 싣고 모래 먼지를 날리며 사막을 달렸다.

엽서 열 장

노천 찻집의 나무 의자에 앉아 짜이 한 잔을 마시고 있는데, 마치 비슈누 신이 보낸 소녀처럼 커다란 눈을 한 구리야가 내게 다가왔다. 그녀는 수줍어하며 비닐봉지에 든 엽서 한 묶음을 내밀었다.

엽서는 한 장에 1루피였고, 구리야가 입고 있는 옷처럼 인쇄술이 형편없었다. 나는 10루피짜리 종이돈을 건네며, 엽서는 나중에 내가 필요할 때 달라고 말했다. 그렇게 해서 구리야와 나의 인연이 시작되었다.

날마다 구리야는 자신이 내게 엽서 열 장을 빚지고 있음을 상기시켰다. 여행 중에 편지를 거의 쓰지 않는 나로서는 사실 그

엽서가 필요 없었다. 그래서 구리야가 엽서를 내밀 때마다 매번 "다음에 줘." 하고 고개를 저었다. 구리야는 잊지 않고 나와 마주치기만 하면 언제나 "엽서 열 장!"을 외쳤다.

일주일 뒤, 나는 그 지방을 떠나 한 달여 동안 라자스탄 사막을 여행하고 다시 그곳으로 돌아갔다. 구리야는 얼굴이 검게 탄 나를 보자마자 변함없이 엽서 열 장을 내밀었다. 나는 엽서를 가져갈 생각은 하지 않고 여전히 "바드메(나중에)!" 하고 말했다. 구리야는 목소리도 낭랑하게 "노 프라블럼, 맛 불리에(잊지 말아요)!" 하고 소리쳤다.

이듬해 다시 인도로 갔고, 구리야를 만났다. 시골에서 온 맨발의 순례자들을 비집고 아침 햇살 속을 뛰어온 구리야는 반갑게 엽서를 내밀었다. 나를 보자마자 엽서를 사라고 하는 것이 얄미워, 나는 냉정하게 고개를 가로저었다.

그러자 구리야가 말했다.

"작년에 내가 당신에게 엽서 열 장을 줄 것이 있었잖아요. 벌써 잊었어요? 엽서 값이 3루피로 올랐지만, 작년처럼 그냥 열 장을 드릴게요."

나는 까맣게 잊고 있었는데 아직도 그것을 기억하다니 놀랍기만 했다. 어린 구리야의 양심을 오해한 것이 부끄러워 얼굴이 달아올랐다. 그래서 말했다.

"얼마 되지도 않는데, 그냥 잊어버려도 돼. 지난 일인 걸 뭐."

구리야는 고개를 저으며 말했다.

"아녜요. 그럴 순 없어요. 지금 주지 않으면 난 당신에게 평생 엽서 열 장을 빚진 셈이 돼요."

그러면서 그녀는 이번 생에 갚지 않으면 다음 생에서라도 반드시 갚도록 되어 있다고 말하는 것이었다. 그렇게 말할 때의 구리야는 어린 소녀가 아니라 힌두 성자의 얼굴을 닮아 있었다.

나는 웃으며 구리야에게 말했다.

"지금은 엽서가 필요하지 않아. 그러니 나중에 줘."

그러자 구리야는 또 "노 프라블럼! 돈 포겟!" 하고 외치며 인파들 속으로 사라져갔다.

그 과정은 내가 구리야를 만날 때마다 서너 해에 걸쳐 되풀이되었다. 엽서의 인쇄술이 날로 개선되고, 덩달아 엽서 값이 3루피에서 5루피로 껑충 뛰었지만, 거울 달린 치마를 입은 구리야의 '엽서 열 장'은 달라지지 않았다. 나는 일부러 엽서를 받지 않고 버텼다. 구리야가 변함없이 그 사실을 기억해 주는 것이 좋았기 때문이다. 늘 바가지 상술에 시달려야만 하는 나 같은 여행자에게 그것은 더없이 큰 위안이었다.

어느 해부턴가 구리야는 더 이상 나타나지 않았다. 이제 엽서를 팔고 다닐 나이가 지난 것이다.

하지만 구리야는 변함없이 내 기억 속에 남아 있다. 다른 엽서파는 아이들만 봐도 커다란 눈을 한 구리야의 얼굴이 먼저 떠오른다. 엽서 속 인도 소녀들도 모두 구리야를 닮았다. 내게 아주 작은 것(3백 원)을 빚졌지만, 구리야는 몇 년 동안 그 사실을 잊지 않았다. 그리고 기회 있을 때마다 그것을 갚으려고 노력했다.

나는 사람들에게 많은 것을 빚졌으면서도 언제나 그것을 잊어버리기 일쑤였다. 그래서 내가 무엇을 빚졌는지조차 잊고 살아왔다. 그런 내게 구리야가 말하고 있었다. 삶은 결코 일회적인 것이 아니며, 이 생의 일은 반드시 다음 생의 결과로 이어진다고. 따라서 내가 행한 일은 언젠가는 반드시 내게로 돌아온다고. 그것은 다만 시간의 문제일 뿐이라고.

티베트인들은 노름을 할 때 돈이 없기 때문에 작은 조약돌을 돈 대신 사용한다고 한다. 그런데 이 가짜 노름에서 빚을 지고 돌아오면 그 집 식구들은 크게 상심하고 눈물을 흘리기까지 한다는 것이다. 왜냐하면 이 생에 진 빚은 다음 생에라도 반드시 갚도록 되어 있기 때문이라는 것이다.

어린 구리야의 영혼 속에 어떻게 그런 현자의 지혜가 깃들게 되었을까. 전생에서부터 이어져 온 지혜였을까.

'인형'이라는 뜻의 구리야. 이제는 시집을 가 벌써 아기 어머니가 되었겠지.

하지만 구리야, 넌 내게 엽서 열 장을 빚졌어. 돈 포겟!

태양 아래 오직 하나뿐인 나라

　동인도 콜카타에 대한 나의 첫인상은 가난하고, 더럽고, 복잡한 도시라는 것이었다. 그런데 며칠 지내면서 보니 콜카타는 처음 볼 때보다 훨씬 더 가난하고, 훨씬 더 더럽고, 훨씬 더 복잡한 곳이었다.

　인디라 간디 여사가 수상일 때 인도 정부는 대대적으로 빈곤 퇴치 운동을 벌였다. 정치인들은 가난을 물리치고 빈민층에게 일자리를 제공하겠다고 약속했다. 그 약속을 믿고 가난한 사람들은 그들에게 표를 던졌다. 그러나 정치인들은 가난을 물리치는 대신 가난한 사람들을 물리치기 시작했다. 어느 날 갑자기 빈민촌의 움막을 불도저로 밀어내고, 가난한 이들을 전부 트럭에 태워 물도 없고 먹을 것도 없는 황무지에 내려놓았다. 그들은 몇 날 며칠을 걸어 도시로 돌아와 전보다 더 형편없는 빈민으로 전락했다.

영국은 셰익스피어를 인도와도 바꾸지 않겠다고 말했지만, 만일 셰익스피어가 인도에 왔다면 그의 전 작품이 가난하고, 기품 있고, 재치 있고, 기발한 인도인들에 대한 묘사로 가득 채워졌을 것이다. 그리고 인간의 희비극에 대해 훨씬 더 깊은 성찰을 얻었으리라.

"당신은 혹시 예술가가 아니오?"

책방의 거리로 유명한 콜카타 대학로를 갔다 오는데 한 남자가 다가와 물었다. 나는 놀라서, 그걸 어떻게 알았느냐며 그 남자를 쳐다보았다. 그가 미소를 지으며 샌들 신은 내 발가락을 가리켜 보였다.

"당신의 발가락이 예술가의 발가락을 닮았으니까요."

내가 물었다.

"예술가의 발가락이 어떻게 생겼는데요?"

"바로 당신의 발가락처럼 생겼죠."

그는 키가 크고 마른 편이었으며, 그 남자 뒤에는 또 다른 키 작은 남자가 함께 걷고 있었다. 둘 다 어디가 아픈 사람들처럼 눈 흰자위가 약간 충혈되고, 보기에도 몹시 허름한 옷차림을 하고 있었다.

두 사람 중 한 사람은 이름이 아닐이고, 다른 사람은 샹카르였다. 내가 예술가라는 사실을 알아맞힌 사람이 아닐이었는데, 그가 매우 공손한 어조로 다시 물었다.

"실례이지만, 당신은 어떤 장르의 예술을 하십니까?"

그것까지 그가 알아맞혔다면 나는 뛸 듯이 기뻤겠지만, 점쟁이가 아닌 이상 그건 무리였다. 그래도 혹시나 싶어 두 팔을 벌려 보이며 그에게 말했다.

"한번 알아맞춰 보시오."

아닐은 턱에다 손가락을 꽂고 상상력을 발휘하려고 애를 썼다. 그가 내 긴 머리와 긴 팔다리를 보고 "무용가!" 하고 외치지 않기만을 바랐다. 이윽고 그는 알았다는 듯 고개를 끄덕였다.

"당신은 틀림없이 무용가죠!"

나는 적이 실망했다. 그러자 그때까지 말없이 따라오던 샹카르가 "화가!" 하고 외쳤다. 아무래도 내가 스스로 정체를 밝힐 순서인 듯했다.

"둘 다 틀렸소. 나는 시인입니다."

그러자 아닐과 샹카르는 갑자기 얼싸안고 펄쩍펄쩍 뛰며 좋아하는 것이었다. 그들은 만세를 부르듯 두 팔을 위로 치켜들며 "카비! 카비!(시인! 시인!)" 하고 외치기까지 했다. 나의 단순한 대답이 그토록 큰 반향을 불러일으킬 줄은 미처 예상치 못한 일이었다.

두 사람이 그렇게 흥분하는 이유가 곧 밝혀졌다. 아닐과 샹카르 역시 콜카타를 대표하는 시인이라는 것이었다. 그 사실을 알고 나도 오랜 친구를 만난 듯 반가웠다. 그리하여 인도인 시인 두 명과 한국인 시인 한 명은 어깨를 나란히 하고 정답게 콜카타 거리를 걷기 시작했다.

아닐과 샹카르는 회색의 네루 재킷과 의회 의원 모자를 쓴 전형적인 인도인이었다. 다만 옷을 산 뒤 한 번도 빨아 입지 않은 것처럼 소매며 옷깃에 몹시 때가 끼어 있었다. 먹는 것도 별로 없이 잦은 금식으로 체내를 청소한 듯 아닐은 삐삐 마른 사람이었다. 그리고 아까부터 관찰한 것이지만, 그는 말끝마다 튀튀거리는 습관이 있었다.

아닐이 내게 물었다.

"물론 당신은 훌륭한 시를 쓰겠지만, 튀튀, 주로 어떤 내용의 시를 쓰시오, 튀튀?"

목과 얼굴 근육에 약간의 마비 증세가 있는 듯했다. 내가 간단하게 내 시의 세계를 설명하자, 그가 말했다.

"나는 인생과 신에 대한 시를 씁니다, 튀튀."

내가 샹카르를 돌아보자 키 작고 왜소하게 생긴 샹카르는 약간 수줍은 듯, 하지만 단호한 어조로 말했다.

"나도 인생과 신에 대한 시를 씁니다."

끝의 '튀튀' 소리만 빼면 아닐과 똑같은 대답이었다. 그때 아닐이 기쁜 목소리로 강조하고 나섰다.

"그렇다면 우리는 모두 같은 주제의 시를 쓰는 시인들이군요!"

그래서 우리는 길 한복판에서 또다시 서로를 얼싸안으며 반가운 시늉을 해야만 했다.

한 블록을 더 가자 셰익스피어 거리라고 이름 붙여진 길이 나타났다. 길거리에서 따라붙는 잡상인들과 걸인들을 물리치며 아닐은 내 주의를 자신에게 집중시키려고 애를 썼다. 여행자 안내소 앞에서는 다리가 하나밖에 없는 남자가 두 다리를 가진 목각 인형을 팔고 있었다. 코브라 피리 부는 남자는 내가 나타나자 얼른 바구니 뚜껑을 열었지만, 코브라는 도무지 춤출 기분이 아니었다. 따귀를 서너 차례 얻어맞고 나서야 코브라는 비틀거리며 몸을 흔들었다.

다시금 내 주의를 환기시키며 아닐이 말했다.

"나는 벵골어(인도의 벵골주와 방글라데시의 공용어)로 시를 씁니다. 이곳 출신인 타고르도 벵골어로 시를 써서 노벨 문학상을 받았지요. 영어가 짧아 내 시를 당신에게 번역해 주지 못하는 것이 유감이군요."

내가 다시 샹카르를 돌아보자, 딴생각을 하고 있던 샹카르는 흠칫 놀라며 말했다.

"나는 벵골어로 시를 씁니다. 이곳 출신인 타고르도……."

이제 보니 아닐이 주동자이고 샹카르는 뭐가 뭔지 모르면서 따라하는 사람이었다. 마치 그렇게 하라고 단단히 교육을 받은 사람 같았다.

아닐이 다시 물었다.

"당신이 쓴 훌륭한 시를 우리가 읽어 볼 순 없을까요? 물론 여러 권의 시집을 내셨겠지만요."

이 시점에서 나 역시 예의상 그에게 시집을 낸 적이 있느냐고 물어볼 수밖에 없었다.

그렇게 해서 우리의 대화는 갑자기 활기를 띠었다. 아닐은 시인의 감정을 넘어 연극배우와도 같은 간절한 목소리와 몸짓으로 내게 호소했다. 이때만은 튀튀거리는 소리도 내지 않았다.

"내 옷차림을 보시오. 나는 며칠을 굶었고, 가족들도 길바닥이나 다름없는 데서 생활하고 있소. 나는 어려서부터 시인이 되는 게 꿈이었고, 지금까지 많은 시를 썼소. 하지만 불행히도 돈이 없는 탓에 세상 사람들에게 내 시를 알릴 기회가 없었소. 내 입으로 말하긴 뭣하지만, 어떤 예리한 평론가는 내 시 몇 편을 읽고 타고르를 능가하는 작품이라고 평했소. 하지만 이 가난한 나라에서 누가 공짜로 나 같은 무명 시인의 시집을 내주겠소?"

내가 샹카르를 돌아보자, 그 역시 모자를 벗어 들며 말했다.

"내 옷차림을 보시오. 나는 며칠을 굶었소."

그러고는 이하 동문이라는 듯 어깨를 으쓱하며 두 손을 치켜

들어 보였다. 아닐이 한숨지으며 말했다.

"아아, 나는 훌륭한 시를 쓰고도 돈이 없어 죽을 때까지 시집 한 권 내지 못한 역사 속 몇 안 되는 불행한 시인이 되고 말 것이오!"

이미 두 권의 시집을 낸 바 있는 나는 이 불행한 인도 시인 아닐과 샹카르 앞에서 왠지 죄를 지은 것 같고 일말의 책임감 같은 것이 느껴졌다. 그들에 비해 나 자신은 더없이 세속적인 시인인 양 여겨졌다.

내가 인도에 태어나 시를 썼다면 아마도 이들처럼 고난에 찬 예술가의 삶을 살았으리라.

그런 내 심정을 알아차린 듯 아닐이 말했다.

"이 친구와 나는 시집을 한 권 내고 죽는 것이 소원이오. 처음 만나 이런 말을 하는 것이 부끄럽지만, 당신이 조금만 도와준다면 우린 그 소원을 이루고 시인답게 죽을 수가 있을 것이오. 나한 권, 이 친구 한 권, 그렇게 두 권의 시집을 내는 데 천 달러면 어떻게든 해볼 수가 있소. 진작에 말씀드리지 않았지만, 이 친구는 나보다 훨씬 아름다운 시를 쓰는 천재 시인이라오."

천 달러라는 말에 내 얼굴색이 변하자, 아닐은 재빨리 사태를 수습하고 나섰다.

"물론 발행 부수를 줄이면 각자 백 달러로도 가능할 것이오. 주소를 알려 주면 우리 둘의 시집을 당신에게 부쳐 주겠소. 물론 헌사에는 자비로운 당신의 이름을 넣을 것이오."

내가 미심쩍은 눈으로 샹카르를 돌아보자, 샹카르는 어찌할 바를 모르고 그냥 고개를 끄덕이며 눈만 꿈적일 뿐이었다.

아닐이 또 말했다.

"백 달러가 너무 많다면, 우리가 직접 인쇄를 해서 제본을 할 수도 있소. 그렇게 하면 천 루피로도 가능할 것이오. 만일 더 나쁜 종이를 쓴다면 5백 루피로도 될 것이오만."

나는 한마디도 하지 않았는데, 무려 천 달러에서 5백 루피(8천 원)로 시집 출판 비용이 내려갔다. 콜카타의 소음과 검은 매연 속에서 만난 아닐과 샹카르는 그만큼 인상 깊은 두 명의 인도 시인이었다.

가난과 인간 고통의 대명사 콜카타. 그곳은 지구의 블랙홀이라 불린다. 전체 인구 천백만 명 중에서 5백만 명이 빈민가에 살고 있고, 또 다른 2백5십만 명은 길거리에서 잠을 잔다. 이들은 아프리카 원주민들보다 훨씬 빈곤한 삶을 살고 있다. 그러면서도 수많은 사람들이 자신을 시인이라고 여기고, 시와 글을 싣는 잡지가 3천여 종이나 발간되는 기상천외한 도시 콜카타!

콜카타 지하철 벽에는 라빈드라나드 타고르의 시가 적혀 있다. 길에서 만나는 사람들 모두가 자랑스럽게 주장하듯이 콜카타는 '시인의 도시'인 것이다.

아닐과 샹카르가 정말로 시인인지, 내가 낸 몇 푼의 기부금으로 과연 시집을 출간했는지는 알 수가 없다. 하지만 두 사람과의 만남으로 가난하고 더럽고 복잡한 콜카타가 갑자기 시인의 도시로 내게 다가오기 시작했다.

스리 오로빈도(콜카타 출신의 시인이며 사상가)의 말처럼, 대부분의 인도인들은 자신들이 이 세상에 소속되어 있다고 믿지 않는다. 이 고통스럽고 시끄럽고 답답한 세상은 하나의 문에 지나지 않으며, 그 문 너머에는 진실한 다른 세상이 있다고 믿는다. 그런 의미에서 그들 모두가 진정한 시인인 것이다.

외국인의 눈으로 보면 인도는 풀리지 않는 수수께끼와 같은 나라이다. 하지만 인도인들의 눈으로 보면 세상은 하나의 환영일 뿐이다. 일찍이 세속적인 삶에서는 궁극적인 행복을 얻을 수 없다고 믿어 온 종족, 물질적 쾌락 없이도 행복의 추구가 가능함을 보여 준 이들이 바로 그들이다.

독일의 문호 괴테는 1797년에 이렇게 고백했다.

'십 년만 젊었어도 나는 기필코 인도 여행을 떠났을 것이다. 새로운 것을 발견하기 위해서가 아니라, 이미 나 자신 속에 있는 어떤 것들을 재확인하기 위해서.'

미국 작가 마크 트웨인은 인도에 대해 1897년에 이렇게 썼다.

'태양 아래 오직 하나뿐인 나라,

불멸의 흥미를 부여받은 나라,

외국의 왕자에게나 농부에게나,

학식 있는 자에게나 무지한 자에게나,

현명한 자에게나 어리석은 자에게나,

부자에게나 가난한 자에게나,

구속된 자에게나 자유인에게나,

모든 종류의 인간이 보고 싶어 하는 단 하나의 나라!

그리고 단 한 번 흘낏이라도 보고 나면

지구의 나머지 나라를 모두 본 것보다 더 강렬한 나라, 인도!'

신발 도둑

　새 신발을 사야만 했다. 날이 너무 더워 집에서 신고 간 무거운 신발을 더 이상 신을 수가 없었다. 신발도 사고, 오랜만에 시장 구경도 할 겸 아침 일찍 올드델리의 시장으로 나갔다. 아랍의 왕들이 지배하던 시절부터 인파가 많고 다채롭기로 소문난 올드델리의 시장은 그 자체가 하나의 거대한 영화 촬영장이었다.

　바나나 광주리를 머리에 이고 가는 순박한 노인, 중세 아라비아인처럼 공작새 꼬리를 터번에 꽂은 남자, 팔찌를 양팔에 스무 개나 차고도 또다시 새 팔찌를 흥정하는 처녀, 그 옆에서 그녀의 지갑을 한번 툭 쳐 보는 소매치기······.

　시장 골목으로 들어가서 우선 저녁에 먹을 오렌지 한 봉지와 냄새 좋은 향 한 묶음을 샀다. 신발 가게는 영화 음악이 쨍쨍대는 레코드 가게 옆에 있었다. 둥근 끈에 엄지발가락을 끼워 신는 간편한 샌들을 골랐다. 상표는 인도 신발 업계를 장악한 바타 회사의 것이고, 가격도 그다지 비싼 편이 아니었다.

신문지로 싼 샌들을 배낭에 넣고, 점심을 먹기 위해 근처 식당으로 들어갔다. 테이블에 앉아 바나나 라시(얼음으로 희석한 요구르트에 바나나를 잘라 넣은 음료)를 한 모금 마시면서 다른 음식이 나오길 기다리고 있을 때였다. 한 무리의 손님들이 우르르 식당 안으로 몰려들어 왔다. 흰 수염 난 노인도 있고, 고깔모자 같은 두건을 쓴 남자도 있었다. 테이블이 모자라 그들은 내 앞에도 앉고 옆에도 앉았다.

잠시 후, 느낌이 이상해서 뒤돌아보니 고깔모자 쓴 인도인이 새로 산 내 샌들을 신고 식당 밖으로 달아나고 있는 게 아닌가! 밥을 먹고 있는 사이 몰래 배낭을 뒤져 새 신발을 훔친 것이었다. 황급히 자리를 박차고 일어나 그 남자를 뒤쫓았다.

인도를 여행하면서 신발을 도둑맞은 것이 한두 번이 아니었다. 기차 안에서 신발을 벗어 놓고 잠깐 눈을 붙였다가 고스란히 두 짝 다 잃어버린 적도 있었다.

내 긴 다리 덕분에 신발 도둑은 금방 덜미가 잡혔다. 나는 도둑을 힘껏 떠다밀며 샌들부터 빼앗았다. 그것도 불안해 아예 그 자리에서 신고 있던 신발을 벗고 샌들로 갈아 신었다.

그런 다음 큰소리로 도둑을 나무라기 시작했다. 그런데 중년의 그 신발 도둑은 부끄러워하기는커녕 오히려 나보다 더 말이 많았다. 자기는 하나도 잘못한 게 없다는 식이었다. 하지만 그가 하는 말을 전혀 알아들을 수가 없었다. 힌디어도 아니고, 인도 대륙에 흩어져 있는 수많은 방언 중 하나였다.

도둑질하다 들킨 주제에 대들기까지 하는 것이 얄미워, 벗어 든 신발로 위협까지 하며 그의 입을 틀어막았다. 그러자 근처에 있던 옷 가게 주인과 오렌지 파는 청년, 하릴없이 시장 구경 나온 사람들까지 참견을 하고 나섰다.

사람들은 전후 사정을 듣고 나서 나보다 더 심하게 신발 도둑을 나무랐다. 한 노인은 땅바닥에다 침을 탁 뱉으며 이런 도둑은 당장 경찰에 넘겨야 한다고 흥분했다. 그러면서 자기 조카가 유능한 경찰관인데, 택시비 몇 푼만 주면 당장 가서 데려오겠노라고 소매를 걷고 나섰다.

신발 도둑은 신경질적으로 웃어 대며 도무지 어처구니없다는 표정이었다. 순식간에 더 많은 인도인들이 모여들어 좁은 시장 골목이 와글거렸다.

참으로 맹랑한 도둑이 아닐 수 없었다. 나는 마지막으로 한 번 더 심하게 꾸짖고는 자리를 떴다. 내가 멀리 사라질 때까지도 도둑은 사람들에게 둘러싸여 욕을 얻어먹어야 했다.

그날 오후, 뉴델리 기차역 맞은편에 있는 파하르간지의 게스트하우스로 돌아온 나는, 배낭을 방 안에 던져두고 공동 세면장으로 가서 샤워부터 했다. 성스러운 야무나강으로부터 오는 시원한 물줄기는 한낮의 무더위와, 시장통의 먼지와, 무례한 신발 도둑이 안겨 준 불쾌감까지 말끔히 씻어 주었다.

샌들을 신으니 발을 씻거나 샤워를 하기도 편리했다. 철썩철썩 샌들 소리를 내며 방으로 돌아와, 낮에 산 오렌지와 향을 꺼내려고 배낭을 열었다. 그런데 그곳에 누런 힌디어 신문지로 싼 물건 하나가 들어 있었다. 뭔가 하고 꺼내 보니, 바타 회사의 상표가 선명한 새로 산 샌들이었다.

잠시 멍하니 서 있다가 내 발밑을 내려다보았다. 똑같은 모양의 샌들이 그곳에 있었다.

아니, 그럼 이것은 그 남자의 샌들?

나는 머리가 어지러워 침대에 얼굴을 묻고 쓰러졌다.

멀쩡한 대낮에 다른 사람이 신고 있는 신발을 강제로 빼앗은 것이다. 그것도 냄새나는 신발로 위협까지 하면서! 이제야 그 남자가 신경질적으로 웃어 댄 이유를 알 수 있었다.

내 이야기를 들은 게스트하우스 주인의 지적대로, 나는 다음 생에 반드시 그 남자에게 신발 한 켤레를 갚아야 할 것이다. 어쩌면 두세 켤레를 되갚아야 할지도 모른다. 그것은 절대로 피할 길이 없으리라. 인도인들이 모여 사는 우주에서는 인과 법칙에 예외란 없으니까.

하나뿐인 찻집

스와미 비베카난다가 처음으로 성자 라마크리슈나(콜카타에서 가르침을 편 영적 스승)를 찾아갔을 때 이렇게 물었다.

"당신은 신의 존재를 믿습니까?"

라마크리슈나는 말없이 그를 바라보고 나서 반문했다.

"그러는 그대는 신의 존재를 믿지 않는가?"

청년 비베카난다가 말했다.

"신이 있다면 내게 보여 주시오."

라마크리슈나가 말했다.

"나는 그대에게 신을 보여 줄 수 있지만, 그대가 그 신을 볼 수 있겠는가? 내가 던지는 두 가지 질문에 대답할 수 있다면, 그대

스스로 신을 보게 될 것이다."

그러고 나서 라마크리슈나는 첫 번째 질문을 했다.

"그대는 누구인가?"

비베카난다가 대답했다.

"니렌드라입니다."

당시 비베카난다의 이름은 니렌드라였다. 이에 라마크리슈나가 말했다.

"아니다, 그것은 그대의 진정한 이름이 아니다. 그것은 그대의 부모가 지어 준 이름에 불과하다. 그대는 누구인가? 그대의 진정한 이름은 무엇인가?"

비베카난다는 반 시간이 넘도록 자신이 누구인가를 답변하기 위해 생각에 골몰했으나 끝내 해답을 찾을 길이 없었다.

성자 라마크리슈나가 던진 두 번째 질문은 이것이었다.

"그대는 어디에 살고 있는가?"

비베카난다는 자신이 살고 있는 집의 지역과 주소를 말했다. 하지만 라마크리슈나는 고개를 저었다.

"아니다, 그것은 그대의 진정한 주소가 아니다. 그대가 진정으로 살고 있는 곳은 어딘가? 그곳을 말하라."

그러면서 라마크리슈나는 덧붙였다.

"이 두 질문에 대답할 수 있다면, 그대 스스로 신을 보게 될 것이다."

그 후 비베카난다는 두 가지 질문에 대해 깊이 명상했으며, 마침내 해답을 발견했다. 그 순간, 신이 스스로 그에게 나타났다고 한다. 술을 좋아하고 육식을 즐겼던 비베카난다는 그 이후 위대한 수행자로 변신했으며, 라마크리슈나의 수제자로 인정받았다. 그리고 최초로 서양에 인도의 깨달음을 전파한 사람이 되었다.

캄레쉬라는 이름의 특이하게 생긴 인도 남자가 이 이야기를 내게 들려주며, 스페셜 짜이를 무려 넉 잔이나 공짜로 얻어 마셨다. 스페셜 짜이란 보통 짜이보다 향료와 생강과 우유를 더 많이 넣고 끓인 것이다. 당연히 값이 두 배다.

캄레쉬는 짜이 맛을 돋우기 위해 먼저 입안을 물로 헹군 뒤, 천천히 음미하며 마셨다. 그러고는 내 양해도 구하지 않고 구멍가게 선반에서 비스킷 한 봉지를 집어 들어 짜이에 적셔 먹기 시작했다. 그는 이야기가 빨리 끝나면 더 먹을 수 없기 때문인지, 가능한 천천히 이야기를 진행했다. 그래서 비베카난다가 '나의 진정한 이름이 무엇인가?'를 생각하는 대목에서는 10분 이상 뜸을 들이며 와사삭! 하고 연거푸 비스킷을 깨물어 먹었다.

북인도 평원을 미친 듯이 헤매고 다니는 모래바람이 내가 들고 있는 짜이 잔에도 한 움큼 모래 먼지를 퍼부었다. 들판에 홀로 서 있는 양철로 만든 찻집은 바람이 불 때마다 넘어질 듯 삐걱거렸다.

허공에 뜬 솔개는 먹을 것이 없는지 불안하게 나만 주시하고 있었다. 이제나저제나 기다려도 버스는 오지 않았다. 나 말고는 버스를 기다리는 여행자가 아무도 없는 쓸쓸한 정류장이었다.

찻집 안에 앉은 여인은 사리로 얼굴을 반쯤 가렸기 때문이기도 하지만, 바깥의 강렬한 햇빛에 대비되어 생김새를 명확히 알수가 없었다. 다만 눈 흰자위가 뚫어져라 내 쪽을 향하고 있는 것으로 보아, 나를 바라보고 있는 게 분명했다.

자신을 라마크리슈나 미션(라마크리슈나의 제자 스와미 비베카난다가 설립한 교단)의 정식 회원이라고 소개한 캄레쉬는 짜이를 다 마신 뒤, 마치 황금이라도 캐듯 열심히 모래 먼지 들어간 코를 후볐다. 그러더니 느닷없이 내게 물었다.

"당신의 이름은 무엇이오?"

기습적인 질문에 당황한 내가 말했다.

"나도 내 이름이 무엇인지 모르겠어요. 과연 어떤 이름으로 나자신을 말할 수 있을까요? 본래 이름 없는 것이 우리의 존재인데……."

캄레쉬가 다시 비스킷을 와사삭 깨물며 내 말을 가로막았다.

"아니, 그게 아니고, 당신의 본명이 무엇이오? 당신의 부모가 지어 준 이름 말이오. 당신의 여권에 적혀 있는 이름이 있을 거 아니오?"

나는 뭐가 뭔지 알 수가 없어서, 자신 없는 목소리로 내 이름을 말했다. 그러자 캄레쉬는 매우 흡족해하며 또 물었다.

"당신이 사는 곳은 어디오?"

내가 헷갈리지 않기 위해 나의 진짜 주소를 묻는 거냐고 확인하자, 그는 그렇다고 대답했고, 나는 영적인 주소를 묻는 건지 행정 구역상의 주소를 묻는 건지 알 수가 없어서 일부러 애매하게 대답했다.

"이러이러한 곳에 살고 있지만, 딱히 그곳이 나의 진짜 주소라곤 할 수 없죠."

그러자 캄레쉬가 눈을 빛내며 물었다.

"그럼 당신은 집이 여러 채란 말인가? 이제 보니 무척 부자군!"

당황한 나는 얼른 도리질을 했다.

"아, 그게 아니라 내 몸이 머무는 집은 이러이러한 곳에 있지만, 내 영혼의 집은……."

캄레쉬는 내 영혼의 집에 대해서는 아무 관심이 없어 보였다. 비스킷 봉지 속에 남은 부스러기들까지 손바닥에 탁탁 털어 입에 넣은 뒤, 입술에 비스킷 가루를 묻히고 자리에서 일어섰다. 바람이 또 한 차례 〈엑 짜이 키 두칸〉('하나뿐인 찻집')이라고 적힌 찻집의 양철 간판을 흔들고, 내 얼굴과 캄레쉬의 큰 콧구멍 속으로 훅하고 모래 먼지를 끼얹었다.

그것으로 그와는 작별이었다. 캄레쉬는 바람이 반쯤 빠진 자전거 위에 올라타고서, 뚱뚱한 엉덩이를 뒤뚱거리며 지평선 저쪽으로 향했다. 마치 석양이 물든 거대한 영화 화면 속으로 사라져가 듯이 그렇게 오래오래 멀어져 갔다.

내가 스페셜 짜이 값과 비스킷 값을 치르자마자 서인도행 버스가 달려왔다.

버스는 나를 싣고 서둘러 들판을 가로질러갔다. 마치 그 석양 속에 우리 모두의 종착역이 있기라도 한 것처럼. 긴 사리를 입은 여인들이 코와 귀와 이마에 반짝이는 장신구들을 가득 매달고 지나갔다. 한 여인은 핑크색과 오렌지색이 뒤섞인 전통 의상을 입고 있어서 마치 그녀에게 황혼이 물든 것처럼 보였다. 여인들이 움직일 때마다 싸구려 은으로 만든 장신구들이 찰랑거리며 소리를 내는 듯했다.

가는 도중에 내가 탄 버스가 캄레쉬의 자전거를 앞질렀다. 나는 창문을 열고 살짝 대머리인 그에게 반갑게 손을 흔들었다.

그러자 한 손가락으로 팽! 하고 코를 풀며, 그가 또 소리쳐 묻는 것이었다.

"당신은 누구인가? 당신은 어디에 살고 있는가?"

엑 짜이 키 두칸, 들판에 하나밖에 없는 찻집에서의 짧은 만남이었으나, 매우 인상적이고 속내를 알 수 없는 사람이었다. 질문의 의도는 정확히 알 수 없었지만, 버스를 타고 평원을 가로질러 가는 동안 그 두 가지 물음이 내내 귓가에서 메아리쳤다.

나의 인디아 꿈

　내 젊은 날, 끝없이 밀려드는 허무와 본질에의 갈망은 나를 인도로 떠나게 했다. 이름난 영적 스승들을 만나 진리를 구했고, 명상 센터들을 찾았고, 그곳에서 그들의 가르침과 특별한 수행을 배웠다. 결국 나는 깨달음의 끝에서 진리를 발견했다. 하지만 깨달음은 심오한 경전이나 가르침, 특별한 수행을 통해 얻어지는 것이 아니라, 그런 것들을 찾아 방황하는 그 순간들 속에 있었다.

　그렇다, 매 순간순간의 삶이 중요한 것이었다. 깨달음은 멀리 있는 것이 아니었다. 진리는 어디에나 있었다.

　처음 인도 여행을 꿈꿀 당시 나는 인도라는 나라를 영적인 나라, 깨달음의 나라라고 상상했었다. 그러나 그 환상은 첫 여행에서 여지없이 무너졌다. 언뜻 보기에 인도는 더럽고 혼란스럽고 믿을 수 없고, 때로는 전혀 대책이 서지 않는 나라였다. '노 프라블럼'의 나라가 아니라, 단지 '노 프라블럼'이란 단어가 자주 쓰이는 문제투성이의 나라에 불과했다.

그러나 또다시 여행을 하면서 그 지저분한 먼지 밑에서 반짝이는 보석들을 발견하게 되었고, 무질서 속에서 이 거대한 삶을 움직이는 불가사의한 질서를 차츰 깨닫게 되었다. 그리고 삶의 숱한 문제들 속에 진정한 '노 프라블럼'이 깃들어 있음을 알았다. 반복되는 탈수증과 설사병을 거치고 나서야 비로소 얻은 소중한 깨달음이었다.

인도에서 나는 때로 성자처럼 행동했고, 야박하게 가격을 깎는 관광객처럼 굴기도 했으며, 때로는 거칠게 외로웠고, 때로는 행복에 겨워 비명을 지르기도 했다. 걸인에게 1루피 주는 것을 오랫동안 심사숙고하기도 했으며, 화장터에서 인생의 덧없음에 모든 물질에 대한 집착을 버리기도 했다. 하지만 30분 뒤 게스트하우스로 돌아오면서 릭샤 운전사와 찻삯 백 원을 놓고 끈질긴 협상을 벌여야만 했다.

아쉬람에서의 나는 이미 깨달음을 얻은 부처나 다름없었다. 그리고 다음 날에는 어떻게든 뜨거운 물이 나오는 게스트하우스 방을 구하기 위해 발이 부르트도록 돌아다녔다.

하지만 그것이 바로 나였다. 그렇다, 나는 그런 나를 있는 그대로 받아들여야만 했다. 이유 없이 잘난 체하고, 그다음 순간에는 두려워하고, 행복한 체하지만 돌아서면 고독감으로 가슴이 뚫려 있던 여행자, 그것이 다름 아닌 나였다.

인도는 내게 무엇보다 받아들이는 법을 배우게 했다. 세상을, 사람들을, 태양과 열기에 들뜬 날씨를, 신발에 쌓이는 먼지와 거리에 널린 신성한 소똥들을. 때로는 견디기 힘든 더위와, 숙소를 구하지 못해 적막한 기차역에서 잠들어야 하는 어두운 밤까지도 받아들여야만 했다. 그것은 나 같은 여행자에게는 숙명과도 같은 것이었다.

내가 누구이든지, 그리고 내가 어디에 서 있든지, 있는 그대로의 나 자신을 받아들이고 그것을 축복하는 것, 그것이 내게는 여행자로서 가장 중요한 통과의례였다.

그야말로 아무것도 가진 것 없이 신에게만 의지해 살아가는 방랑 수도승들은 차츰 나의 스승이 되었다. '단순한 삶, 고결한 생각'이라는 인도의 슬로건이 내 메모지 첫 장에 기록되었다. 나는 기차역 직원에게 몰래 뇌물 주는 법도 배웠고, 저녁 다섯 시에 출발하기로 되어 있는 기차가 정확히 다음 날 새벽 다섯 시에 출발해도 인도인들처럼 땅콩을 까먹으며 "노 프라블럼!" 하고 외치는 법을 배웠다. 신의 시간은 언제나 정확하며, 인간의 시간은 더없이 부정확하다는 진리를 내 가슴에 새기기까지는 그다지 오래 걸리지 않았다.

서른 시간이 넘는 기차 안에서 바라보는 일출은 아름다웠고, 일몰은 평화로웠다. 꿈속에서 나는 한국에 있었고, 아침에 눈을 뜨면 어김없이 인도에 있었다. 그것은 마술과도 같은 일이었다. 남인도의 야자나무 밑에서 낮잠을 잘 때나, 북인도 히말라야 산중에서 원숭이들과 함께 추위에 떨고 있을 때나, 라자스탄 사막에 앉아 명상하다가 지나가는 낙타의 오줌 세례를 받았을 때나, 언제 어디서나 그 순간 그 장소에 존재할 수가 있었다. 그것만으로도 행복했다.

한번은 남인도 트리반드룸에서 길을 걷는데 한 남자가 바지 주머니 속을 뒤집어서 바깥으로 내놓은 채 걸어오고 있었다. 이유를 묻자, 자기는 아무것도 갖고 있지 않다는 것을 신에게 보이기 위해서라는 것이었다.

그런 어처구니없이 진실한 곳이 바로 인도였다. 나 또한 여행의 길목마다에서 매 순간 나 자신이 아무것도 아닌 존재임을 신 앞에 증명해야만 했다.

인도 여행만을 고집함으로써 나는 다른 많은 것들을 놓쳤는지도 모른다. 그러나 그것들은 이 생에선 내가 걸어갈 필요가 없는 길들이었다. 그리고 굳이 걸어갈 필요가 없는 길들까지 다 가야만 하는 건 아니었다. 또 어떤 길들은 다음 생을 위해 남겨 둬야 할 길들이었다.

길은 모퉁이를 돌 때마다 언제나 아열대 태양과 달콤한 짜이

가게들과, 도티와 사리를 걸친 인도인들로 넘실거렸다. 나는 신의 선물처럼 핑크색 터번을 머리에 두르고 마주치는 사람마다 "나마스테!"(내 안의 신이 당신 안의 신에게 인사드립니다)를 외치며 앞으로 나아갔다. 그러면 마술처럼 새로운 길이 내 앞에 펼쳐졌다.

게스트하우스 문을 열고 걸어나가기만 하면 세상은 모두 나의 것이었다. 늙었든 젊었든 세상 여인 모두가 나의 애인이고, 가짜 안대를 한 거지 노인과 내 신발에 소똥을 뿌려 대고는 신발을 닦으라고 성화를 대는 구두닦이 소년까지 모두가 나의 친구였다. 세상 자체가 한 권의 흥미진진한 책이었다. 나는 한 사람의 작가로서 그 책에 적힌 문장들을 종이 위에 그냥 옮겨 적기만 하면 되었다.

인도 여행은 언제나 영화와 같다. 그 특별한 영화는 대개 자정이 넘어서 시작된다. 새벽 한두 시쯤, 뭄바이나 델리 국제공항에 도착하는 순간, 비행기 탑승구의 문이 열리면서 인도 영화의 막이 오른다.

사실 모든 여행기는 여행자의 것이 아니다. 여행자들은 마치 자신의 스토리인 것처럼 글을 쓰지만, 실제로는 그렇지 않다. 모든 이야기는 그가 만난 현지인들, 릭샤 운전사, 거리의 아이들, 속임수를 쓴 호객꾼, 그를 집으로 초대한 초면의 우체국장의 이야기다. 심지어 그가 손을 흔들며 작별하고 떠나온 늙은 탁발 고행승의 이야기일 뿐, 결코 그 자신의 것이 아니다.

처음에 나는 그것이 나 자신의 경험이고, 내가 주인공인 것으로 착각했다. 이야기의 중심에 내가 있는 것으로 판단했다. 하지만 사실 나는 주인공이 아니었다. 주연과 조연, 모든 엑스트라들은 바로 그들이었다.

아니, 이 영화에는 엑스트라란 없었다. 모두가 훌륭한 주연들이었다. 이마에 붉은 점을 찍고, 한 손가락으로 코를 풀고, 태양을 향해 엄숙한 자세로 기도를 올리고, 때로는 유치하기 짝이 없는 폼을 잡긴 해도 그들은 어떤 할리우드 배우도 흉내 낼 수 없는 탁월한 인생극장의 배우들이었다. 나는 어색하고, 긴장하고, 두려움에 떨고, 때로는 쓸데없이 거만하기까지 한 엉터리 배우에 불과했다.

따라서 내가 쓰는 모든 스토리는 그들의 것이지, 결코 나의 것이 아니다. 나는 다만 그 스토리를 경험하고 그것으로부터 삶에 대해 배울 뿐이다. 그것만이 내게 주어진 유일한 배역이다. 그 배역을 훌륭하게 해냈는가가 다음 생에서의 나의 배역을 결정하는 기준이리라.

인도에서의 나의 종교는 이 세상의 종교와는 달랐다. 사원과 신전과 온갖 신상들은 나의 종교가 아니었다. 나의 종교는 길 위에 있었다. 그리고 내 종교의 첫째 교리는 '홀로 방랑하라!'였다. 그것도 '목적을 내던진 채'로! 두 번째 교리는 어디에 가든 판단하지 말고 그 장소를 받아들이라, 또한 그 장소에 있는 수많은 나를 발견하라는 것이었다.

내 젊은 날을 돌이켜 보면, 그 쉽지 않은 여행들이 가능했던 것은 내가 삶의 문제를 해결하기 위해 어두운 방 안에서 나 자신과 씨름하는 데 머물지 않고, 그 대신 아열대의 태양이 떠 있는 눈부신 세계 속으로 걸어나갔기 때문이었다.

불면의 베개를 떨치고 여행길에 나서는 그 순간 이미 나는 달라져 있었고, 내 얼굴은 새벽의 미명 속에 희미한 희망으로 빛나고 있었다.

그리고 그것은 다른 누구와의 약속이 아니라 바로 나 자신과의 약속이었다. 그 희망을 내 것으로 하겠다는.

한 사람의 여행자로서, 또 고통받는 인간으로서 나는 하나의 꿈을 가졌으니, 그 꿈과 만나기 위해 길을 나섰다. 그리하여 사막과 바람과 진리 앞에서 저 풍경들이 들려주는 귓속말에 귀를 기울일 수 있었다.

아직도 인도는 내게 미지의 나라이고, 신비의 궁전이다. 아대륙 인도에 대해 내가 아는 것은 극히 적은 부분에 불과하다. 삶이 그런 것처럼.

어떤 이들은 내가 인도를 너무 아름답게 이야기한다고 말한다. 인도는 가난하고, 더럽고, 무질서한 나라인데 내가 그곳을 너무 신비화시켜 표현한다는 것이다. 하지만 그것이 나의 길인지도 모른다. 가면을 쓰고 다가오는 현실 너머의 진짜 얼굴을 발견하는 것. 인도에 대해서든 삶에 대해서든 나는 눈에 보이는 것들 너머의 또 다른 것을 추구해 왔다. 물질적인 것들을 무시할 수는 없지만 나는 물질이 삶의 전부라고 믿지 않는다. 눈에 보이지 않는 것, 영적이고 정신적인 것이 삶에는 존재한다고 나는 믿는다.

인도 역시 마찬가지다. 그곳에는 관광객이 되어 보름이나 한 달 정도 관광지를 순례하는 것만으로는 결코 발견할 수 없는 어떤 놀랍고 신비한 세계가 있다. 잊을 수 없이 영혼에 각인되는 만남이 있다. 인도를 향해 떠나는 사람이 간직해야 할 명제는 이것이다.

'인도를 눈으로 보지 말고 마음으로 보라.'

그렇게 할 수만 있다면 그는 어느 곳에서든 진정한 인도, 혹은 진정한 삶의 신비와 맞닥뜨릴 것이다. 인도에서든 삶 속에서든 나는 신비를 발견하는 눈을 잃지 않고자 노력했다. 나는 별을 바라보는 사람이고자 했다. 따라서 나를 신비주의자라고 나무랄 필요는 없다. 왜냐하면 나는 정말로 신비를 찾아가는 자이고, 세상에는 나 같은 사람도 있는 법이니까.

당신의 삶이 외로울 때, 그 외로움을 소란스러움과 친교로 채우기보다는 평화로움과 인상적인 대화, 진리에 근접하는 경험들로 채우려 한다면, 마땅히 인도로 갈 일이다. 그래서 길을 잃어버릴 일이다. 진정한 자신의 길을 발견하기 위해.

다른 사람들이 세워 놓은 질서에 순응하는 것이 아니라 나 자신의 질서를 발견하는 것, 그것을 나는 자유라 부른다.

나는 이 여행에서 무엇보다 그런 나 자신을 알게 되었다. 인도를 향해 떠난 나는 지도에 그려진 온갖 구불구불한 길들을 지나 결국 나 자신에 이르렀다. 콧등이 벗겨진 얼굴과, 피곤에 부르튼 입술, 다리가 부러진 검은 선글라스를 하고서…….

그러고는 집으로 돌아와 오래도록 잠을 잤다. 그러면 꿈속에서 어김없이 또다시 인도에 있었다. 낙타의 등에 올라앉아 서투른 힌디어를 말하며.

그렇다, 모든 것이 꿈이었는지도 모른다. 아름답고, 기억에 오래 남고, 또다시 꾸고 싶은 나의 인디아 드림! 어느 날 잠에서 깨어났을 때 나는 울음을 터뜨렸다. 다시 그 꿈을 꾸고 싶어서.

피니시

"압 캬 카르 라헤 헤(뭐 하고 있나)?"

누군가의 손이 척하고 어깨에 와서 얹혔다. 고개를 돌리자 매섭게 생긴 힌두 노인이 독수리 같은 눈으로 나를 쳐다보고 있었다. 노인은 때가 꼬질꼬질한 주황색 목도리를 목에 두르고 있었다. 얼굴에는 몇 군데 곰보 자국이 있고, 웬일인지 한쪽 눈에는 흰 백태 같은 것이 끼어 있었다.

나는 대답을 하는 대신 강 쪽으로 시선을 돌렸다. 강에는 지금 멀리 시베리아에서 날아온 겨울 철새들이 분주히 자맥질을 하고 있었다.

"캬 카르 라헤 헤(뭐 하고 있냐니까)?"

노인이 또다시 다그쳐 물었다.

나는 천천히 고개를 저으며 말했다.

"쿠츠 나힌(아무것도)."

그 순간, 새들이 일제히 허공으로 날아올랐다. 마치 내가 모르는 어떤 신호라도 있었던 듯 새들은 강 상류 모래언덕 위를 한 바퀴 돌고 나서 먼 하늘로 사라졌다.

그러자 내가 보고 있던 것이 더욱 뚜렷해졌다. 새들이 앉아 있던 곳에 흰 물체 하나가 떠 있었다. 조금 전까지만 해도 그것은 모래언덕의 일부처럼 보였다. 하지만 자세히 보니 그것은 사람이었다. 새들이 그 위에 올라앉아 있었기 때문에 처음에는 그것이 사람인 줄 몰랐었다.

그 시체는 모래언덕 근처의 얕은 수면에 미동도 하지 않고 떠 있었다. 남자인지 여자인지 분간할 수도 없이 물속에 고개를 처박고, 한 손으로는 풀 줄기를 움켜잡고 있었다. 죽기 전에 그런 건지, 아니면 강물에 떠내려오다가 풀이 손에 엉킨 건지 알 수가 없었다. 그것은 더 이상 떠내려가지도 않고 그렇게 모래언덕 옆 풀섶에 마냥 정지해 있었다.

인도에서는 성자를 비롯해 몇몇 사람의 경우는 화장하지 않고 시신을 그냥 강물에 던진다. 이윽고 노인도 내가 무엇을 바라보고 있는지 알아차렸다. 그는 내 옆에 서서 흰 백태 낀 눈으로 한참 동안 그것을 바라보았다.

"아차(알겠군)!"

마침내 노인은 고개를 끄덕이고 나서 꼬챙이처럼 마른 다리로 성큼성큼 그쪽을 향해 걸어갔다. 그러고는 근처에 있는 기다란 나무 막대기를 주워 시체를 강 안쪽으로 힘껏 떠다밀었다. 노인이 몸을 숙이는 순간, 목에 두르고 있던 주황색 목도리가 강물로 떨어졌다. 노인은 시체를 떠밀던 막대기로 얼른 자신의 목도리를 건져 올렸다. 목도리에서 떨어지는 물방울들이 저녁 햇살을 받아 소리 없이 반짝였다.

생의 어떤 순간!

문득 나를 둘러싼 세상이 하나의 슬로모션처럼 움직이기 시작했다. 자전거를 타고 강둑을 지나가는 남자, 저녁 기도를 준비하는 늙은 성직자, 먼 하늘에서 무리 지어 다시 날아오는 새들의 날갯짓…….

시체는 물살에 떠밀려 내가 서 있는 쪽으로 느릿느릿 흘러오기 시작했다. 그것이 내 앞을 지나갈 때 보니 오른손은 여전히 풀 줄기를 움켜잡고 있고, 두 다리는 힘없이 물 위에 떠 있었다.

'저 손으로 누군가를 만졌겠지.

온 존재로 사랑했겠지.

저 다리로는 수많은 길을 걸어 다녔겠지. 돈도 벌러 다니고, 하루에 한 번은 신에게 기도하기 위해 사원의 계단을 걸어 올랐겠지. 때로는 음악에 맞춰 춤도 추었겠지. 생의 기쁜 순간, 슬픈 순

간을 온몸으로 맞이했겠지.'

한때 생생한 혼이 깃들었던 한 인간의 육신이 그렇게 천천히 강 하류로 흘러갔다.

신과 대지의 이마가 맞닿은 일몰의 시간.

생의 여행을 마치고 우주의 품으로 귀환하는 한 영혼이 그곳에 있었다. 그는 먼 벵골만 바다까지 흘러갈 것이다. 물속에 얼굴을 처박고 지난 생의 일들을 꿈의 화면으로 재생하면서.

그리하여 그는 또다시 다음 생의 여행을 꿈꾸리라.

저 겨울 철새들처럼 언젠가 또다시 인도 땅에 돌아오리라. 이 곳은 꽃과 태양과 비의 나라가 아닌가. 사막과 만년설의 나라, 인간의 영원한 깨달음을 축복하는 신들의 나라가 아닌가. 누군들 또다시 이곳으로 돌아오고 싶어 하지 않으랴.

머리 긴 사두들과 꽃등불 파는 소녀, 히말라야 성지에서 막 돌아온 순례자의 무리, 사리로 얼굴을 가린 채 강물에 꽃을 뿌리는 코걸이 한 여인들……. 해롭지 않은 열기를 즐기는 꽃들아, '오이오이오이' 하고 노래하는 새들아, 꿈들아, 축제의 밤들아, 멀어졌다가는 다시 다가오는 날들아, 언제가 되어야 그는 그대들과 다시 해후할 것인가.

새들이 다시 모래언덕으로 날아왔다. 흰 날개들이 지상에 모두 내려앉을 때쯤, 그 힌두 노인이 물에 젖은 주황색 목도리를 어깨에 걸치고 성큼성큼 강둑 위로 걸어 올라갔다.

도중에 노인은 문득 나를 향해 돌아서더니, 손을 흔들며 이렇게 소리치는 것이었다.

"피니시, 피니시(끝났어, 다 끝났어)!"

사두 어록

인생 수업을 받으러 온 학생들

인도는 명실공히 '사두들의 나라'다. 신들의 시대부터 아대륙 인도에는 사두들이 있어 왔다. 오렌지색 승복을 입고 긴 장발 머리를 늘어뜨린 이들은 흔히 탁발 고행승이라 불리지만, 다른 종교의 어떤 수도승들과도 다르다. 절대로 이를 닦지 않으며, 도시 한복판에서도 벌거벗고 다니기를 서슴지 않는다. 입만 열면 '마음의 평화'를 구가하고, 진정한 진리를 찾아 끝없이 여행한다. 그들의 참을성과 극단적인 수행에 깊은 인상을 받은 스토아학파의 창시자 제논은 잇몸에 병이 나자 끝까지 숨을 참다가 죽기까지 했다.

이들에 대한 소문은 일찍부터 퍼져서, 희랍의 철학자 아리스토텔레스는 동방 원정을 떠나는 알렉산더대왕에게 '인도에 있다는 기이한 철학자' 한 명을 꼭 데려올 것을 부탁하기도 했다. 인도에는 아직도 이런 사두들이 천만 명에 이른다.

이 무전취식, 무소불위의 방랑자들은 태양을 두려워하지 않고, 얼굴에 성스러운 재를 바르며, 아무 데서나 누워 잔다. 인류가 달나라에 도착해도 무관심하며, 세속적인 어떤 것에도 얽매이지 않는다. 핵무기를 보유하고 인공위성을 쏘아 올리는 인도 땅에서 아직도 소똥으로 밥을 끓여 먹으면서도 더없이 만족해한다. 추위를 견디는 데도 이골이 나서, 히말라야 눈 속에 벌거벗고 앉아서도 '내면의 불'로 자신을 덥힐 수 있다고 주장한다. 하지만 아침이면 신에게 경배드린다는 핑계로 태양을 바라보고 앉아 언 몸을 녹인다.

인도 여행에서 내가 만난 사람들 중 가장 흥미롭고 독특하고 언어도단인 이들은 단연코 이 오렌지색 사두들이다. 재치 있고, 엉뚱하고, 정곡을 찌르기를 서슴지 않으며, 신과 진리에 대한 지혜로 가득한 영혼들. 여기 그들이 내게 남긴 인상 깊은 어록이 있다.

물질의 최소 단위

북인도 리시케시에서 만난 한 늙은 사두와 어느 날 노천 찻집에 앉아 서양철학과 물리학에 대한 이야기를 나눴다. 학교 공부라고는 한 번도 해 본 적이 없는 그는 내가 설명하는 물질의 최소 단위에 대한 이론들을 매우 주의 깊게 들었다. 나는 그에게

'만물의 근원은 물'이라고 주장한 탈레스에서부터 현대물리학의 소립자 이론까지 열심히 설명했다.

이야기를 다 듣고 난 사두는 고개를 저으며 말했다.

"그렇지 않소. 만물은 물, 불, 공기 등으로 이뤄진 게 아니오."

그는 강렬한 눈빛으로 나를 바라보며 말했다.

"물질의 최소 단위는 다름 아닌 사랑이오. 사랑이 없으면 모든 물질이 결합력을 잃어버린다는 사실을 최고의 철학자와 과학자들이 몰랐단 말이오?"

문맹

글을 읽을 줄 모르는 젊은 사두에게 더 늦기 전에 글을 배울 것을 강조하자, 그는 내게 들으라는 듯 당당하게 말했다.

"글을 모르는 것보다 더 심각한 것은 영적인 문맹이다. 세상에는 많은 학식을 자랑하지만 영적으로 문맹인 사람들이 갈수록 많아지고 있다."

무슨 일로 들어왔는가

프랑스에서 온 여성 여행자가 리시케시 산중에 사는 한 사두를 만나러 갔다. 돌을 쌓아 만든 허름한 토굴에 한 사두가 팬티도 걸치지 않은 알몸으로 가부좌를 틀고 앉아 있었다. 민망해진 프랑스 처녀 베로니끄가 물었다.

"팬티도 입지 않고 무엇을 하고 있는 건가요?"

그러자 온몸에 허옇게 재를 바른 그 나체 사두는 손가락으로 허공을 찌르며 말했다.

"우주가 나의 집이고, 이 네모난 토굴은 나의 팬티다. 그런데 그대는 무슨 일로 내 팬티 속에 들어왔는가?"

한마디의 말

인도와 파키스탄 국경의 타르 사막에서 만난 한 사두에게 일생에 남을 '한마디의 말'을 부탁하자, 그는 내 물병을 바라보며 즉석에서 한마디의 명언을 남겼다.

"사막에서는 한마디의 명언보다 한 방울의 물을 나눠 마시는 것이 더 소중하다!"

지름길

남인도 첸나이에서의 일이다. 디왈리 축제를 구경하며 시내를 돌아다니다가 길을 잃고 말았다. 지도를 봐도 도무지 어디가 어딘지 알 수가 없었다. 도중에 만난 한 사두에게 길을 잃었다고 하자, 그는 충고하듯 말했다.

"너는 길을 잃었다고 주장하지만 결코 그렇지 않다. 우리 모두는 신의 계획에 따라 정확히 어딘가로 가고 있는 중이다. 네가 길을 잃었다고 생각하는 순간에도 너는 분명히 어딘가를 향해 가고 있는 중이다."

그러면서 그는 재차 강조했다.

"신은 지름길로 가게 하려고 우리로 하여금 길을 잃게 만들기도 한다."

실제로 내가 찾던 게스트하우스는 바로 다음 골목에 있었다.

신과의 대화

한 사두가 게스트하우스 뒷골목에 앉아서 더듬거리는 영어로 지나가는 외국인 여행자에게마다 말을 걸고 있었다. 그러는 모습이 약간 우스꽝스러워, 내가 비난하듯 말했다.

"당신은 수행자이면서 왜 그렇게 외국인들과 이야기를 나누지 못해 안달인가?"

그러자 그가 정색을 하며 반문했다.

"내가 언제 외국인들과 이야기를 했단 말인가? 너에게는 그들이 외국인으로 보이는지 모르지만, 내 눈에는 모두가 신이다. 나는 외국인이 아니라 신들과 대화를 나눈 것이다."

집과 신

인도의 주택 사정에 대한 신문 기사를 읽다가, 아직까지 70퍼센트가 넘는 사람들이 자기 집을 갖고 있지 않으며, 20퍼센트는 길에서 생활한다는 사실을 알게 되었다. 마침 집 없이 방랑하는 한 사두를 만나, 그 기사에 대한 의견을 물었다. 그가 말했다.

"물론 그 신문 기사는 사실일 것이다. 하지만 인도에는 95퍼센트가 넘는 사람들이 사랑하는 이와 함께 살고 있다. 집과 사랑하는 이, 어느 쪽이 더 중요한가는 그대도 잘 알 것이다. 그대가 아무리 좋은 집을 갖고 있다 해도 사랑하는 이와 함께 살지 않는다면 그것이 무슨 소용이겠는가?"

그가 말하는 '사랑하는 이'란 다름 아닌 신이었다.

구다리 바바

구다리 바바란 누더기 천 조각으로 옷을 만들어 입고 다니는 사두를 말한다. 푸쉬카르(라자스탄주의 도시)의 성스러운 호숫가에서 만난 한 구다리 바바는 돋보기안경까지 쓰고서 열심히 천을 깁고 있었다. 그렇게 허구한 날 누더기 옷을 만들고 있을 것이 아니라 위대한 사두들처럼 진리를 전파해야 하지 않겠느냐고 하자, 그는 바늘로 허공을 찌르며 말했다.

"큰 사람과 비교해 작은 사람을 무시하지 말라. 바늘로 할 수 있는 일을 큰 칼로는 할 수 없으니까!"

신의 시간

고장난 손목시계를 차고 있는 사두에게 정확한 시간을 알려주자, 그는 방랑하는 수행자에게 정확한 시간이 무슨 의미가 있

느냐고 반문했다. 그럼 왜 고장난 시계를 차고 다니느냐고 묻자
그는 멋지게 응수했다.

"신의 시간은 언제나 정확하지만, 인간의 시간은 틀리기 쉽다
는 사실을 기억하기 위해서다."

우리가 올라탄 치트라쿠트(브라흐마 신과 비슈누 신, 시바 신의 탄
생지로 유명한 곳)행 시외버스는 인간의 시간이 부정확하다는 사
두의 지적을 증명이라도 하듯, 출발 예정 시각이 두 시간이 지났
는데도 시동조차 걸지 않고 있었다.

대가

적선을 청하는 나가 바바(평생 나체로 수행하는 사두)의 깡통에
동전 하나를 떨어뜨리며 '지혜의 말씀'을 부탁하자, 벌거벗긴 했
지만 자존심 센 그 사두는 말했다.

"고작 2루피(35원)를 던져 주고서 인생을 바꿀 한마디의 말을
요구한단 말인가?"

그러고 나서 그가 들려준 지혜의 말은 이것이었다.

'소중한 것을 얻으려면 상응하는 대가를 지불하라.'

내 얼굴을 바꾼 말

북인도 다르질링에서 합승 지프차를 타고 시킴주의 강톡으로
건너갈 때였다. 작은 지프차 안에는 사두 한 명을 비롯해, 무려

열 명이 넘는 인도인들이 빼곡히 앉아 있었다. 그 틈바구니에 끼어 사두와 얼굴을 마주한 채 장시간 여행을 해야만 했다. 차가 시킴 국경에 이르렀을 때, 다섯 시간 가까이 나를 지켜보던 그 사두가 말했다.

"당신의 얼굴은 꼭 가면을 쓰고 있는 것 같군!"

그 말을 듣는 순간, 내 얼굴이 확 바뀌었다고 해도 지나친 말이 아니다. 그 한마디로 나는 언제 어디서든 가식적인 얼굴을 버리고 진정한 얼굴을 되찾기 위해 노력하게 되었다.

이가 빠지기 전에

화장터에서 만난, 이가 다 빠진 늙은 사두가 말했다.

"이 없이 태어나서 이가 다 빠지면 죽는다. 그 사이에 진리를 깨달아야 한다. 그렇지 않으면 이빨만 마주치다가 갈 뿐이다."

침묵하는 사두1

눈이 맑은 한 성자는 어디서 왔느냐는 내 물음에 침묵으로 일관했다. 어디로 갈 것이냐고 물어도 여전히 침묵으로 응답했다. 그는 다름 아닌 모우니 사두, 즉 침묵을 지키기로 맹세한 수도승이었기 때문이다.

내가 뜨거운 짜이 한 잔 마시겠느냐고 슬쩍 떠보자, 그는 얼른 고개를 끄덕였다. 그곳은 히말라야 발치의 추운 고장이었다. 우리는 말없이 짜이를 나눠 마시고 침묵 속에 헤어졌다.

침묵하는 사두2

침묵의 맹세를 지키기 위해 몸에 열 개가 넘는 작은 종들을 매달고 다니면서 그것을 흔들어 구걸을 하는 침묵 수행자. 그런 식으로까지 침묵을 지켜서 얻은 게 무엇이냐고 묻자, 그는 허리에 매단 종을 열렬히 흔들어 보이는 것으로 답변을 대신했다.

귀 후벼 주는 직업

더럽기 짝이 없는 귀후비개와 솜방망이로 남의 귀를 후벼 주고 1루피를 받는 남자는 자신이 사실은 진리를 추구하는 영적인 사두라고 주장했다. 아무리 봐도 사두의 행색이 아니었다. 그래서 내가 사두답게 한 말씀 해 달라고 부탁하자, 그는 열심히 내 귓속을 후벼 파며 말했다.

"나는 신의 귀를 후벼 주는 것처럼 누구에게나 구석구석 최선을 다해 귀를 파 준다. 따라서 적어도 3년간은 보장할 수 있다."

3년간 무엇을 보장할 수 있다는 것인지는 잘 이해가 가지 않았다.

작업실

핑크시티 특급열차 안에서 만난 자이푸르 출신의 한 사두와 대화를 나누던 중, 서울 대학로에 있는 내 작업실에 대해 설명하게 되었다. 작업실에서 하는 일과 그곳의 분위기에 대해 듣고 나서 뜻밖에 그 사두가 말했다.

"내게도 작업실이 있소."

내가 놀라서 어디에 무슨 작업실이 있느냐고 묻자, 그는 두 손을 벌려 열차 안을 가리켜 보이며 말했다.

"내게는 세상 전체가 다 작업실이오. 이곳에서 나는 신과 진리를 발견하고 있소."

인생 수업

"내가 잊지 않아야 할 것이 무엇일까요?"

북인도 심라로 향하는 버스 안에서 내가 묻자, 히말라야 산중의 강고트리로 가는 중인 고행승 사두가 말했다.

"우리 모두는 인생 수업을 받으러 온 학생들이라는 사실이지. 그것을 언제나 잊지 말아야 해."

죽은 자

적선을 청하는 젊은 청년에게 내가 끝내 한 푼도 주지 않자, 옆에서 지켜보던 사두가 말했다.

"남에게 구걸을 청하는 자는 이미 죽은 자다. 하지만 구걸을 청하는 자에게 주지 않는 자는 그보다 더 일찍 죽은 자다."

인생에 대한 노래

북인도 파이자바드행 열차 안에서 스승과 제자인 두 명의 사두를 만났다. 그들은 신에게 바치는 노래를 부르는 싱잉 바바(노래하는 사두)들이었다. 나는 그들에게 노래 몇 곡을 청하면서, 특별히 '인생에 대한 노래'를 불러 달라고 부탁했다. 그러자 늙은 스승이 말했다.

"인간이 부르는 노래 중에 인생에 대한 노래 아닌 게 어디 있소? 그런 노래가 있으면 내게 가르쳐 주시오."

어디서 왔는가

"당신은 어디서 왔습니까?"

내가 묻자, 남인도 케랄라에서 만난 사두가 말했다.

"나는 아무 데서도 안 왔소. 나는 언제나 여기에 있었소. 그리고 나는 아무 데로도 가지 않을 것이오."

그 말이 듣기 좋았다. 언제나 여기에 있었다는……. 늘 여기저기 떠돌아다니는 나 같은 여행자에게 잠언과도 같은 말이었다.

무엇을 갖고 있는가

'당신은 무엇을 갖고 있는가?'

다람살라에서 따시종 곰파까지 가는 두 시간여의 버스 여행에서 쿨루 골짜기에서 온 30대의 사두와 잠시 토론을 벌였다. 그는 말했다.

"쳐다보는 것만으로도 가슴에서 노래가 흘러나오는 그런 대상을 갖고 있지 않다면, 당신은 아무것도 갖고 있지 않은 거나 마찬가지다."

그래서 내가 당신은 그런 대상을 갖고 있느냐고 묻자, 그 사두가 대답했다.

"그렇다. 나는 모든 대상을 볼 때마다 가슴이 노래를 부른다. 왜냐하면 모든 것들 속에서 신을 발견하기 때문이다."

지금 하라

남인도 고대 도시 마두라이에서의 일이다. 유명한 힌두 사원 스리 미낙시 앞에 앉아 있는데, 한 사두가 다가와 짜이 한 잔을 사 줄 것을 청했다. 장거리 여행에 지친 나는 귀찮아져서 그에게 말했다.

"내일 사드리겠소. 내일 이 시간에 여기서 만납시다."

그러자 독수리눈을 한 그 사두가 단도직입적으로 말했다.

"당신에게 내일이 먼저 올지, 아니면 다음 생이 먼저 올지 누가 아는가?"

신이 준 배역

어느 해 봄, 나는 다큐멘터리 제작팀과 함께 북인도에 도착했다. 개인적으로 비슈와난다(59세)라는 이름의 노래하는 사두를 꼭 등장시키고 싶었다. 손가락으로 치는 작은북을 갖고 다니기 때문에 사람들은 그를 '작은북 바바'라고 불렀다.

하지만 아무리 찾아도 작은북 바바를 만날 수가 없었다. 며칠 동안 수소문했지만 결국 그를 찾는 데 실패하고, 다른 민중 가수에게 맡길 수밖에 없었다.

촬영이 끝나고 제작팀이 철수한 며칠 뒤에야 작은북 바바가 나타났다. 네팔 카트만두의 힌두 사원에 순례를 다녀왔다는 것이었다. 내가 저간의 일을 말하며 그에게 배역을 맡기지 못한 것을 아쉬워하자, 작은북 바바는 말했다.

"시바신은 나에게 그 배역을 주지 않았소. 나는 삶에서 신이 내게 준 배역에만 충실할 뿐이오."

명상

남인도 첸나이 해변에서 명상을 하려는데, 옆에서 지분거리는 청년들 때문에 방해가 되어 도저히 명상을 할 수가 없었다. 인도에 와서 명상조차 할 수 없다고 투덜거리는 내게 옆에 있던 사두가 말했다.

"그들이 방해하기 때문에 명상을 못하는 것이 아니라, 그대가 명상에 깊이 들어가지 못했기 때문에 그들에게 방해를 받는 것이다. 그대가 명상에 깊이 들어가 있다면 그 어떤 것도 그대를 방해하지 못할 것이다."

그러고 나서 그는 그 어떤 것에도 방해받지 않고 그 자리서 깊은 명상에 들어갔다.

시 읽어 주는 사두1

한 도공이 도자기를 만들기 위해 진흙을 반죽하고 있었다. 그는 도티를 걷어붙이고 두 다리로 힘껏 진흙을 짓이겼다.

그러자 진흙이 말했다.

'당신의 다리도 머지않아 진흙이 될 텐데 어찌 그렇게 자신만만하게 나를 짓밟는가? 나 역시 한때는 다른 사람의 다리였다네. 나를 밟는 건 좋지만 그것을 잊지 마시오.'

아크바르 시대(16세기)에 활동한 라힘이 쓴 시의 내용이다. 이 시를 들려주면서 남인도 트리반드룸에서 온 사두는 까비르와 비교할 만한 시인은 라힘뿐이라고 힘주어 말했다. 그는 내가 원한다면 당장에라도 라힘의 시집을 구해다 주겠다고 큰소리쳤다. 하지만 그 후 종적을 알 길이 없었다.

시 읽어 주는 사두2

며칠 후 나는 그 사두를 다시 만났다. 내가 라힘의 시집에 대해 묻자, 그는 시집은 구해 주지 않고 라힘이 쓴 또 다른 시를 들려주었다.

나쁜 영혼을 가진 사람을 나는 찾아 나섰네.

결국 나는 그런 사람을 찾지 못했네.

모두가 조금씩은 나보다 나은 사람이었네.

누구보다도 내가 가장 나쁜 사람이었네.

왜냐하면 나는 나쁜 사람을 찾아다녔으니까.

사두 어록2

바다로 내려간 소금 인형

인도에 도착한 알렉산더는 숲속에서 살고 있는 한 무리의 '기이한 철학자들'을 발견하고는 그들 중 한 명에게 그리스로 함께 가 줄 것을 요청했다. 그리하여 기원전 320년경 인류 역사상 최초로 인도인 구루가 서양으로 건너가게 되었다. 하지만 뜻밖의 일이 일어났다. 그리스로 돌아가는 알렉산더 군대와 함께 길을 떠난 고행승 사두는 페르시아 땅에 이르자 화장용 장작을 모아 줄 것을 부탁했다. 그러고는 꽃으로 장작더미를 장식한 뒤, 그 위에 가부좌를 하고 앉아서 스스로의 몸을 불살라 버렸다고 한다. 놀라서 지켜보는 그리스 병사들 앞에서.

그 사두를 시작으로 20세기의 오쇼 라즈니쉬, 지두 크리슈나무르티, 파라마한사 요가난다에 이르기까지 인도의 수많은 영적 성취자들이 서양인들의 정신에 세례를 베풀고 고대부터 이어져 내려온 지혜로 그들의 고통스러운 삶을 감싸 안아 왔다.

오늘날 인도는 다른 나라들과 마찬가지로 심각한 빈부 차이와 교통 혼잡, 부패한 정치인들이 존재하는 나라이다. 황금과 몰약 대신 바가지요금과 오염된 물이 여행자들을 위협한다. 하지만 변함없이 지혜와 깨달음을 간직한 영적인 나라로 지구 상에 군림하고 있다. 만년설 히말라야가 굽어보는 가운데, 그 어느 곳에서도 경험하기 힘든 사두들과의 만남이 그것을 증명한다. 인도 여행의 백미는 다름 아닌 사두들과의 대화, 그들의 명언에 귀를 기울이는 일이다.

온통 벌거벗은 채로 온몸에 잔뜩 재를 묻히고 걸어가는 사두, 3~4미터에 달하는 긴 머리를 강물에 헹구고서 두 손에 받쳐 들고 햇볕에 말리며 서 있는 사두, 어디서 구했는지 자전거를 끌고 가는 사두, 담배를 피우기 전에 이마에 대고 1분도 넘게 신의 이름을 부르는 사두, 카만달(사두들이 들고 다니는 깡통)을 들고 당당하게 적선을 청하는 사두, 몇 날 며칠 심지어는 수십 년 동안 한마디도 하지 않는 사두, 지평선 저 끝머리 태양을 향해 표표히 사라지는 오렌지색 사두, 굽타 왕조와 하라파 왕조와 인더스 문명 훨씬 이전부터 수천 년 동안 인도 땅을 어슬렁거려 온 사두들, 인류 문명 이전 신들의 시대에도 존재한 사두들, 이제는 좀 살 만하게 된 중산층으로부터 외면당하고 걸인 취급을 받는 사두들, 하지만 아직도 보란 듯이 신과 진리의 편에 서 있는 그들.

더럽고, 초라하고, 당당하고, 기품 있고, 언제나 평화로움으로 가득한 이 놀라운 종족! 모든 중요한 지식을 습득하고서도 칫솔 하나 만들지 못하는 이 종족은, 칫솔과 비누가 없어도 태양 아래 떳떳하기가 그지없다.

올해의 가장 중요한 질문

아침에 원숭이 사원 앞에 앉아 있는데 한 사두가 다가와 내게 신의 존재를 믿느냐고 물었다. 내가 고개를 끄덕이자, 그는 다시 물었다.

"그대는 신을 믿는가? 아니면 신에 대한 생각을 믿는 건가?"

북인도 고라크푸르 출신의 그 사두는 '올해의 가장 중요한 질문'을 내게 던진 사람이었다.

신을 생각하기 때문에 양치질이 필요 없는 사람

앞니가 두 개나 빠진 고행승 사두에게 그 앞니는 어찌 된 영문이냐고 묻자 당당하게 말했다.

"이는 늙으면 다 빠지는데, 그것이 무엇이 중요하단 말인가? 하루에 한 번 양치질을 하는 것보다, 하루에 한 번씩 신을 생각하는 것이 더 중요하다."

나이를 묻자 그는 46세라고 대답했다. 그보다 훨씬 더 늙어 보였기 때문에 내가 그럴 리 없다고 고개를 젓자, 그는 얼른 정정했다.

"몇 살인지는 확실치 않지만, 백 살 이하인 것만은 분명하다."

화살 맞은 사람

남인도 마하발리푸람의 유명한 석탑을 구경하고 나오는데 한 늙은 사두가 허기진 얼굴을 하고 다가와 적선을 청했다. 그의 뒤에 서 있는 제자처럼 보이는 젊은 사두 역시 몹시 배고픈 얼굴이었다. 자연히 나는 이 불쌍한 사두들에게 이것저것 묻기 시작했다. 어떤 연유로 사두가 되었는가, 고향은 어디인가, 스승은 누구이며, 사두가 된 지는 몇 해나 되었는가?

내가 주머니에서 돈 꺼낼 생각은 하지 않고 계속해서 질문을 늘어놓자, 마침내 늙은 사두가 말했다.

"만일 누군가 길에서 화살에 맞은 사람을 발견한다면, 그는 화살이 어느 방향에서 날아왔는지, 화살대를 무슨 나무로 만들었는지, 화살촉은 무슨 금속인지, 또 화살 맞은 사람이 무슨 계급인지 묻지 않을 것이오. 그런 질문을 퍼붓는 대신 그는 서둘러 화살을 빼 주려고 노력할 것이오. 당신도 우리에게 질문만 던질 게 아니라, 몇 푼의 적선으로 우리의 배고픔을 먼저 해결해 주시오. 우리는 사흘 전부터 차파티 하나 먹지 못했소."

옷

한겨울인데도 완전히 벌거벗은 사두 한 사람이 노천에 가부좌를 틀고 앉아 있었다. 오돌오돌 떨면서 이런 날씨에 그렇게 벌거 벗고 있으면 춥지 않느냐고 묻자, 그가 자신의 몸을 가리키며 말했다.

"나는 벌써 옷을 입었다네. 이 옷이 보이지 않는가? 추운 건 오히려 자네 같은데!"

육체를 흔히 옷에 비유하지만, 그 사두만큼 그 사실을 생생하게 일깨워 준 이는 드물었다.

먼 데서 온 사람

북인도 하리드와르에서 만난 한 사두는 어디서 왔느냐는 내 질문에 단 한마디로 정곡을 찔렀다.

"전생에서 왔다!"

무거운 것

발꿈치까지 내려오는 긴 머리를 한 손에 들고 걸어가는 사두. 갠지스강에 머리를 감고 햇볕에 말리고 있는 중이었다. 노끈처럼 꼬인 머리채가 제법 무거워 보여 내가 한마디 던졌다.

"당신은 세상의 무게를 다 벗어던졌지만, 긴 머리의 무게만은 죽을 때까지 갖고 다니겠군요."

그러자 그가 한마디로 응수했다.

"본래의 자기 것은 무겁지 않다네. 자기 것이 아닌 걸 들고 다닐 때 무거운 법이지!"

눈을 보면 알 수 있다

물이 마시고 싶어 주위를 두리번거리고 있는데, 한 사두가 물이 마시고 싶지 않느냐고 물었다. 내가 놀라며 어떻게 그걸 알았느냐고 묻자, 배고픈 눈을 한 그 사두가 말했다.

"당신이 무슨 생각을 하는지 당신의 입보다 당신의 눈이 먼저 말하기 때문이다."

절실하라

"어떻게 하면 신을 체험할 수 있습니까?"

내가 묻자, 사람의 머리뼈를 갖고 다니는 사두가 말했다.

"어린아이가 죽었을 때 엄마가 울듯이 그런 절실한 심정으로 신을 갈망한다면, 당신은 그 자리서 곧바로 신을 체험할 수 있을 것이다."

어느 사두의 주장

당신들은 시간 속에서 살지만
우리는 공간 속에서 산다.
당신들은 항상 움직이는 가운데 있지만
우리는 언제나 휴식 속에 있다.

종교가 우리 모두의 첫사랑이다.

우리는 형이상학 속에서 즐거움을 찾는다.

하지만 당신들의 기준은 과학,

당신들은 물리학 속에서 기쁨을 찾는다.

당신들은 언어의 자유를 믿으며,

언제나 분명하게 말하는 것을 좋아한다.

반면에 우리는 침묵의 자유를 믿으며,

언제나 명상에 의지한다.

당신들에게는 자기주장이 성공의 열쇠,

하지만 우리에게는 자기부정이 생존의 비결.

당신들은 날마다 더 많은 것을 원하도록 자극받지만

우리는 요람에서부터 더 적게 원하도록 가르침 받는다.

당신들의 이상은 삶의 기쁨에 있지만

우리의 목표는 욕망을 뛰어넘는 것에 있다.

인생의 황혼 녘에 이르렀을 때

당신들은 노동의 결실을 즐기지만

우리는 속세를 떠나 이곳 다음의 생을 준비한다.

더러운 것과 깨끗한 것

한 서양인 여자가 갠지스강으로 내려와 샌들을 신은 채로 발을 씻기 시작했다. 그러자 당장에 근처에 있던 인도인들이 그녀를 나무랐다. 성스러운 강에 신발을 헹구면 안 된다는 것이었다.

그녀가 불만에 찬 목소리로 항의했다.

"강물에 시체도 버리고 쓰레기도 버리는 판에 신발을 씻으면 안 된다는 것이 말이 되나요? 지금 이 강물은 내 신발보다도 더 더러워요."

그러자 한 사두가 그녀의 무지를 나무라며 말했다.

"강물이 더러운 것이 아니라 강물에 던져진 쓰레기들이 더러울 뿐이다. 어머니 강은 절대로 더럽혀지지 않는다. 강은 언제나 순수 그 자체다."

말해야 할 것

바레일리 출신의 한 사두는 내가 가난한 인도인 가장에게 병원에 갈 돈 300루피를 적선한 이야기를 하자, 내게 충고했다.

"선한 행위를 한 것을 남에게 말하지 말라. 한 번 말할 때마다 그 공덕이 절반씩 줄어들 것이다. 그래서 마침내는 공덕이 전부 사라지고 만다. 그 대신 당신이 나쁘게 행한 것을 사람들에게 말하라. 그것이 진정으로 참회하는 길이다."

명상법

동인도 푸리 해변에서 만난 한 사두는 명상에 대해 묻는 내게 한마디로 대답했다.

"명상을 하려면 무엇보다 먼저 명상의 단순성을 이해해야만 한다. 또한 명상이 단순한 것이라고 오해해서도 안 된다."

신의 눈

한 외국인 여행자가 인도인에게 빨랫감을 맡겼는데, 흰 옷을 다른 색깔의 옷들과 함께 세탁하는 바람에 소매에 붉은색 물감이 들었다. 그 여행자는 그냥 입어도 될 것을, 인도인에게 거액의 옷값을 물어내라고 생떼를 썼다. 결국 경찰까지 와서 가련한 인도인은 천 루피를 물어내야만 했다. 그의 한 달 벌이에 해당하는 거금이었다. 다음날 그 여행자는 기차역으로 갔다가 수중에 갖고 있던 돈을 모두 소매치기 당했다.

인도인 도비 왈라(세탁부)로부터 이 이야기를 들은 한 사두가 말했다.

"신은 '빅 아이(매우 큰 눈)'를 갖고 있어서 모든 것을 다 내려다본다."

신의 계획을 믿으라

알라하바드에 도착하니 모든 호텔, 모든 게스트하우스가 만원이었다. 12년 만에 열리는 마하 쿰브멜라 축제 때문에 여관이고 길거리고 발 들여놓을 틈조차 없었다. 떼를 써서 강변에 세워진 임시 호텔에 하룻밤 방을 얻었다. 그런데 다음 날이 걱정이었다.

그래서 축제에서 만난 한 사두에게 내일은 어떻게 해야 할지 걱정이라고 말하자, 그 사두가 말했다.

"오늘 당신은 이렇게 기적적으로 방을 구했잖은가? 그러니 오늘은 그 행운을 맘껏 누리라. 내일은 신이 당신을 위해 또 다른 멋진 계획을 세워 놓았을 테니까."

서 있는 사두

최소한 20년 넘게 '서 있는 요가'를 해 온 사두. 잠을 잘 때도 서서 잠을 잔다. 한 번도 누운 적이 없다. 잠잘 때도 쓰러지지 않고 서 있을 수 있는 비결은 이것이다. 담벼락에 큰 못을 쳐서 마치 옷을 걸듯 자신을 걸고서 잠을 자는 것이다. 낮에도 거리를 이동할 때를 제외하고는 그런 식으로 담이나 나무에 자신을 걸고 서 있다. 그는 이름하여 '카레 바바(서 있는 사두)'이다. 모든 사람들이 누워 있을 때 그만은 파수병처럼 서 있었다.

그렇게 오랫동안 서서 무엇을 보았느냐고 묻자, 그는 한마디로 말했다.

"누워서 잠들어 있는 그대들을 보았다."

우주를 숨 쉬라

남인도 코발람의 커다란 바니안나무 아래 가부좌를 틀고 앉아 있는 사두에게 명상법을 묻자, 그가 말했다.

"숨을 들이쉴 때, 우주를 들이쉬라. 그리고 숨을 내쉴 때, 우주를 내쉬라. 우주를 들이쉬고, 우주를 내쉬라. 그러면 거기 숨 쉬는 자는 사라질 것이다."

그런 다음 그는 본보기라도 보이듯 허리를 꼿꼿이 세우고 깊은 숨을 들이쉬었다. 그러자 옆에 서 있는 바니안나무를 포함해 우주 전체가 단숨에 그의 숨 속으로 빨려 들어가는 듯한 착각이 들었다.

신이 준 노래

힌두 신들의 탄생지인 북인도 치트라쿠트에서 만난 노래하는 바바는 정말로 신의 목소리를 가진 듯 노래를 잘 불렀다. 어쩌면 그렇게 노래를 잘하느냐고 묻자, 그는 손가락으로 하늘을 가리키며 말했다.

"신은 우리 각자에게 노래 하나씩을 주었다. 다만 우리가 그 노래를 잊고 부르지 않는 것일 뿐이다. 신이 그대에게 준 노래를 부르라."

세상을 다 본다 한들

푸쉬카르에서 만난 어느 나가 사두에게 나의 인도 여행에 대해 말하던 중, 내가 인도 대부분의 지역을 가 봤다고 하자 그가 말했다.

"세상을 다 본다 한들, 자신이 사랑하는 사람과 신을 볼 수 없다면 그것이 무슨 소용인가!"

신의 안내

다음 행선지로 가기 위해 푸쉬카르의 노천 찻집에 앉아 여행 가이드북을 뒤적이고 있는데, 지나가던 사두가 말했다.

"힌두스탄을 여행하면서 그까짓 안내 책자에 의지하지 말라. 신으로 하여금 그대의 여행을 인도하게 하라."

세 개의 인형

"내가 하는 말을 잘 들어 보시오."

데칸고원 남쪽 후블리의 한 아쉬람에서 만난 사두가 말했다.

"돌로 만든 인형, 헝겊으로 만든 인형, 소금으로 만든 인형이 있다. 이 세 개의 인형이 바닷속으로 들어갔다. 돌로 만든 인형은 아무 변화가 없었으며, 헝겊으로 만든 인형은 물을 흡수해 잔뜩 부풀었다. 그리고 소금으로 만든 인형은 바닷물에 녹아 사라져 버렸다."

그는 벌거벗었지만 당당한 목소리로 말했다.

"진리에 대한 추구도 이와 같다. 어떤 사람은 돌로 만든 인형과 같아서 진리의 세계에 살면서도 전혀 진리의 존재를 느끼지 못한다. 또 어떤 사람은 헝겊으로 만든 인형처럼 진리의 체험으로 자신의 에고를 채워 자만심이 더 커진다. 진정한 추구자는 소금으로 만든 인형과 같아야 한다. 진리를 체험하는 순간, 진리 안에서 자신의 존재가 녹아 없어져야 한다."

그 사두의 이야기에 영감을 받아 훗날 나는 〈소금 인형〉이라는 제목의 시를 썼다.

내가 아닌 것

"나는 누구입니까?"

내 질문에 한 사두가 말했다.

"네가 아닌 것을 하나씩 전부 부정해 나갔을 때 최후에 남는 것, 그것이 바로 진정한 너 자신이다."

나 자신

북인도 무갈사라이로 가는 밤 기차 안에서, 나는 앞에 앉은 한 늙은 사두에게 많은 것을 질문했다. 그의 이름과 고향과 나이, 지금까지 살아온 내력, 모든 것이 궁금한 사항이었다. 그런데 그는 내 질문에 대답만 할 뿐, 한 번도 나에 대해선 묻지 않았다. 그래서 내가 물었다.

"당신은 나에 대해 알고 싶지 않습니까? 당신은 심지어 내가 어느 나라에서 왔는지조차 묻지 않는군요."

그러자 그 사두는 고개를 저으며 말했다.

"나는 당신에 대해 알고 싶지 않소. 나는 이제 살 날이 얼마 남지 않았소. 따라서 죽기 전에 나 자신에 대해 알아야만 하오. 지금까지 나는 나 아닌 사람들에 대해 너무 많은 걸 알아 왔소. 당신도 늦기 전에 다른 사람이 아니라, 자기 자신에 대해 알아야 할 것이오."

어느 사두와의 대화

"그대는 왜 여기에 있지?"

불교 유적지로 이름난 북인도 산치의 뜨거운 태양 아래 앉아 있는데 한 사두가 다가와 물었다.

내가 말했다.

"버스를 타려고요."

"버스를 탄다? 어디로 가려고?"

"어디로든 가려고요. 델리나 자이푸르로."

"델리나 자이푸르로 간다?"

"그러는 당신은 왜 여기에 있나요?"

"나? 나는 내가 왜 여기에 있는가를 알기 위해 여기에 있지!"

빵과 약

기차 안에서 배가 고파 빵을 꺼내 잼을 발라 먹는데 앞에 앉은 사두가 자꾸 쳐다보는 것이었다. 그에게 빵을 좀 나눠 주고 싶어도 그 옆에 앉은 모든 사람들에게까지 나눠 줘야겠기에 나는 사두에게 들으라는 듯이 말했다.

"이것은 내가 몸이 아파 먹는 약입니다."

그러자 그 사두가 정곡을 찌르며 말했다.

"나도 그 약이 필요하다네!"

어디로 가란 말인가

태양을 즐기며 갠지스 강변에 앉아 있는데, 사두 행색을 한 노인이 자꾸만 말을 걸었다. 마침내 나는 참을성을 잃고 그에게 소리쳤다.

"우다르 자이예(제발 다른 데로 가시오)!"

그러자 그 사두가 이해할 수 없다는 듯이 말했다.

"나는 이제 막 이곳에 왔는데, 도대체 어디로 가란 말인가. 나는 여기서 죽기 위해 파테푸르 시크리에서 보름이나 걸려 이곳에 왔다. 그런데 왜 자꾸만 다른 데로 가라고 하는 것인가? 나는 이제 어디로도 가지 않을 것이다. 이곳이 내 마지막 종착지이다."

말뚝에 묶인 염소의 비유

내가 염소를 바라보며 앉아 있는데, 한 사두가 말했다.

"말뚝에 묶인 염소처럼 세상에는 과거에 묶여 사는 사람들이 많다. 묶인 밧줄을 끊으면, 보라, 나처럼 자유롭게 돌아다닐 수 있지 않은가."

그렇게 말하고 그 사두는 자유롭게 가버렸다.

나무

노천 찻집에 앉아 있는데, 늙은 사두가 작은북을 두들기며 노래를 불렀다.

'벗이여, 내가 한 가지 노래를 불러 주겠네.

인생에서는 나무가 가장 중요하다네.

아이가 태어나면 엄마는 나무로 만든 요람에 아이를 눕히고 흔들어 주네.

좀 더 자라면 아이는 나무로 만든 장난감을 갖고 놀지.

학교에 들어가서는 나무로 만든 연필로, 나무 책상에 앉아 공부를 하네.

공부를 게을리하면 선생이 나무 회초리로 혼을 내지.

결혼해서 집을 지으려면 나무가 있어야 하고

명상이 필요하면 나무 아래 앉아야 하네.

그리고 늙어서는 나무 지팡이에 의지하고

결국에는 두 개의 대나무 막대기에 얹혀 화장터로 간다네.

벗이여, 그대는 지금 나무의 어느 단계에 와 있는가.'

아 유 해피?

인도를 여행하던 어느 날, 나는 하루에 한 문장씩 힌디어를 배우기로 마음먹고 그날 처음으로 만난 한 방랑승 사두에게 문장 하나만 가르쳐 달라고 부탁했다. 수첩을 꺼내 들고 적을 준비를 하고 있는 내게 그 사두가 말했다.

"당신이 맨 먼저 배워야 할 문장은 바로 이것이오."

그는 발음도 분명하게 다음의 문장을 가르쳐 주었다.

'아즈 함 바홋 쿠스 헤!'

그것은 '오늘 난 무척 행복하다'라는 뜻이었다. 그 문장은 산스크리트어 주문처럼 어떤 힘을 갖고 있었다. 잊어버리지 않기 위해 자꾸만 반복해서 말하니까, 정말로 행복해지는 것이었다.

인도 여행 중에 내가 인도인들로부터 가장 많이 들은 질문은 "아 유 해피?"라는 말이다. 원하는 방에 투숙을 해도 게스트하우스 주인이 "아 유 해피?" 하고 묻고, 기차표 한 장을 구입해도 역무원이 "아 유 해피?" 하고 물었다. 나중에는 사원 지붕 위의 얼굴 오목한 원숭이들도 나를 빤히 쳐다볼 때는 마치 "넌 행복한가?" 하고 묻는 것처럼 보였다.

'당신은 행복한가? 당신은 편안하고 만족스러운가?'

삶에서 어떤 문제를 느끼거나 내가 나 자신을 잃어간다고 느낄 때면 나는 북인도 바라나시의 한 게스트하우스에 가서 한동안 머물다 오곤 했다. 게스트하우스 바로 앞으로는 갠지스강이 흐르고, 강가엔 조그만 노천 찻집이 있었다.

사방 1미터밖에 안 되는, 양철과 나무판자를 이어 붙여 만든 그 찻집은 무려 열 명이 넘는 한 가족의 유일한 수입원이었다. 아버지는 세상을 떠나고, 할머니와 어머니, 열 명의 자식, 게다가 시집간 큰딸은 아이까지 데리고 와서 얹혀살고 있었다. 한 잔에 고작 2루피하는 짜이와 비스킷, 담배 등이 전부인 구멍가게의 벌이로는 겨우 입에 풀칠만 할 수 있을 뿐이었다.

그 산자이네 구멍가게는 밤이면 도둑들의 표적이 되었으며, 경찰은 갠지스강의 환경보호를 빙자해 걸핏하면 뇌물을 뜯어갔다. 악어조차도 눈물을 흘린다는 인도의 가난 속에서, 산자이네 식구의 생존 자체가 내 눈에는 하나의 기적처럼 보였다.

더 불가사의한 기적은, 그럼에도 불구하고 그들이 언제나 행복해 보인다는 것이었다.

이른 아침마다 나는 게스트하우스 계단을 내려와 산자이네 구멍가게로 가서 짜이 한 잔을 마시곤 했다. 그러면 어김없이 열다섯 살 산자이가 뿌욱뿌욱 가스버너로 짜이를 끓이다 말고 소리쳐 묻는 것이었다.

"아 유 해피?"

그것이 산자이식 아침 인사였다. 나는 그 특별한 아침 인사를 듣기 위해서라도 눈만 뜨면 그 구멍가게로 나가곤 했다. 그리고 날마다 인사를 듣다 보니, 차츰 나 스스로 묻게 되었다.

'나는 행복한가?'

짜이를 마시든, 뱃전에 앉아 명상을 하든, 아니면 근처 자운푸르나 파이자바드로 무슬림 음악을 들으러 가든, '나는 행복한가?' 하고 묻는 것이 습관이 되었다.

인도에 가면 만나는 나의 스승 수크데브 바바지는 '어떻게 하면 삶에서 행복할 수 있는가?'라는 내 질문에 이렇게 대답했다.

"그대 자신이 행복하다는 사실을 매 순간 기억하는 일이다."

베단타의 현자들은 삶에서 일어나는 기쁨과 슬픔을 뛰어넘어, 진정한 행복인 '아난드(지복)'를 발견하라고 말한다. 왜냐하면 삶에서 일어나는 일들은 자신이 과거에 행한 일들의 결과로 일어나는 것일 뿐이므로, 그것들에 집착해 슬퍼하거나 기뻐할 이유가 없다는 것이다(아카샤 우파니샤드).

희랍의 철학자 에픽테토스도 말하고 있다.

"삶에서 잃을 것은 아무것도 없다. 아무것도 우리는 잃지 않는다. 어떤 경우에도 '나는 이러이러한 것을 잃었다'고 말할 것이 아니라 '그것이 제자리로 돌아갔다'라고 말하라. 그러면 마음의 평화를 잃지 않을 것이다."

그러면서 그는 충고한다.

"중요한 것은 이것이다. 세상이 허락했기 때문에 너는 현재 이러저러한 것을 갖고 있는 것이다. 따라서 그것들이 네 곁에 있는 동안에 그것들을 소중히 여기라. 여행자가 잠시 머무는 게스트하우스의 방을 소중히 여기듯이."

돌이켜 보면, 나의 인도 여행은 무엇이 진정한 행복인가에 대한 의문을 풀기 위한 과정에 다름 아니었다. 진정한 행복이 무엇인가를 알기 위해 인도로 떠난 나는 차츰 어떤 결론에 이르렀다. '자신이 행복한 일을 하라. 그것이 신이 네게 준 사명이다!' 이것은 어느덧 내 가슴에 새겨진 첫 번째 계명이 되었다.

행복을 잃는다면 모든 것을 잃는 것이다. 벵골 지방의 성자 라마크리슈나는 말했다.

"당신이 행복하지 않다면 집과 돈과 이름이 무슨 의미가 있겠는가? 그리고 당신이 이미 행복하다면 그것들이 또한 무슨 의미가 있겠는가?"

별 하는 일 없이 그저 유쾌하게만 사는 한 바라문 남자는 내게 말했다.

"나는 행복한 사람이오, 가진 게 많지 않을 뿐. 반면에 당신들은 가진 게 많을 뿐이지 행복한 사람들은 아니잖소?"

인도에서 내가 배운 '행복론'은 다름 아닌 이것이다. 우리는 다만 행복해지기 위해 이 세상에 왔다는 것, 행복해져야 한다는 것을 자신에게 자주 일깨워 줘야 한다는 것이다.

그리고 행복해지는 단 하나의 길은 우리 자신이 행복해지는데 필요한 많은 것들을 이미 갖고 있음을 자각해야 한다는 사실이다. 더불어 지금 이 순간을 살라는 것. 삶을 사랑하고, 상처받기를 두려워하지 말라는 것. 행복은 때때로 놀라움과 함께 찾아오며, 자기 자신이 완전히 살아 있음을 느끼는 것이 곧 행복임을 기억하라는 것이다.

인도를 여행하는 사람들은 곧잘 서로에게 "아 유 해피?" 하고 인사를 한다. 이 행성에 여행을 온 우리들 역시 하루에 한 번씩은 자기 자신에게 물어야 한다. '나는 행복한가?' 하고.

'노 프라블럼!'이라는 말과 함께 그것은 내 인도 여행에 있어 가장 중요한 화두였다. 마치 인도 대륙 전체가 내게 묻는 것 같았다.

"아 유 해피?"

도움을 준 사람들

수닐 쿠마르 티와리, 아누즈 수클라, 옴 프라카시, 수닐 차크라바티, 그리고 산자이 수클라, 당신들의 재치 있고 상상력 풍부한 통역이 없었다면 인도인들이 하는 말들이 내게는 모두 새가 지저귀는 소리에 지나지 않았을 것이다. 그중에서도 콜카타대학 출신인 옴 프라카시, 당신의 충실한 동행과 통역은 나를 인도인들의 영혼과 하나가 될 수 있게 해 주었다. 어디 이들뿐인가. 기차, 버스 지붕, 비행기, 거리, 사원 앞, 돌탑 부근, 동굴 속, 심지어 이발소 안에서까지 언제 어디서든 필요할 때마다 나타나 무보수로 통역을 해 준 수많은 인도인들에게 감사드린다. 도저히 뜯어말릴 수 없는, 당신들의 열정에 찬 통역 덕분에 인도는 내 안에서 적어도 백 가지의 색채를 더 갖게 되었다. 라메쉬, 찬드라, 샤흐, 메타, 라지브, 샤르말라, 아미타브 싱, 수바시, 수니트, 산타, 헤마프, 마두…… 당신들의 이름을 이곳에 모두 적으려면 아예 별책 부록 한 권이 더 필요할 것이다. 특히 샤르말라, 난 당신의 친절을 잊지 않을 것이다. 신의 계시처럼 뭄바이 영화관에서 옆자리에 앉게 된 당신은 세 시간짜리 인도 영화를 감정까지 넣어 가면서 완벽하게 동시통역해 주었다. 그래서 주위 관객들로 하여금 영화보다도 더 흥미진진하게 우리 두 사람을 구경하게 만들었다. 작은북 하나를 들고 나와 함께 북인도 전역을 여행한 노래하는 사두 자그디쉬 기리 바바. 이 책의 행간들 속에는 독한 인도 향과 소똥 냄새와 더불어 신에게 바치는 당신의 노래가 흐르고 있음을…… 나는 언제든 당신과 함께 그 여행을 다시 하고 싶다. 해마다 내게 어쩌나 많은 편지를 보내는지 끝없이 답장을 쓰게 만드는 미스터 자브발라, 맛있다는 내 인사치레에 매번 설탕 범벅의 라이스 푸딩을 한 깡통씩 만들어 내오는 당신의 아내 아니타, 그리고 당신의 딸 상기타, 버터 등잔처럼 따뜻한 당신들의 가정이 없었다면 여행에 지친 나는 편안히 쉴 곳이 없었을 것이다. 십 년을 변함없이 나의 다정한 친구가 되어 주고 다음 여행 때까지 내 슬리핑백을 보관해 준 나바딥 라즈반다리와 그의 아내 사비나. 당신들과 함께 한 히말라야 여행은 삶이 한 폭의 꿈임을 내게 가르쳐 주었다. 신비롭고 영원한 꿈! 약혼식, 결혼식, 결혼 1주년 기념일 때마다 나를 졸라 재봉틀, 신부에게 입힐 화려한 사리, 약간의 혼례 비용을 대게 하고, 특별한 하객으로까지 봉사하게 만든, 하지만 인도 의학인 아유르베다에 입각해 정체가 수상한 온갖 뿌리와 허브, 그리고 특별한 수프로 내 모든 잔병을 물리쳐 준 아자이 메흐로트라. 지금도 몸이 아플 때면 당신의 그 불가사의한 국물과 건더기들이 그리울 정도이다. '당신은 손님이 아니라 우리의 가족이다!'라고 큰소리치며 게스트하우스의 자질구레한 문제들까지 나로 하여금 해결하게 만든 비슈누 레스트 하우스의 모든 가족들—피유시, 라무, 딜립, 아누즈, 두 명의 산자이, 모두가 짜짜지(삼촌)라고 불러 나까지 삼촌이라고 부르게 된 게스트하우스 주인 미스터 판데, 특히 내가 조금만 늦게 인도에 나타나도 전화를 걸어 성화를 대는 매니저 마던지. 내가 나타나면 가차 없이 다른 투숙객을 쫓아내 방을 마련해 주기까지 하는 지나친 친절을 이제 그만 베푸시라. 기차 안에서 내가 병들었을 때 자신의 회사 출장까지 포기하고 아무 역에서나 내려 나를 밤새 간호해 준 인디아 은행의 트리프티 반네르지, 당신의 열렬한 산스크리트어 기도문과 금식 요법, 그리고 자꾸만 눈꺼풀을 까뒤집어 보는 당신의 유별난 환자 간호법 덕분에 나는 베단타의 현자처럼 심신의 건강을 회복했지만, 아무래도 당신 딸과의 결혼은 무리인 것 같다. 지난번 당신이 한국으로 콜렉트 콜을 걸었을 때도 차마 말하지 못했지만, 나는 이미 결혼한 사람이라는 걸 이해해 주시라. 갠지스 강변에서 손수건만 한 노천 찻집을 운영하는 열 명의 일가족 자쿠, 빠깔루, 산자이, 팅쿠, 수라지, 시마, 안주……. 당신들은 내게 물질이 행복에 얼마나 작은 역할을 하며 사랑이 얼마나 큰 역할을 하는가를 가르쳐 주었다. 럭나우의 시크교인 인드라짓 싱, 당신의 삼촌, 사촌, 오촌, 육촌, 외삼촌, 외사촌, 장인, 장모, 세 명의 처제! 나를 위해 그 많은 친척들을 초대해 일일이 인사시켜 주고 다 함께 소풍까지 가 준 당신과 당신이 믿는 종교의 친절을 잊지 않으리라. 한국에서 만난 매우 특별한 인도 여성 날리니와 락쉬미, 안잘리 자매. 당신들은 내 자매이기도 하다. 당신들은 내가 인도인의 영혼을 가졌음을 첫눈에 알아보았으며, 펀자브 지방의 인도 음식으로 매번 인도에 대한 나의 그리움을 해결해 주었고, 누구보다도 이 여행기의 첫 번째 독자가 되어 주었다.

내 불안한 눈빛과 거친 생각까지도 모두 껴안아 준 나의 스승들―오쇼, 지두 크리슈나무르티, 바바 하리 다스, 푼자 바바, 마한트 푸리 바바, 그리고 수크데브 바바. 당신들은 삶이 결코 일회적인 것이 아니며, 이 생에서 만나는 사람들은 모두 영혼끼리 약속을 한 상태에서 만나게 된 것임을 깨닫게 해주었다. 다만 우리가 그것을 잊어버린 것뿐임을. 아울러 지금까지 내 여행을 호위하고, 안내하고, 영적인 가르침과 깨달음으로 이끈 3천5백만에 달하는 인도의 신들에게 감사드린다. 당신들의 이름을 이곳에 전부 적을 수 없는 사정을 당신들 인도의 신들도 이해하리라.

이 책의 진정한 저작권은 당신들 모두에게 있다.

북인도 럭나우의 바라 이맘바라에서.

그림 크리스토퍼 코어 Christopher Corr ©

영국 출신의 화가이며 세계적으로 호평받은 30여 권의 책에 그림을 그린 일러스트레이터이다. 런던의 로얄칼리지 오브 아트에서 일러스트를 전공했으며 첼시 아트 클럽에서 그래픽 상을, 일러스트레이터 협회에서 은상을 수상했다. 현재는 골드스미스 대학과 웨스트딘칼리지에서 가르치면서 안데르센 출판사에서 출간하는 어린이 책에 삽화를 그리고 있고, 여행 가이드북 출판사 론리 플래닛과 작업하고 있다. 『지구별 여행자』에 사용한 그림들은 코어가 30대 초반에 인도를 여행하면서 그린 연작 그림들이다.

지구별 여행자

1판 1쇄 발행 2019년 6월 28일
1판 5쇄 발행 2023년 2월 10일

지은이_ 류시화

펴낸이_ 황재성 · 허혜순
책임편집_ 오하라 · 양성숙
디자인_ 행복한물고기Happyfish

Illustration © Christopher Corr

펴낸곳_ 연금술사
(08505) 서울시 금천구 가산디지털2로 101 B동 1602호
신고번호 제2012−000255호
신고일자 2012년 3월 20일
전화 02−2101−0662   팩스 02−2101−0663
이메일 alchemistbooks@naver.com
페이스북 · 인스타그램 @alchemistbooks
ISBN 979−11−86686−45−4   03810

이 도서의 국립중앙도서관 출판예정도서목록(CIP)은 서지정보유통지원시스템 홈페이지(http://seoji.nl.go.kr)와 국가자료공동목록시스템(http://www.nl.go.kr/kolisnet)에서 이용하실 수 있습니다. (CIP제어번호: CIP2019021837)